Klarant Verlag

Hans-Rainer Riekers schreibt Ostfrieslandkrimis, die vor allem eines sind: authentisch, denn als pensionierter Polizeibeamter kennt er die Details einer Ermittlung ganz genau.

Der in Bremen geborene Autor liebt seine Heimat Norddeutschland, und besonders der raue Charme der Ostfriesischen Inseln hat es ihm angetan. Die einzigartigen maritimen Stimmungen, die den Freizeitskipper an der Nordsee und in den malerischen Orten Ostfrieslands befallen, gibt er in seinen Büchern an die Leser weiter, die so unmittelbar auf den Spuren der Handlung wandern können.

Neben seinen Ostfrieslandkrimis ist Hans-Rainer Riekers auch bekannt für erfolgreiche Kinderkrimis von der Küste, die schon viele Leser in ihren Bann gezogen haben.

Hans-Rainer Riekers

Dreescher Mord

Ostfrieslandkrimi

Copyright © 2025 Klarant GmbH, Rockwinkeler Heerstraße 83, 28355 Bremen
Klarant Verlag, www.klarant.de – www.ostfrieslandkrimi.de
E-Mail: ostfrieslandkrimis@klarant.de
ISBN: 978-3-68975-183-8
1. Auflage 2025

Nur ein Schatten

Im Arler Dorfkrug schlugen die Wellen hoch. »Knall ihn einfach ab Hinnerk, wenn er dir über den Weg läuft! Die Bauern haben es schon schwer genug, da ist es doch mehr als recht, wenn du ihn umlegst.«

Die Männer der Freiwilligen Feuerwehr, deren Gebäude nur wenige Meter entfernt auf der anderen Straßenseite lag, waren sich in dieser Frage einig. Wie üblich löschten sie nach dem Arbeitsdienst ihren Durst und sprachen dabei über die Dinge, die sie umtrieben. Sicherlich trug auch der Alkohol dazu bei, dass ihr Urteil so hart ausfiel.

»Die verdammten Wölfe haben sich zwischen Aurich und Leer schon einige Schafe geholt. Gestern ist ein Jungwolf in Jemgum gesehen worden, der in aller Gemütsruhe am Ortsrand entlanggetrabt ist. Muss es denn erst so weit kommen, dass diese Bestien sich unsere Kinder holen? Selbst rüber nach Norderney hat es bereits einer von ihnen geschafft.«

»Er ist vermutlich mit der Fähre gefahren, weil ihn der Duft des abgestandenen Bockwurstwassers aus dem Bordrestaurant angelockt hat«, sagte einer der Männer und versuchte, mit diesem Scherz die Schärfe aus der Diskussion zu nehmen. Damit hatte er Erfolg, denn schallendes Gelächter erhob sich. Dabei wussten doch alle, dass tatsächlich ein Wolf bei Ebbe über das Watt auf die Insel gelangt war.

Hinnerk Weerts verfolgte die Diskussion am Stammtisch gegenüber mit Langmut. Als ehemaliger Lehrer in der Arler Dorfschule kannte er seine Pappenheimer schon seit vielen Jahren. Die meisten von ihnen hatten bei ihm Lesen und Schreiben gelernt. Also wusste er sie gut einzuschätzen und sah ihnen ihre von Bier und Korn beflügelte, nicht immer sachlich geführte Diskussion nach. Er nahm einen tiefen Schluck vom alkoholfreien Bier, das die Wirtin nach eigenem Bekunden ausschließlich für ihn bereithielt. Was Alkohol anging, war er konsequent. Er spuckte ansonsten bestimmt nicht rein, aber wenn er auf die Pirsch ging, war er stets stocknüchtern. Nachdem er das Glas geleert hatte, wischte er sich den Schaum von den Lippen. Dann wandte er sich der geselligen Runde zu: »Würde ich auf euch Banausen hören und einen Wolf schießen, bekäme ich ein fettes Bußgeld und wäre obendrein meinen Jagdschein los! Das ist es mir nicht wert. Ich will den Wolf nicht erlegen, sondern nur gucken, ob sich wirklich einer bei uns in Arle herumtreibt. Sollte das wider Erwarten der Fall sein, werde ich ihm einen solchen Schrecken einjagen, dass er sich nicht noch einmal in die Nähe des Pferdehofs traut!«

Die Männer hörten Weerts respektvoll zu, wollten sich seiner Meinung aber nicht anschließen. »Was gibt's denn da zu gucken, Schulmeister? Dein alter Kumpel Hannes schwört Stein und Bein, dass er ihn gestern Abend gesehen hat. Er schlich um seinen Hof und versuchte, an das Pferdegatter heranzukommen. Er hat ihn sogar mit seiner Wildkamera aufgenommen!« Ausgerechnet der jüngste Feuerwehrmann führte das größte Wort und machte Stimmung.

»Erzähl keinen Unsinn, Liam. Auf dem Foto ist gerade mal ein Schatten zu erkennen. Hannes ist sich ganz und gar nicht sicher, worum es sich dabei handelt, und weil er mein Freund ist, habe ich ihm versprochen, heute Abend die Augen offenzuhalten. Wenn es sich tatsächlich um einen Wolf und nicht um einen streunenden Schäferhund handelt, werde ich ihn vertreiben, aber bestimmt nicht töten.« Er griff in seine Hosentasche, holte sein Portemonnaie heraus und öffnete es umständlich. Dann nahm er einen Geldschein und legte ihn auf den Tisch. »Ich muss mich allmählich auf die Socken machen, Gesche«, sagte er an die Wirtin gerichtet. »Zwei Bier und ›Matjes nach Hausfrauenart mit Bratkartoffeln‹ waren es. Stimmt so!«

Hinnerk Weerts war seit ewigen Zeiten Jäger. Trotz seiner 70 Jahre und eines schwachen Herzens, das ihm zunehmend die Luft nahm, hatte er immer noch ein ruhiges Händchen, zumindest behauptete er das. Zudem war er mit einer unerschütterlichen Bierruhe gesegnet und vertrat, was den Wolf anging, eine andere Meinung als ein großer Teil der Menschen im Lande. »Wir müssen akzeptieren, dass wir nicht die Herrscher auf diesem Planeten sind. Tiere haben dasselbe Recht hier zu leben wie wir, ob es euch nun gefällt oder nicht! Wenn ich mich recht erinnere, habe ich euch das schon versucht einzutrichtern, als ihr mich noch mit großen Kulleraugen von der Schulbank aus angeschaut habt!«

Schwerfällig stand er auf, zog sich seine grüne Jacke an und hatte Mühe, sie vor seinem Kugelbauch zu schließen. »Und was den Wolf auf Norderney angeht, Liam, so hat er gewisse Ähnlichkeiten mit dir. Es soll sich um einen jungen Rüden handeln, der sein Rudel verlassen hat und auf der Suche nach einem passenden Weibchen die

Gegend erkundet. So machst du es doch auch, oder? Gestern am späten Abend habe ich auf dem Grundstück meines Nachbarn Hansen einen jungen Mann herumschleichen sehen, der dir verteufelt ähnlich sah. Er wird wohl einen Besuch bei Hansens hübschem Töchterchen gemacht haben, oder irre ich mich da etwa?«

Der junge Mann lief feuerrot an, stammelte etwas Unverständliches und versuchte, sich hinter seinem Bierglas und vorgetäuschtem Durst zu verstecken, während seine Kameraden sich lachend auf die Schenkel klopften. »So kennen wir unseren Liam! Er schleicht Nacht für Nacht um die Häuser, aber keines der Mädels öffnet ihm.»

Erst als der Ortsbrandmeister seine Leute zur Mäßigung aufrief, ließen die anderen von dem so Bloßgestellten ab. »Nun aber genug! Hackt nicht alle auf unserem Jungspund herum! Eines Tages wird auch ihn eine Maid erhören.«

Hinnerk Weerts war derweil zur Tür gehumpelt und zog dabei den kritisch-mitleidsvollen Blick der Wirtin auf sich. »Mit deinen Knien wird es immer schlimmer. Über kurz oder lang musst du unters Messer, Hinnerk! Das sieht nicht gut aus!«

Hinnerk wusste selbst, dass seine Kniearthrose ihm von Tag zu Tag mehr Schmerzen bereitete und das Laufen zur Qual machte. Trotzdem schob er den Termin bei seinem Orthopäden immer wieder hinaus, denn in Anbetracht seiner Herzprobleme stellten die maroden Knie ein vergleichsweise geringes Problem dar. »Ach, was soll's Gesche, ich muss dem Wild schließlich nicht hinterherlaufen, dafür habe ich ja meine Flinte, die ist schnell genug.«

Lachend tippte er den Zeigefinger der rechten Hand an die Krempe seines grünen Jägerhutes, war Sekunden später schon aus der Tür und setzte sich in seinen schwarzen Geländewagen. Im Heck des Fahrzeugs war ein verschließbarer Metallkasten angebracht, in dem er während der Fahrt in sein Revier Waffen und Munition getrennt voneinander lagerte. Hinnerk Weerts hatte keine Angst vor dem Wolf und beabsichtigte an diesem Abend auch nicht zu jagen, aber als Waidmann ging er aus Prinzip nicht ohne Waffe in den Wald. Schließlich wusste man ja nie, was einem vor den Lauf kam. Deshalb wollte er stets vorbereitet sein.

Er brauchte nicht lange zu fahren, denn vom Dorfkrug bis zum Dreescher Forst, der direkt am nördlichen Ortsausgang von Hage lag, war es nur ein Katzensprung. Der schmale Waldstreifen war etwas Besonderes. Gerade einmal einen Kilometer lang, wenige hundert

Meter breit und kaum sechs Kilometer vom Deich der Nordsee entfernt. So ragte er wie ein Fremdkörper aus dem flachen Land heraus.

Die Dämmerung setzte bereits ein, als Hinnerk gegen 21 Uhr am Pferdehof seines Freundes Hannes Breger vorbeifuhr. Er hatte sich entschlossen, am nordöstlichen Ende des Waldes anzusitzen. Von hier aus hatte er freie Sicht bis hinüber zu den Stallungen des Bregerschen Gehöfts und den davorliegenden Wiesen. »Solltest du es wirklich auf die Pferde abgesehen haben, Isegrim, werde ich dir einen gehörigen Schrecken einjagen!« Mit diesen Worten stellte er sein Auto am Waldrand ab und bestieg den Hochsitz, der 20 Meter entfernt stand. Die Leiter erklomm er unter großen Mühen und war froh, als er sich auf die Holzbank setzen konnte. Schwer atmend rang er nach Luft, tupfte sich den Schweiß von der Stirn und stellte seine Flinte ab. Danach rieb er sich sein Gesicht mit Anti-Mückencreme ein, schenkte sich aus der Thermoskanne einen Becher Kaffee ein und griff sich sein Nachtglas. Es würde eine lange Nacht werden!

*

Hinnerk Weerts hatte keine Ahnung, wie lange er bereits angesessen hatte. Irgendwann mussten ihm wohl die Augen zugefallen sein, als ihn plötzlich ein lautes Knacken aus dem Gehölz neben ihm aufschrecken ließ. Er griff sich das Nachtglas, das ihm im Schlaf aus der Hand gefallen war und nun an einem Lederband vor seinem Bauch baumelte. Damit suchte er den Waldrand ab und hoffte, die Ursache des Geräusches zu ergründen, doch der Dreescher Forst weigerte sich, seine Geheimnisse preiszugeben. Einmal, nur ganz kurz, bildete er sich ein, im Augenwinkel einen Schatten bemerkt zu haben, doch als er das Fernglas in diese Richtung drehte, war da nichts Ungewöhnliches zu sehen. Allmählich erlahmte seine Aufmerksamkeit, und nach einigen Minuten ließ er das Fernglas sinken. Nun herrschte wieder völlige Ruhe.

Fröstelnd zog er die Schultern hoch und bedauerte, statt der leichten nicht doch eine wärmere Jacke angezogen zu haben. Seit Tagen schien von morgens bis abends die Sonne und verwöhnte die Menschen mit ihrer Wärme, doch richtig heiß wurde es wegen des frischen Ostwinds nicht, und in der Nacht konnte es bei sternenklarem Himmel frisch werden. Erst jetzt schaute er auf seine

Uhr und ließ sich von den grün fluoreszierenden Leuchtziffern anzeigen, dass es bereits nach drei Uhr war. Als er feststellen musste, dass auch ein weiterer Kaffee ihn nicht aufzuwärmen vermochte, suchte er zum letzten Mal mit dem Fernglas erfolglos die umliegenden Wiesen ab und begann danach, seine Sachen zusammenzupacken. Eigentlich hatte er nicht wirklich damit gerechnet, einen Wolf zu sehen, und als Urheber des Geräusches, das ihn geweckt hatte, schloss er ihn ohnehin aus. Ein Raubtier würde sich niemals selbst verraten, und Wildschweine gab es in dieser Gegend nicht. »Es muss wohl ein Reh gewesen sein«, dachte Hinnerk und beschloss, nach Hause zu fahren.

Der Abstieg vom Hochsitz gestaltete sich noch schwieriger als der Aufstieg. Als er es endlich geschafft hatte und festen Boden unter den Füßen verspürte, hielt er sich schwer atmend an den Stufen der Leiter fest und fühlte sein Herz so heftig pochen, dass er das Pulsieren wie Trommelschläge in seinem Ohr wahrnahm. Einen Moment noch hielt er inne, um Luft zu bekommen, dann setzte er sich in Bewegung und war froh, als er endlich sein am Waldrand abgestelltes Auto erreichte. Hinnerk Weerts öffnete die Hecktür und nahm das Gewehr von der Schulter, um es im Fahrzeug zu verstauen.

Seine Tochter hatte ihn vor zwei Jahren einmal gefragt, ob er nicht Angst habe, sich in seinem Alter ganz allein im Wald aufzuhalten. Damals hatte er nur gelacht. »Ich bin doch bewaffnet, was kann mir da geschehen?« Doch ganz ehrlich war seine Antwort nicht gewesen, denn Momente wie diesen, in denen er seine Waffe nahm, um sie von der Schulter in den Kofferraum zu legen, empfand er stets als unangenehm. Das waren Minuten, in denen er sich wehrlos und angreifbar fühlte. So war es auch an diesem Morgen, und vielleicht wäre Hinnerk Weerts vorsichtiger gewesen, wenn nicht das anhaltende Trommeln in seinem Ohr ein erneutes Knacken, diesmal ganz in seiner Nähe, übertönt hätte. Erst im letzten Augenblick bemerkte er die Gefahr, die sich von hinten näherte. Dann sprang ihn etwas aus der Schwärze des Waldes an und riss ihn zu Boden.

Unter der Dusche

»Hauptkommissar Grote?« Das auf seinen mit Haarshampoo bedeckten Kopf prasselnde Wasser verursachte so viel Geräusch, dass er erst beim zweiten Mal verstand. »Ja, hier! Wer behelligt mich beim Duschen?« Der unbekannte Rufer hatte die Tür zum Duschraum nur einen Spalt geöffnet und hielt es nicht für nötig, seinen Namen zu nennen. Allerdings überbrachte er eine Botschaft, dessen Dringlichkeit offensichtlich war. »Pumuckl hat ... hat ...«, der unbekannte Störenfried geriet ins Stammeln, denn gegenüber dem Chef war der Gebrauch dieses Spitznamens nicht angezeigt. Also begann er lieber noch einmal von vorne: »Stine Lessing hat mich gebeten, Ihnen wörtlich mitzuteilen, Sie hätten nun lange genug die Wasserrechnung der Dienststelle in die Höhe getrieben. Es sei an der Zeit, sich im Büro einzufinden und mit einer aufgebrachten Staatsanwältin zu sprechen. Oder einfacher ausgedrückt: Es eilt, ein dringender Einsatz wartet auf Sie!«

Grote murmelte einige unverständliche Worte, die der Unbekannte als Zustimmung interpretierte. »Ich sage Stine, dass Sie bereits auf dem Weg sind!« Das war gehörig übertrieben, dennoch schaffte Grote es, sich innerhalb von fünf Minuten abzutrocknen, anzuziehen und mit einer Deo-Wolke zu umgeben. Kurz drauf öffnete er die Bürotür, und Stine kam ihm verschwörerisch blinzelnd entgegen. So leise, dass Staatsanwältin Theda Siefken es nicht verstehen konnte, flüsterte sie ihrem Chef zu: »Die Siefken ist auf 180! Sie wollte dich persönlich aus dem Duschraum zerren, das konnte ich gerade noch verhindern.«

»Na endlich!« Theda Siefken sprang auf und stürmte auf Grote zu. »Es ist eine dämliche Angewohnheit von Ihnen, morgens zum Dienst zu joggen. Ihre anschließende Duschorgie verzögert einen dringenden Einsatz. So etwas können wir uns nicht leisten!«

Grote nahm den Wutausbruch der Staatsanwältin mit großer Gelassenheit hin. Theda Siefkens Temperament war legendär und in Anbetracht ihrer zahllosen Vorzüge leicht zu ertragen. Mit dem kleinen Finger wischte er sich einige Seifenreste aus dem Ohr und kam erst dann dazu, nach dem Anlass dieses turbulenten Dienstbeginns zu fragen.

»Wenn Sie nicht stundenlang Ihren spärlichen Millimeterhaarschnitt mit Schaum behandelt hätten, wüssten Sie, was heute Nacht in Arle passiert ist!«

Grote war nicht aus der Ruhe zu bringen. »Das hätte mir nichts genützt, weil ich nicht einmal weiß, wo Arle liegt.«

Während die Staatsanwältin sich in ihren Lodenmantel schwang und nach ihrem grünen Jägerhut griff, hatte Stine Zeit, ihren Chef wenigstens grob ins Bild zu setzen.

»Arle ist ein Ortsteil der Gemeinde Großheide, 16 Kilometer nördlich von Aurich. Am Rande eines kleinen Wäldchens ist ein Mann aufgefunden worden, der von einem Wolf getötet wurde. So verbreiten es zumindest die Medien und schüren gerade Panik unter den Menschen.«

»Es ist nicht ›ein Mann‹, der dort tot aufgefunden wurde, sondern mein alter Freund und Jagdkamerad Hinnerk Weerts!« Theda Siefken kochte. »Und jetzt hören Sie beide endlich auf zu sabbeln! Wir verlegen sofort zum Tatort. Ich fahre bei Ihnen mit. Sie, Grote, übernehmen das Steuer. Wenn Frau Lessing fährt, kommen wir ja nie an.«

Grote griff sich die Fahrzeugschlüssel und versäumte nicht, seiner jungen Kollegin mit gespielter Freundlichkeit zuzunicken. Stine verstand diese Geste sofort, denn ihr besonnener Fahrstil stand in krassem Widerspruch zu Grotes Art, eilige Einsatzfahrten zu absolvieren. Das führte zu gelegentlichen Diskussionen über die Risiken des Autofahrens. Die unverhohlene Freude, die Theda Siefken mit ihrer Entscheidung bei Grote ausgelöst hatte, wollte Stine dann aber doch trüben. Beim Abschließen ihrer Bürotür wandte sie sich deshalb noch einmal der Staatsanwältin zu: »Ihre Versicherungsunterlagen haben Sie dabei, Frau Staatsanwältin?«

Die Siefken verstand die Ironie nicht, sondern fragte: »Welche Unterlagen meinen Sie, Kindchen?«

»Na ja, was man so braucht, wenn man mit meinem Chef fährt. Lebensversicherung, Unfallversicherung und die Versichertenkarte der Krankenkasse!« Als Stine Grotes empörtes Gesicht sah, freute sie sich diebisch.

Der morgendliche Auftritt der Staatsanwältin hatte Grote und Stine zwar in unerwarteten Stress versetzt, doch wie so oft in solchen Situationen schafften sie es, etwa aufkommende Hektik durch gegenseitige Frotzelei auf ihre Art zu bekämpfen. Nun aber, mit jedem Kilometer, den sie Arle näher kamen, wurden sie ernster. Erst vor einer Woche war ihr betagter, übermotorisierter Opel Astra, der bei dem Windradunglück erheblich beschädigt worden war, endgültig gegen einen neuen Dienstwagen ausgetauscht worden. Der ›Neue‹, ein dunkelgrauer VW-Tiguan, war nicht ganz so leistungsstark wie sein Vorgänger und erfüllte Grotes Anforderungen daher nur mit Einschränkungen. Wenigstens war dieses Auto einigermaßen geländetauglich und bot eindeutig mehr Platz. Das kam Stine nun zugute, denn natürlich ließ es sich die Siefken nicht nehmen, auf dem Beifahrersitz Platz zu nehmen und den Sitz zugunsten üppiger Beinfreiheit ohne Vorwarnung geräuschvoll bis zum Anschlag zurückzuschieben. Die Rückbank ließ Stine dennoch genug Raum, um mit dem Laptop auf den Knien das Internet zu checken. Alles, was sie dort las, war beunruhigend und geeignet, bei den Menschen Ängste zu schüren. »Hört euch das mal an: ›Jäger von Wolf zerfleischt‹, oder hier: ›Blutrünstige Bestie fällt über einen alten Mann her‹. So geht das seitenlang weiter.« Stine konnte nun verstehen, warum Theda Siefken es so eilig hatte. »Wenn das die Runde macht, lassen die Eltern morgen früh ihre Kinder nicht mehr ohne Begleitung zur Schule gehen.«

Grote nickte schweigend und stellte sich insgeheim die Frage, wie wohl seine Frau auf solche Nachrichten reagieren würde. Dabei wusste er die Antwort ganz genau. Anna würde die beiden Jungs nicht mehr unbeaufsichtigt vor die Tür lassen.

»Das ist doch alles Quatsch!« Die Siefken zog sich entschlossen den Hut noch ein Stück tiefer in das Gesicht. »Ein Wolf ist ganz sicher kein Schoßhündchen, aber wir wollen doch nicht ernsthaft glauben, dass er meinen armen Freund Hinnerk getötet hat. Wir müssen zuerst einmal diesen Blödsinn aus der Welt schaffen, dann können wir ...«, sie korrigierte sich, »dann können Sie beide beginnen, den Fall schnellstens aufzuklären.«

Stine hatte währenddessen weiter im Internet gesucht und stieß mit einem Mal einen spitzen Schrei aus. ›Mein Gott, wer macht denn so etwas?« Sie war auf ein leicht unscharfes, aber zutiefst verstörendes Video gestoßen, das irgendjemand ins Netz gestellt hatte. Inzwischen war es tausendfach geteilt worden und verbreitete sich ungebremst weiter. Zu sehen war die Leiche eines Mannes in Jägerkluft, dessen blutüberströmter Bauch aussah, als sei er großflächig zerfetzt worden. Das Video trug den reißerischen Titel: ›Das grausame Werk des Monsters aus dem Dreescher Forst‹.

»Das dürfte wohl die Wurzel allen Übels sein. Dieses widerliche Video hat vermutlich den Medienhype ausgelöst!« Mit diesen Worten reichte Stine den Laptop auf den Vordersitz, und als Grote kurz den Blick von der Fahrbahn wandte, um zur Staatsanwältin hinüberzuschauen, sah er, wie sich deren Gesichtszüge versteinerten. Im Gegensatz zu Stine fand sie drastischere Worte. »Ich könnte kotzen, wenn ich so etwas Verantwortungsloses sehe! Wir müssen ganz schnell das Märchen vom bösen Wolf aus der Welt schaffen, sonst läuft uns dieser Fall aus dem Ruder und entwickelt sich zum Politikum!«

Sie reichte den Laptop wieder nach hinten, und als hätte sie prophetische Fähigkeiten, erklang in diesem Moment das von Jagdhornbläsern intonierte ›Große Halali‹, der eigenwillige Klingelton ihres Handys.

Obwohl Grote und Stine nur Teile des folgenden Gesprächs hören konnten, war klar, dass es sich um einen Anruf von ›ganz oben‹ handelte. Als Theda Siefken das Handy wieder in die Manteltasche steckte, sagte sie grollend: »Ich habe es doch gewusst! Das war der Oberstaatsanwalt. Er hat Druck aus Hannover bekommen und schon jetzt die Hosen voll. Man hat ihm unmissverständlich klargemacht, dass in der Landesregierung niemand Interesse an einer neuen Diskussion über die Wolfsproblematik hat. Nun schiebt mein Chef die Verantwortung elegant an mich weiter. ›Machen Sie mal, Frau Kollegin, Sie kriegen das schon hin‹, hat er gesagt und damit eine Schuldige gefunden, wenn es mir nicht gelingt, den Druck vom Kessel zu nehmen!« Theda Siefken schnaubte abfällig und versuchte wütend, ihren Sitz noch ein Stück weiter nach hinten zu schieben, was ihr aber nicht gelang und somit Stine vor einem Beinbruch bewahrte.

Nachdem sie Arle durchquert hatten, lenkte Grote das Auto auf die schmale Landstraße, die zum Pferdehof Breger führte und sich danach als Feldweg fortsetzte. Der nun nur noch von zwei schmalen Reifenspuren geprägte Weg, dessen Untergrund aus festgefahrenem Lehm und Sand bestand, zog sich am Ostrand des kleinen Wäldchens entlang und endete irgendwo im Nirgendwo der Wiesen. Er wurde, das war leicht zu erkennen, lediglich von den Bauern und gelegentlich von Jägern auf ihrem Weg zum Hochsitz genutzt.

Sie hatten gerade die letzte Koppel des Pferdehofs passiert, als sie einige hundert Meter weiter eine Menschenansammlung bemerkten, die sich vor dem blau-weißen Band einer Polizeiabsperrung gebildet hatte. Es handelte sich, das war leicht zu erkennen, um eine zweigeteilte Gruppe. Da standen zum einen die Anwohner des Ortes, die erschüttert miteinander diskutierten, sich dabei aber ein Stück weit von der Absperrung fernhielten. Und dann gab es noch die andere Gruppe, die sich so weit nach vorne gedrängt hatte, wie es nur möglich war. Einige hielten ihre Handys in der Hand, andere waren mit Kamera und Teleobjektiv ausgerüstet und verrieten damit, dass es sich um Profis handelte. Sogar zwei Fernsehteams waren vor Ort. Sie alle vereinte der Ärger um einen Rettungswagen, der von seinem Fahrer ganz bewusst so abgestellt worden war, dass den Neugierigen ein Blick auf den Tatort verwehrt blieb.

Die Szenerie versetzte die Staatsanwältin, die sich nach dem Telefonat mit ihrem Chef gerade erst ein wenig beruhigt hatte, wieder in Hochform. »Los, Grote, halten Sie drauf! Die blutgierigen Gaffer springen schon zur Seite, wenn wir mit Karacho ankommen.«

Grote war schlau genug, diese Aufforderung besser nicht zu befolgen. Trotz des Magnet-Blaulichts, das er schon bei der Abfahrt in Aurich auf das Autodach gestellt hatte, fuhr er im Schritttempo an die Absperrung heran, wartete, bis ein hilfsbereiter Schutzpolizist das Band anhob und fuhr bis zum Rettungswagen weiter. Die Schutzpolizisten hatten am Tatort gute Arbeit geleistet und, abgesehen von einer Notärztin, noch niemanden an den Toten herangelassen, um keine Spuren zu verwischen. Trotzdem stürzte sich die Siefken zornentbrannt mit vorgehaltenem Dienstausweis auf einen älteren Polizisten, dessen Schulterklappen die meisten silbernen Sterne zierten. »Wieso lassen Sie es zu, dass jemand ungestört mit einer Drohne Fotos vom Tatort anfertigt und damit die Menschheit verrückt macht? Sie hätten doch …«

In den Adern des so ruppig angegangenen Schutzpolizisten schien das Blut eines jahrhundertealten ostfriesischen Geschlechts zu pulsieren, das weder durch Sturmflut, Orkan noch Feuersbrunst aus der Ruhe zu bringen war. Ungerührt schaute er hintergründig lächelnd die Siefken an und unterbrach ihre Wuttirade: »Wenn Frau Staatsanwältin mir bitte erklären wollen, wie ich mit einer Dienstpistole eine Drohne abschießen soll, die in fünfzig Meter Höhe ihre Kreise zieht, werde ich das bei meinem nächsten Einsatz selbstverständlich einmal versuchen.«

Theda Siefken schaute den Polizisten verdutzt an. »Fünfzig Meter?« Sie zögerte kurz, dann klopfte sie ihm unvermutet auf die Schulter. »Zugegeben, das hätte sogar mich an meine Grenze geführt. Also nichts für ungut!« Sie ging einige Schritte voran, dann drehte sie sich noch einmal zu ihm um und sagte: »Guter Mann – weitermachen!«

Stine zwinkerte Grote zu, denn was sich gerade vor ihren Augen abspielte, war typisch für die Staatsanwältin. »Hart, aber gerecht!«, konstatierte Grote leise, dann ging er in Richtung Waldrand, um den Toten in Augenschein zu nehmen. Der Mann in grüner Jagdbekleidung lag in einem Meter Abstand seitlich neben einem dort geparkten schwarzen Geländewagen, wie er von Jägern häufig gefahren wurde. Zuvor hatte Grote das Auto gar nicht bemerkt, weil es hinter dem Rettungswagen stand. Die Hecktür des Fahrzeugs stand offen, ebenso wie ein im Kofferraum verankerter Metallkasten. Der Deckel des leeren Kastens war hochgeklappt, und in dem Schloss steckte ein Schlüssel.

»Genau so ein Ding habe ich in meinem Auto auch. Darin verstaue ich meine Knarre, wenn ich unterwegs bin«, sagte die Staatsanwältin, die ihm, ohne dass Grote es bemerkt hatte, gefolgt war, und nun vorpreschte.

Stine, ungleich zarter besaitet als die beiden anderen, wollte sich eine detaillierte Tatortbesichtigung lieber nicht antun. Sie verschaffte sich lediglich einen kurzen Überblick, und als sie den übel zugerichteten Leichnam inmitten einer riesigen Blutlache erblickte, drehte sie ab und wandte sich den Schutzpolizisten zu. Die Drohnen-Aufnahmen hatten ihr schon genug zugesetzt, doch die Realität übertraf diese in ihrer Grausamkeit um einiges. Zudem würde sie die Tatortfotos spätestens am nächsten Tag vorliegen haben, das genügte ihr, um sich ein genaues Bild machen zu können.

Grote bemerkte Stines Rückzug und wunderte sich nicht. Er kannte die Zurückhaltung seiner jungen Kollegin, wenn es um Tatorte ging, und je näher er dem Toten kam, umso mehr Verständnis brachte er ihr entgegen, denn das, was sich seinen Augen bot, war schwer zu ertragen.

Hinnerk Weerts lag rücklings zwischen Feldweg und Waldrand im Gras, und es sah tatsächlich so aus, als wäre sein Körper im Bereich des Bauches zerfetzt worden. Im Umkreis von etwa einem Meter um den Toten herum war das Gras tiefrot gefärbt. Das war ein Indiz dafür, dass die Aorta des Mannes zerrissen worden war, weshalb er völlig ausblutete. Der linke Arm lag eng am Körper, der rechte war auffällig nach hinten gestreckt, als habe er im Todeskampf noch jemandem zugewinkt.

»Ach Hinnerk! So ein Ende hast du wahrlich nicht verdient!« Theda Siefken ging noch einen Schritt näher an den Toten heran, betrachtete ihn ernst und faltete die Hände, als halte sie eine kurze Andacht. Dann schaute sie sich um und fragte: »Wo ist denn seine Flinte? Die hatte er doch gewiss dabei? Im Auto lag sie jedenfalls nicht.« Mit einem Mal ging ein Ruck durch ihren Körper. Sie beugte sich nach vorn und ging dann in die Knie. Hektisch streckte sie die Hand nach hinten: »Na los, geben Sie mir mal eine Plastiktüte. Sowas hat man als Kriminalist ja wohl am Mann!« Als Grote ihr diese reichte, schlüpfte sie mit der Hand in den Beutel und griff sich eine kleine schwarze Kugel, die sich unmittelbar am Wundrand im Stoff des mit Blut durchtränkten Hemdes verborgen hatte. Dann stülpte sie den Beutel um und schwenke ihn dicht vor Grotes Augen hin und her. »Damit ist das Märchen vom bösen Wolf gestorben! Dieses ist eine Schrotkugel, ich vermute, eine 4 mm Körnung. Mein alter Jagdgenosse ist keineswegs vom Wolf getötet, sondern mit einer Ladung Schrot ins Jenseits befördert worden. Das erklärt die grässlichen Verletzungen.«

Eine junge Frau mit schweißverklebten Haaren und einem von Sommersprossen übersäten Gesicht kam herüber. Über ihrem weißen Polohemd trug sie eine orangefarbene Weste, die sie als Notärztin auswies. Offensichtlich hatte sie Theda Siefkens Worte gehört. »Denselben Verdacht wie Sie hatte ich auch schon. Allerdings habe ich die Schrotkugel nicht bemerkt. Für mich sah es ebenfalls nach einer, wenn auch sehr extremen, Schussverletzung aus. Allerdings wollte ich der Polizei nicht in ihre Arbeit pfuschen und habe nicht aktiv nach Projektilen gesucht, nachdem ich den Tod festgestellt hatte.« Sie machte eine kurze Pause und blickte mitleidig auf den Leichnam. »Was in Anbetracht der Umstände keine Herausforderung war.« Sie blickte auf eine riesige Armbanduhr, die an ihrem zierlichen Handgelenk noch größer wirkte, als sie es ohnehin schon war. »Ich schätze, dass der Mann seit mindestens sieben Stunden tot ist. Tatzeit wäre demnach zwischen drei und vier Uhr morgens.« Sie wandte sich zum Gehen und sagte noch über die Schulter: »Ich habe übrigens auch keine Waffen gesehen, und Ihre Kollegen von der Schutzpolizei sagten mir, sie hätten den Tatort nicht verändert.«

Staatsanwältin Siefken fühlte sich durch die Aussage der Notärztin angestachelt und fasste einen Entschluss: »Ich werde dem Medien-Theater unverzüglich ein Ende bereiten und den Leuten klarmachen, dass der Übeltäter auf zwei und nicht auf vier Beinen daherkam.« Noch einmal zog sie die Krempe ihres Hutes energisch eine Nuance tiefer, so dass er einem Stahlhelm nicht unähnlich sah. Dann stapfte sie auf die Absperrung zu und rief mit grollender Stimme, die jedem Ausbilder auf einem Kasernenhof zur Ehre gereicht hätte: »So, Herrschaften, die Staatsanwaltschaft Aurich bittet zur Pressekonferenz! Alle Gaffer sehen zu, dass sie schnellstens Land gewinnen, die Medienvertreter kommen zu mir!«

Es dauerte nicht lange, bis sich die Fernsehteams in Stellung gebracht und auch die Fotografen ihren Platz gefunden hatten. Nun ließ Theda Siefken ein Donnerwetter los und warf erst einmal ›gewissen‹ Medien vor, Panikmache betrieben zu haben, ohne die Fakten zu kennen. Zum Ende lehnte sie sich weit aus dem Fenster: »Die Untersuchungen haben eindeutig ergeben, dass es sich hier um ein Tötungsdelikt unter Verwendung einer Schusswaffe handelt. Der Wolf, sollte es ihn überhaupt gegeben haben, hat damit absolut nichts zu tun. Ich fordere nun auch Sie auf, diesen Ort zu verlassen, um unsere Ermittlungen nicht zu behindern. Wir haben einen Mord aufzuklären.« Der letzte Satz wurde dadurch unterstrichen, dass sich in diesem Moment einige schwarze Vans in hohem Tempo näherten. Der von den Fahrzeugen aufgewirbelte Staub kündigte die Ankunft der Tatortgruppe an.

Grote und Stine hatten den Auftritt der Staatsanwältin beobachtet und waren tief beeindruckt. »Respekt, die Dame hat Mut, das muss man ihr lassen. Ich kann nur hoffen, dass die folgende Obduktion ihre erste Einschätzung bestätigt, sonst fliegt ihr die Sache um die Ohren«, meinte Stine und bemerkte, dass Theda Siefken tief durchatmete, während sie auf sie zukam. Dann nahm sie ihren ›Stahlhelm‹ vom Kopf, fächerte sich frische Luft auf ihre vom Schweiß verklebten Haare und machte damit deutlich, dass sie sich des Risikos, das sie durch diese improvisierte Pressekonferenz einging, sehr bewusst war. »Ich rufe jetzt Professor Hellinghaus in Hannover an. Er wird mir gewiss die Freude bereiten, die Obduktion noch heute Abend durchzuführen, damit wir morgen mit seiner fundierten Expertise nachlegen können. Dann herrscht endlich wieder Ruhe im Karton! Und Sie beide fangen unverzüglich mit Ihrer Arbeit an. Zack, zack!« Sie setzte ihren Hut wieder auf, ging einige Schritte zur Seite und holte ihr Handy heraus. Grote und Stine konnten noch hören, dass sie »Hallo, Professorchen!« ins Telefon flötete und danach in ein unmotiviertes Kichern verfiel.

»Wetten, dass das ›Professorchen‹ seiner geschätzten Theda diesen Gefallen erweist?«, behauptete Grote leise und stupste seine Kollegin an. Dann sagte er noch: »Je oller, je doller!«, was ihm einen tadelnden Blick Stines einbrachte.

Die Wildkamera

Der zackige Auftritt der Staatsanwältin veränderte die Situation schlagartig. Die Dorfbewohner zogen betroffen ab, unschlüssig, ob die Vorstellung, ein Wolf habe jemanden aus ihrer Mitte gerissen, schlimmer war als die Gewissheit, dass in dieser Nacht ein Mörder im Dreescher Forst unterwegs gewesen war. Auch die Fotografen packten ihre Kameras ein, während die Fernsehteams enttäuscht ihre Ausrüstung in den Autos verstauten. Für sie war hier nichts mehr zu holen. Wenig später wurde die Umgebung des Tatorts durch die weißen Anzüge der Spurensucher geprägt. Theda Siefken sorgte dafür, dass bis auf die Besatzung eines Streifenwagens alle anderen Schutzpolizisten abzogen und nutzte die Gelegenheit, sich von einem der Streifenwagen nach Aurich bringen zu lassen.

»Komm, Stine, lass uns ein Stück gehen und über den Fall nachdenken! Im Moment stehen wir hier ohnehin nur im Weg.« Grote folgte dem Feldweg, der am Waldesende in die Wiesen abbog. Stine ging schweigend neben ihm her, bis sie an eine grob gezimmerte Eichenbank gelangten, auf der die Bauern wohl früher einmal die Milchkannen abgestellt hatten. Sie setzte sich hin und begann, mit den wie immer etwas zu hohen Absätzen ihrer Schuhe den verdorrten Lehmboden aufzukratzen. »Es hat seit vielen Tagen nicht mehr geregnet. Der Boden ist von der Sonne hart gebrannt worden. Falls der Täter mit einem Auto zum Hochsitz gefahren ist, werden wir gewiss keine Reifenabdrücke finden.« Sie stand auf, stellte sich auf die Bank und ließ von oben den Blick kreisen. »Aus dieser Richtung könnte er ohnehin nicht gekommen sein, der Feldweg endet dort hinten an einem Kanal, danach geht es nicht weiter.«

»Ja«, Grote nickte ernst, »das habe ich auch gedacht. Wenn der Täter mit dem Auto zum Wald gefahren ist, muss er vom Ort her gekommen sein. Als wir den Feldweg hinter dem Reiterhof befuhren, fiel mir gleich auf, dass der Untergrund knallhart und trocken ist. Falls es dort überhaupt Spuren der vergangenen Nacht gegeben haben sollte, wären sie durch die vielen Fahrzeuge, die vor uns zum Tatort gefahren sind, sowieso vernichtet.«

Inzwischen hatte Stine sich wieder hingesetzt und schaute zu dem Hochsitz hinüber, der gerade von einem der Spurensucher erklommen wurde. Die grelle Sonne ließ dessen weißen Anzug so hell leuchten, dass er alles andere überstrahlte, und es schien ihr so, als sei dort ein Strichmännchen am Werk. »Ich habe mit den Kollegen von der Schutzpolizei gesprochen. Auslöser des Einsatzes war Hannes Breger, der Besitzer des Pferdehofs. Er war es auch, der Hinnerk Weerts gefunden hat. Weerts' Tochter hat am Morgen bei ihm angerufen und gebeten, zum Hochsitz zu fahren. Sie vermisste ihren Vater und machte sich Sorgen.«

Grote zog verwundert die Augenbrauen hoch. »Warum ist sie nicht selbst gefahren, um nachzuschauen?«

»Der Kollege sagte, dass die Familie Weerts in Menstede wohnt, südwestlich von Arle. Das ist ein gutes Stück vom Wald entfernt. Da lag es nahe, Breger zu bitten, schnell einmal nachzuschauen. Die beiden Familien sollen seit Jahren eng befreundet sein.«

»Dann bring deine müden Knochen in Bewegung!« Grote reichte Stine die Hand und zog sie mit einem Ruck von ihrem Sonnenplatz. »Als Erstes sollten wir mit Breger sprechen. Unsere Leute werden noch einige Zeit am Tatort zu tun haben. Mit denen können wir hinterher noch reden.«

Der Pferdehof, dem Grote und Stine bei der Anfahrt nur wenig Beachtung geschenkt hatten, erwies sich als eine Art Gestüt, in dessen Mitte sich ein weißes Gutshaus befand. An der Zufahrt stand ein Messingschild, welches Hannes Breger als studierten Pferdewirt auswies. »Mit einem normalen Bauernhof hat das hier nichts zu tun«, raunte Stine, als sie den Türklopfer in Form eines Pferdekopfes betätigte, denn eine Klingel gab es nicht. »Das ist schon die ›Upperclass‹, würde ich sagen!«

Hannes Breger, es gab keinen Zweifel, dass er es war, der die Tür öffnete, präsentierte sich als Mann weit jenseits der 60. Er trug beige Reithosen mit Lederbesatz, wirkte sportlich durchtrainiert und war braungebrannt. Sein ungewöhnlich dichtes Haar war von der Sonne gebleicht. Alles in allem ein Mann, der beeindruckte, wenn da nicht der traurige Blick gewesen wäre, der die positiv-kraftvolle Ausstrahlung zunichtemachte. Grote gelang es gerade noch, sich und Stine vorzustellen, doch weiter kam er nicht, denn Breger winkte ab. »Kommen Sie bitte herein, ich habe Sie vorhin gesehen und bereits erwartet«, sagte er mit gedämpfter Stimme. »Sie werden viele Fragen haben.«

Er bat seine Besucher in eine Art Salon, wo sie auf eine schwarzhaarige Frau trafen. Sie mochte gut 30 Jahre alt sein, stand mit dem Rücken zu ihnen vor einem riesigen Fenster und starrte zu einer Pferdekoppel hinüber, auf der einige Fohlen herumtollten. Als sie sich umdrehte, sah man an ihren rotgeweinten Augen, dass es ihr schlecht ging.

Breger ging zu ihr und nahm sie in den Arm, als wolle er sie beschützen: »Das ist Wiebke Weerts, Hinnerks Tochter und mein Patenkind.« Mit einer Geste bat Breger seine Besucher, an einem Tisch Platz zu nehmen, und drückte zugleich unauffällig einen kleinen Knopf an der Wand. Wenig später erschien eine Frau mit einem Silbertablett und servierte schweigend Tee und Gebäck, dann verschwand sie leise. Niemand sprach in der Zwischenzeit ein Wort. Die bedrückende Stille wurde nur ab und an von dem Schluchzen der jungen Frau unterbrochen.

Unter normalen Umständen hätte sich Stine mit Heißhunger auf die Kekse gestürzt, doch die Trauer, die von Hannes Breger und Wiebke Weerts ausging, füllte den Raum und ließ jegliche Begehrlichkeiten ersticken. Selbst Grote, der sich ansonsten nicht von solchen Situationen beeindrucken ließ, saß verkrampft auf seinem Stuhl und starrte in der Hoffnung zu Boden, Stine möge die richtigen Worte finden.

»Es tut mir so leid, was mit Ihrem Vater geschehen ist!« Endlich durchbrach Stines Stimme die Stille und sie hätte nun so etwas sagen müssen wie: »Trotzdem müssen wir Ihnen einige Fragen stellen«, doch beim Anblick der Frau, die zusammengesunken vor ihnen hockte, fühlte sich ihr Hals an wie zugeschnürt.

Es war Hannes Breger, der die Situation auflöste. »Ich werde Ihnen jetzt erzählen, was gestern passiert ist, dann können Sie verstehen, warum ich mich selbst schuldig am Tod meines besten Freundes fühle.« Er ging zu einem an der Wand stehenden Sekretär, öffnete eine Schublade und holte einen Umschlag hervor. Dann schob er den beiden Polizisten eine digitale Speicherkarte hinüber. »Sie finden die Aufnahmen, um die es geht, auf der Speicherkarte. Ich habe die wichtigsten Fotos aber der Einfachheit halber ausgedruckt. Sie dürfen diese Bilder ebenfalls mitnehmen.« Er nahm ein im DIN A4 Format ausgedrucktes Foto und legte es Grote und Stine vor.

»Mit diesem Foto hat die Tragödie begonnen. In der Nacht von Montag auf Dienstag, also gestern in den frühen Morgenstunden, bemerkte ich, dass einige Pferde, die wir über Nacht auf der Koppel gelassen hatten, unruhig wurden. Ich ging gemeinsam mit einem meiner Männer nach draußen, um die Ursache zu finden, wir konnten aber nichts Auffälliges entdecken. Danach beruhigten sich die Tiere wieder. Am Morgen habe ich dann routinemäßig die Wildkameras überprüft, die ich vor einiger Zeit an den Koppelzäunen anbringen ließ. Durch eine der Kameras ist dieses Bild entstanden. Es zeigt auf dem Feld ein Tier, aber Details sind in der Dunkelheit nicht zu erkennen.«

Grote schaute sich das Foto lange an, doch schlau wurde er daraus nicht. »Vielleicht ein Hund? Ein Fuchs? Ein Rehkitz oder ein Waschbär? Ich habe keine Ahnung, was das sein soll. Es ist auch nicht einzuschätzen, wie weit das Tier von der Kamera entfernt war, denn durch den Schattenwurf, den das Licht Ihrer Torbeleuchtung bewirkt, ist alles seltsam verzerrt.«

»Genauso ging es uns auch, allerdings haben Sie ein Tier in Ihrer Aufzählung vergessen. Könnte es sich um einen Wolf handeln?« Breger sah Grote fragend an, dann zuckte er mit den Schultern. »Ich habe Hinnerk das Bild gezeigt, der tippte auf einen streunenden Hund. Ich konnte mich mit seiner Vermutung jedoch nicht zufriedengeben, denn für mich steht viel auf dem Spiel. Sollte jemals ein Wolf über meine Pferde herfallen, würden viele Reiter ihre Tiere von meinem Gestüt abziehen. Deshalb habe ich Hinnerk um Hilfe gebeten. Er wollte mir den Gefallen tun und in der Nacht ein Auge auf mein Anwesen werfen, um den Wolf, falls es sich doch um einen handelt, zu vertreiben. Das Angebot habe ich gerne angenommen.«

Er entnahm dem Umschlag ein weiteres Foto. »Auf diesem Bild ist Hinnerk zu sehen. Auf dem Weg zum Hochsitz hat er die Kamera im Vorbeifahren gestern um 20.51 Uhr ausgelöst und sogar noch aus dem geöffneten Fenster gewunken, weil er um diese Kamera wusste. Der Gedanke ist mir unerträglich, dass er schon wenige Stunden später Opfer dieser Bestie wurde.«

Stine zuckte nach Bregers letzten Worten förmlich zusammen und blickte zuerst ihn, dann Wiebke Weerts an. »Hat es Ihnen denn noch niemand gesagt? Es gibt keinen Wolfsangriff. Ihr Vater ...«, sie wandte sich Wiebke zu und ergriff ihre Hand, bevor sie den Satz vollendete, »... Ihr Vater wurde Opfer einer Gewalttat. Wir gehen im Moment davon aus, dass er erschossen wurde.« Stines Worte schienen Wiebke Weerts wie ein Keulenschlag zu treffen und lösten bei ihr erneut einen heftigen Weinkrampf aus, so dass Stine sie am Arm nahm und aus dem Zimmer an die frische Luft führte.

Als die beiden Männer allein waren, hielt Grote es für angebracht, etwas klarzustellen: »Ich glaube nicht, dass Sie sich irgendwelche Vorwürfe machen müssen, Herr Breger. Wir wissen noch nicht, was genau passiert ist, aber wir werden es herausfinden.«

Hannes Breger, den diese Neuigkeit nicht minder erschütterte, schüttelte ungläubig den Kopf. »Ich verstehe das nicht. Hinnerk war ein in Arle geachteter Mann, den alle mochten. Wer sollte ihm etwas angetan haben?« Er schaute nach draußen und vergewisserte sich, dass Wiebke noch mit der Polizistin auf der Terrasse stand. Dann fuhr er fort: »Als Wiebke mich heute Morgen anrief, weil sie ihren Vater vermisste, habe ich die Aufnahmen der Kamera gesichtet. Ich sah sofort, dass Hinnerk Richtung Wald, aber nicht wieder vom Hochsitz zurück nach Arle gefahren ist. Er musste aber über diesen Feldweg zurückgefahren sein, denn einen anderen Weg gibt es auf dieser Seite des Waldes nicht. Also habe ich mich sofort in mein Auto gesetzt und Hinnerk gefunden. Ich war wie gelähmt, als ich das viele Blut sah und bin nicht dichter herangegangen. Die Polizei kam sehr schnell und sagte mir angesichts der grauenhaften Verletzung, dass ein Wolfsriss als Ursache in Frage käme. Daran haben Wiebke und ich bis eben fest geglaubt.«

»Gab es außer durch Ihren Freund in dieser Nacht noch weitere Auslösungen auf der Wildkamera?« Grote sah ein Foto, auf dem ein grüner Trecker zu sehen war.»

»Nein, mit Ausnahme von Bauer Lange, der mit seinem Trecker gestern am frühen Abend auf das Feld fuhr und eine Stunde später wieder zurückkehrte. Ansonsten hat es auf dem Feldweg keinerlei Bewegungen gegeben.«

Die Terrassentür wurde aufgeschoben, und Stine trat in Begleitung der jungen Frau ein. Wiebke Weerts schien sich inzwischen wieder unter Kontrolle zu haben. Zwar waren die Augen immer noch gerötet, aber ihr Gesichtsausdruck hatte sich verändert. Grote war so, als sei ihre pure Verzweiflung inzwischen einer stillen Gefasstheit gewichen. Zwar gab es noch einiges zu hinterfragen, doch Grote empfand es als unangemessen, jetzt weiter auf sie einzureden. Im Moment hatten sie der jungen Frau genug zugemutet. Eine Frage allerdings war unaufschiebbar: »Es tut mir leid, aber das ist wirklich wichtig für uns zu wissen: Als ihr Vater gestern in den Wald fuhr, hatte er seine Waffen dabei?«

Wiebke nickte und antwortete leise: »Ganz bestimmt, er geht niemals ohne dorthin.«

Grote gab Stine ein Zeichen, das sie zu deuten wusste, und nachdem sie, penibel wie immer in solchen Dingen, Bregers und Wiebke Weerts' Kontaktdaten notiert hatte, fuhren sie wieder zurück zum Tatort.

Schon von weitem erkannten sie Karl Langwedel, den Chef der Tatortgruppe. Er stand am Rande des Feldweges, hatte von dort aus seine Leute im Auge und hielt ein uraltes, hölzernes Klemmbrett vor sich, auf dem er eifrig Notizen machte. Stine konnte sich eine kleine Stichelei nicht verkneifen. »Ist das dein neuer Laptop, Karl, mit dem du gerade arbeitest? Sehr cooles Design, und so dünn!«

Langwedel ließ sich nicht aus der Ruhe bringen, dazu kannten er und Stine sich zu gut. »Jetzt hör mal zu, Pumuckl: Dieser Laptop ist als einziger auf der weiten Welt komplett stromunabhängig und verfügt, solange ich genug Papier dabeihabe, über eine unbeschränkte Speicherkapazität. Zudem ist er gegen jeglichen Datenklau gefeit.«

Dass Stine polizeiintern gelegentlich Pumuckl genannt wurde, war angesichts ihrer feuerroten Haare nicht verwunderlich. Außerdem hatte sie sich diesen Rufnamen selbst verpasst, indem sie ihn vor langer Zeit einmal unter Grotes Türschild, das neben ihrem Büro an der Wand prangte, geschrieben hatte. So war es dort noch heute zu lesen, und jeden Vorstoß der Hausverwaltung, das Türschild durch ein neues mit der korrekten Aufschrift ›Kriminalhauptkommissar Grote, Kriminalkommissarin Lessing« zu ersetzen, hatte sie bisher abzuwehren gewusst.

»Dann erzähl uns mal, was uns dein Supergerät über den Tatort verraten kann, Karl!« Stine stellte sich neugierig hinter den Kollegen und versuchte, einen Blick auf dessen Notizen zu werfen, doch das gelang ihr nicht, denn mit den Worten: »Am besten, ich zeig es euch«, setzte Langwedel sich in Bewegung. »Wir sind mit dem Tatort durch. Ihr könnt ungeniert herumtrampeln. Tut euch also keinen Zwang an.« Er wies auf den Hochsitz. »Auf dem Hochsitz haben wir keinerlei relevante Spuren gefunden, mal abgesehen von frischem Kaffee auf dem Boden. Weerts wird ihn selbst beim Öffnen seiner Thermoskanne verschüttet haben.« Nun zeigte er auf Spuren im Gras, das zwischen Wald und Feldweg wuchs. »Man kann es gut an den Abdrücken erkennen. Weerts ist einmal von seinem Auto rüber zum Hochsitz gegangen und später auf demselben Weg wieder zurück. Das lässt sich aus der Bruchrichtung der Gräser ableiten. Falls ihr auf Fremdspuren hofft, muss ich euch leider enttäuschen. Wir haben nichts gefunden, weder im Umfeld des Hochsitzes noch am unmittelbaren Tatort neben dem Auto. Auch am Toten selbst war nichts zu finden. Vielleicht kann euch euer Lieblingsprofessor aus Hannover da weiterhelfen.«

Er zeigte auf die unverschlossene Kiste im Heck des Autos. »Hierin hat er vermutlich seine Waffen und die Munition transportiert. Die Kiste wurde aufgeschlossen und ist nun leer. Das Schlüsselbund steckt noch drin. Daran sind auch Weerts' Fahrzeugschlüssel und Haustürschlüssel angebracht.« Die Reste einer leeren Pappschachtel, die sich hinter der Metallkiste versteckt hatte, erweckte Stines Interesse und sie streckte die Hand danach aus, doch Langwedel gab ihr einen Klaps auf die Hand. »Finger weg, Stine! Mit dem Wagen sind wir noch nicht durch. Bericht kommt morgen.«

»Dann eben nicht!«, maulte Stine, und zog die Hand zurück. »Ich befürchte, die Waffen habt ihr nicht gefunden, oder?« Sie ahnte, dass diese Frage entbehrlich war.

Langwedel schüttelte den Kopf. »Nein, nichts zu finden. Wir wissen allerdings nicht, ob und welche Waffen Weerts mitgeführt hat. Das müsst ihr unbedingt abklären. Ich befürchte allerdings, dass der Täter mindestens eine Waffe erbeutet hat.« Er trat an Weerts' Leichnam, der von einer Plane abgedeckt war und hob sie so dezent an, dass es Stine erspart blieb, die grässlichen Verletzungen aus der Nähe betrachten zu müssen. »Hier, an der rechten Seite seines Gürtels befindet sich ein Lederholster. Es ist leer! Obwohl er an diesem Abend nicht auf der Jagd war, wie ich gehört habe, vermute ich, dass er auch sein Gewehr dabeihatte. Das fehlt ebenfalls.«

Grote ging auf die Knie und schaute genau hin: »Das Holster passt zu einem mittelgroßen Revolver, würde ich vermuten. Ein Pistolenholster wäre erheblich schmaler.«

»Darauf tippen wir auch!«, stimmte Langhorst zu. »Wir haben übrigens Papiere, Scheckkarten und Bargeld beim Toten gefunden. Ein klassischer Raubmord in diese Richtung scheidet damit wohl aus.« Nach seiner Einschätzung deckte er den Leichnam wieder ab.

Stine schaute nachdenklich auf die Umrisse des Toten, die sich nun nur noch schemenhaft abzeichneten. »Wenn es nicht um Geld ging, worum dann? Darum, dass sich der Täter in den Besitz der Jagdwaffen bringen wollte, ging es ja wohl in erster Linie nicht. Schließlich ist der Täter nach Stand der Dinge selbst bewaffnet gewesen und hat ihn erschossen.«

»Was ihn nicht daran hinderte, Weerts' Waffen trotzdem mitzunehmen«, führte Langwedel den Gedanken fort. »Ihr wisst selbst, dass Schusswaffen, egal um welche Art es sich handelt, auf dem Schwarzmarkt gutes Geld einbringen. Da konnte der Mörder wohl nicht widerstehen.«

Grote wollte sich nicht festlegen. »Unter Umständen ging es ja um etwas ganz anderes, vielleicht eine private Angelegenheit oder einen Streit unter Jägern, der aus dem Ruder lief. Vielleicht gab es ein Zusammentreffen mit einem Wilderer?«

Stine fing an zu lachen. »Also echt, Chef! Du glaubst doch wohl nicht wirklich an eine Wilderer-Geschichte à la Ludwig Ganghofer? Der Wildschütz streift durch den finsteren Forst und meuchelt den braven Jägersmann!«

Grote musste selbst lächeln. »Nein, nicht wirklich!« Er wurde wieder ernst und schaute in Richtung Wald. »Unklar ist mir allerdings, wie der Täter überhaupt ungesehen an den Tatort gelangt ist. Wegen der Überwachungskameras am Pferdehof wissen wir, dass er sich nicht mit einem Auto über Straße und Feldweg genähert hat. Das hätten die Kameras verraten. Bleiben nur zwei Möglichkeiten: Entweder, er hat zu Fuß einen so weiten Bogen über das Feld geschlagen, dass die Kameras ihn nicht mehr erfassen konnten, oder er ist von hinten durch den Wald gekommen.«

»Das allerdings verrät uns eine ganze Menge«, sagte Stine und verwunderte damit ihre beiden Kollegen.

»Wäre die junge Dame so freundlich, uns an ihren Erkenntnissen teilhaben zu lassen?«, fragte Langwedel und schaute Stine streng über die Brillengläser an.

»Na ja, es lässt die Vermutung aufkommen, dass der Täter um die Existenz der Überwachungskameras wusste und sie deshalb ganz gezielt umging. Ein Ortsfremder wäre ahnungslos in die Überwachung geraten. Ich glaube allerdings nicht, dass der Täter den Umweg über die Wiesen und Felder nahm. Dann hätte Hinnerk Weerts ihn bei seiner Annäherung nämlich schon frühzeitig bemerkt, da er von seinem Hochsitz aus genau in diese Richtung freien Blick hatte. Es wäre also naheliegend, dass der Täter durch den Wald zum Hochsitz gelangte. Auch das deutet darauf hin, dass der Täter sich auskannte und wusste, dass er Weerts in dieser Nacht an diesem Ort finden würde. Ich denke, von einem zufälligen Zusammentreffen Weerts' mit seinem Mörder sollten wir nach Stand der Dinge vorerst nicht ausgehen!«

»Schlaumeier!«, sagte Grote trocken und ließ sich sogar gefallen, dass Stine ihn in ›Schlaumeierin‹ korrigierte. »Aber deine Überlegungen sind nicht von der Hand zu weisen«, gab er dann zu und stellte befriedigt fest, dass Langwedel derselben Meinung war.

»Hundestaffel?« Langwedel stellte diese Frage in den Raum, und Grote nickte sofort.

»Es muss ja nicht gleich eine ganze Staffel sein. Ein Hund würde uns genügen. Mit etwas Glück ist der in der Lage, den Weg zu finden, über den sich der Mörder angeschlichen hat.«

Tristan

Eine Stunde später näherte sich ein Auto und ein Polizist stieg aus. Statt der normalen Uniform trug er einen Overall mit der Aufschrift ›Polizei Wilhelmshaven - Diensthundestaffel‹. »Moin miteinander! Alrik Stolle mit Tristan. Habe gehört, ihr braucht Hilfe durch eine konkurrenzlos gute Supernase?« Er öffnete den Kofferraum und ein Schäferhund sprang heraus. »Da hätte ich jemanden für euch!«

Grote erläuterte dem Hundeführer, worum es hier ging: »Der Täter könnte aus dem Wald gekommen und auf demselben Weg wieder verschwunden sein, doch sichtbare Fußabdrücke konnten wir nicht entdecken!«

Es war leicht zu erkennen, dass Stolles Enthusiasmus gedämpft wurde. »Einfacher wäre es für uns, wenn wir einen Geruchs-Spurenträger des Täters hätten. Daran könnte sich der Hund orientieren. So müssen wir auf Verdacht suchen. Das wird nicht einfach, weil inzwischen viele Menschen hier herumgelaufen sind. Aber schauen wir mal, was mein Tristan findet.«

Der so Benannte wurde an eine kurze Leine genommen. Dann ging Stolle mit ihm langsam am Waldrand entlang, bis der Hund plötzlich zu zerren begann und in den Wald drängte. Der Hundeführer gab sofort Leine und hatte Mühe, seinem Hund zu folgen. Grote und Stine gingen den beiden in gewissem Abstand hinterher und bemerkten, dass Tristan einen Weg nahm, der fast schnurgerade den Wald durchquerte. Wenn man genau hinschaute, konnte man auf dem Boden ab und an niedergetrampelte Zweige erkennen. Nur dort, wo dichtes Unterholz oder umgestürzte Bäume Hindernisse bildeten, hatte der Täter, wenn er es denn war, der diese Spuren hinterlassen hatte, einen Umweg genommen. Tristan machte seinem guten Ruf alle Ehre und nur einmal, als er plötzlich im rechten Winkel vom bisherigen Weg abbog, um einer anderen, offensichtlich interessanteren Spur zu folgen, musste der Hundeführer eingreifen und ihn an seine Dienstpflichten erinnern. »Hier hat vermutlich vor kurzem ein Reh unseren Weg gekreuzt, da konnte mein Kollege nicht widerstehen!«, rief Stolle über die Schulter nach hinten. »Aber jetzt ist er wieder auf Kurs!«

Es dauerte nicht lange, dann hatten sie den Wald durchquert, und Tristan zog seinen Herrn nun über eine Wiese, bis er an einem asphaltierten Feldweg stehen blieb. Der Grund für die plötzliche

Arbeitsverweigerung stieg allen Beteiligten streng in die Nase. »Schade, aber hier ist für uns Feierabend«, sagte Stolle enttäuscht. »Ein Güllewagen ist über den Feldweg gefahren und hat einen Teil seiner Ladung dabei verspritzt. Das überlagert alle anderen Spuren.«

Auch wenn der anfänglich so hoffnungsvolle Ansatz dadurch verpuffte, war das bisher erzielte Ergebnis von Bedeutung. »Wenn mir mein Orientierungssinn keinen Streich spielt, sehe ich deine These bestätigt, Stine«, sagte Grote und drehte sich einmal im Kreis. »Dieser Feldweg führt von Arle aus an die Rückseite des Waldes, ich schätze, wir stehen jetzt knapp einen Kilometer vom Ort entfernt. Hier ist der Täter dann nach rechts ganz gezielt in Richtung Wald abgebogen. Er scheint genau gewusst zu haben, dass er so direkt an den Hochsitz gelangt.« Grote nickte, als wolle er seine eigenen Worte noch einmal bestätigen. »Der Bursche wusste ganz genau, wie er ungesehen zum Hochsitz und wieder zurück gelangt. Also jemand, der sich in der Gegend bestens auskennt.«

Der Hundeführer war bereits wieder auf dem Rückweg, und der Umstand, dass Tristan dabei nicht auf andere Reize reagierte, zeigte, dass der Täter außer niedergetretenem Gras und zerbrochenem Unterholz keinerlei Spuren hinterlassen hatte.

Als Grote und Stine wieder auf der anderen Seite des Waldes heraustraten, hatten die Kollegen der Spurensicherung ihre Arbeit weitestgehend beendet. Zwei Männer in schwarzem Anzug waren gerade dabei, einen Zinksarg in einen Leichenwagen zu schieben. »Ihr wisst, wohin ihr fahren sollt?«, rief Stine vorsichtshalber zu ihnen hinüber, worauf einer der beiden einen Zettel schwenkte. »Ja, Hannover, LKA, Professor Hellinghaus. Ihr Kollege hat es uns aufgeschrieben!«

Wenige Minuten später saßen Grote und Stine wieder in ihrem neuen Dienstwagen. Stine hatte sich sogleich für den Beifahrersitz entschieden, und nachdem sie ihn mit den Worten: »So viel Beinfreiheit wie unsere Staatsanwältin braucht kein Mensch!«, ein gutes Stück weiter nach vorne geschoben hatte, nahm sie ihren Laptop auf die Knie. Sie rief ein Satellitenbild von Arle und Umgebung auf und vergrößerte es so, dass Details des Dreescher Forstes zu erkennen waren. »Der Hochsitz ist von oben aus nicht zu erkennen. Er steht unter den Bäumen. Aber ungefähr hier müsste er sich befinden, denn ein Stück weiter ist die Bank zu sehen, auf der wir vorhin gesessen haben.«

Grote interessierte die andere Seite des Waldes, von der aus sich der Täter genähert hatte, mehr. »Wie vermutet! Der Feldweg führt direkt nach Arle hinein. Leider gibt es in diesem Bereich keinerlei Bebauung. Die Chance, dass jemand Beobachtungen gemacht hat, die uns weiterhelfen, ist mehr als gering.«

Stine trieb ein anderes Problem um. »Noch wichtiger als die Frage, wie der Täter an den Tatort gelangt ist, scheint mir zu sein, warum er ausgerechnet zu diesem Zeitpunkt dort war. Zufall? Dafür ist nach meinem Empfinden der Weg durch den Wald zu zielgerichtet. Außerdem handelte es sich nicht um einen Trampelpfad, von dem man annehmen könnte, dass er häufiger benutzt wird. Wenn jemand an diesem Abend zum Hochsitz wollte, warum hat er diesen mühsamen, komplizierten Weg gewählt, wo er doch viel bequemer dorthin gelangen konnte? Da gibt es nur einen Grund: Er hatte von vornherein keine guten Absichten.«

»Richtig!« Grote nickte. »Es fällt mir zwar schwer, aber ich denke, wir müssen heute unbedingt noch einmal mit Wiebke Weerts sprechen. Zwei Dinge sind schnellstens zu klären: Wer wusste, dass ihr Vater sich im Wald aufhielt, und welche Waffen hatte er dabei?« Er schaute Stine an und sagte mit entwaffnender Freundlichkeit: »Einer von uns beiden müsste sie anrufen und fragen, ob sie sich in der Lage fühlt, noch einmal mit uns zu sprechen.«

Stine atmete hörbar aus. »Es ist immer dasselbe. Wenn es unangenehm wird, schickst du **mich** vor.« Ihr schmollender Gesichtsausdruck zeigte an, dass sie sich in der Rolle der beleidigten Leberwurst gefiel.

»Stimmt!«, grinste Grote unverhohlen. »Andererseits: Wenn es richtig brenzlig wird, gehe **ich** voran.«

Nur kurz stutzte Stine, dann klopfte sie Grote kumpelhaft auf die Schulter. »Ich muss zugeben, Chef, das stimmt nun auch wieder. Das ist wohl unser Erfolgsrezept, die perfekte Arbeitsteilung.« Sie suchte Wiebke Weerts' Handynummer heraus und erfuhr nach einem Anruf, dass diese den Reiterhof mittlerweile verlassen hatte und nach Hause gefahren war. Mit den Worten: »Kommen Sie nur rüber! Es ist nicht weit zu fahren«, antwortete sie auf Stines Bitte.

Zwei Waffen

Tatsächlich war es vom Hochsitz bis zum Haus der Familie Weerts nicht weit. Menstede lag so dicht neben Arle, dass es einem kaum bewusst wurde, dass man gerade von einem Ort in den anderen wechselte. Wie erwartet konnte dieses Haus es nicht mit dem von Hannes Breger aufnehmen. Es lag in einem Garten, der etwas mehr Pflege verdient hätte und von herumliegendem Kinderspielzeug und einem runden Trampolin dominiert wurde. Wiebke Weerts stand schon in der Tür und erwartete ihre Besucher. »Wir können hinten im Garten sitzen! Meine Tochter ist mit ihrem Papa zum Badesee nach Großheide geradelt. Das machen die beiden nachmittags öfter. Außerdem weiß die Kleine noch gar nicht, was mit ihrem Opa passiert ist.«

Grote und Stine nahmen unter einem Baum Platz und warteten, bis Wiebke Weerts sich eine Zigarette angesteckt hatte. Ihre leicht zitternden Hände verrieten, dass es um ihre Fassung und Selbstbeherrschung lange nicht so gut bestellt war, wie sie den Polizisten vorzuspielen versuchte. Wiebke selbst schien das zu bemerken. »Sie werden sich vielleicht über meine Reaktion gewundert haben, als ich erfuhr, dass mein Vater erschossen wurde. Es war für mich ...«, sie suchte nach Worten, »... Schock und Erleichterung zugleich. Die Vorstellung, mein Vater sei von einem Wolf zerfleischt worden, empfand ich schrecklicher als die Nachricht, dass er ermordet wurde. Das ist natürlich schlimm genug, aber irgendwie kann ich damit besser umgehen. Obwohl ich mir seitdem ständig Gedanken mache, wer so etwas getan haben könnte. Mein Vater war ein beliebter und geachteter Mann. Jeder in Arle und umzu kannte ihn. Die meisten Menschen haben ihn noch als Lehrer erlebt.«

»Hatte er in letzter Zeit mit jemandem Streit, ist er gar bedroht worden oder mit jemandem aneinandergeraten?« Grote wollte sichergehen, dass sie kein mögliches Tatmotiv übersahen.

»Nein, überhaupt nicht. Mein Papa war nicht streitlustig. Und mit ihm aneinandergeraten konnte man schon deshalb nicht, weil er körperlich so angeschlagen war, dass er niemandem etwas hätte entgegensetzen können. Sein schwaches Herz ließ das gar nicht zu. Deshalb hatte ich immer Sorge, wenn er alleine in den Wald ging, aber er war diesbezüglich stur. ›Wenn es mich erwischt, wäre es mir am liebsten, ich würde einfach vom Hochsitz fallen. Dann habe ich es hinter mir‹, hat er einmal zu mir gesagt.« Wiebke Weerts' Blick verdüsterte sich, und es war zu erkennen, dass sie wieder mit den Tränen kämpfen musste.

Stine hätte der Frau gerne noch etwas Zeit gegeben, doch eine Frage brannte ihnen unter den Nägeln und musste unbedingt geklärt werden. »Könnten Sie bitte feststellen, ob und welche Waffen Ihr Vater gestern bei sich gehabt hat?«

Die Verblüffung war Wiebke Weerts ins Gesicht geschrieben. »Wieso? Haben Sie die nicht bei ihm gefunden? Mein Vater ging niemals ohne Waffen in den Wald, das sagte ich doch!« Als sie bemerkte, dass Stine den Kopf schüttelte, drückte sie die Zigarette hastig aus, holte einen Schlüssel aus dem Büro ihres Vaters und ging damit ins Wohnzimmer. Nach einem kurzen Blick in den Waffenschrank kehrte sie mit einer Waffenbesitzkarte zurück. »Er hatte, wie fast immer, die Brenner 18 Bockflinte sowie seinen Revolver, einen Taurus 605 im Kaliber .357 Magnum dabei. Diese Waffen fehlen. Alle anderen befinden sich noch im Schrank.«

Stine schaute etwas hilflos aus der Wäsche. »Kaliber .357 Magnum?« Grote half ihr. »Entspricht 9 mm, ist nur minimal größer!« Mit Waffen kannte er sich aus seiner Zeit beim Mobilen Einsatzkommando bestens aus.

»Aaah ja!«, sagte Stine langgezogen, fotografierte die Waffenbesitzkarte mit dem Handy und hatte damit alle erforderlichen Daten gesichert. »Können Sie uns sagen, wann Ihr Vater gestern zum Hochsitz gefahren ist und wer wusste, dass er dorthin wollte?«

»Er ist gegen 19 Uhr hier los, um im Arler Dorfkrug eine Kleinigkeit zu essen. Von dort aus wollte er direkt rüber in den Wald. Ich denke, dass die Gäste im Dorfkrug mitbekommen haben, was er vorhatte. Es war ja auch kein Geheimnis. Auch auf dem Pferdehof wird man es gewusst haben.«

Wichtige weitere Fragen waren für den Augenblick nicht mehr zu stellen, und Grote drängte zum Aufbruch. Die Vorstellung, eventuell noch auf Wiebkes Tochter zu treffen, behagte ihm nicht. Was hätte er sagen sollen, wenn ihm das Kind neugierige Fragen gestellt hätte?

Gerade hatte Wiebke Weerts die beiden zur Straße gebracht, da sahen sie von weitem einen Radfahrer in Begleitung eines kleinen Mädchens, das übermütig mit seinem Kinderrad in Schlangenlinien fuhr. Grote verabschiedete sich hastig. »Bloß weg«, raunte er Stine zu, startete schnell den Wagen und war froh, gerade noch die Begegnung mit den beiden vermieden zu haben. Stine sagte kein Wort. Sie wusste, dass immer dann, wenn es um Kinder ging, Grotes weicher Kern zum Vorschein kam. Stattdessen nahm sie ihren Laptop, gab einen Suchbegriff ein und sagte: »Der ›Arler Dorfkrug‹ befindet sich direkt neben der Kirche. Wir müssten vorhin eigentlich daran vorbeigefahren sein.« Grote lächelte. »Du wusstest, dass ich dorthin will?«

»Ach Stefan! Wir beide arbeiten schon so lange zusammen, dass ich dich vermutlich besser kenne als du dich selbst!«

*

Der Arler Dorfkrug befand sich im vorderen Teil eines langgestreckten Gebäudes, neben dem ein großer Parkplatz verriet, dass hier häufig Feste veranstaltet wurden. Während Grote zum Hauseingang ging, plierte Stine neugierig durch einen Spalt zwischen den Vorhängen. »Vor kurzem muss es hier hoch hergegangen sein. Die Deko von der letzten Feier hängt noch an der Decke!« Sie wollte sich auf den Weg zum Haupteingang machen, doch Grote kam ihr achselzuckend wieder entgegen. »Wir können abbrechen, Stine. Ausgerechnet heute hat der Dorfkrug Ruhetag und telefonisch ist niemand erreichbar!«

Schmauchspuren

Grote konnte ziemlich stur sein. Insbesondere dann, wenn es darum ging, seinem Sport trotz dienstlicher Verpflichtungen einen angemessenen Freiraum zu verschaffen. Also zog er auch an diesem Morgen nach einem hastigen Frühstück wieder einmal seine Laufschuhe an, drehte eine große Runde durch die noch morgenfrischen Wiesen und erschien mit einer gehörigen Verspätung an der Dienststelle. Ein schlechtes Gewissen hatte er dabei nicht. »Wenn wir bis spät in der Nacht arbeiten, interessiert das schließlich auch niemanden«, war seine Meinung. »Also nehme ich mir diese Freiheit.« Das hatte er selbstbewusst sogar einmal dem Polizeidirektor gesagt, der das akzeptiert hatte. Stine war das recht, sie machte kein Geheimnis daraus, dass sie es schätzte, wenn man sie am Morgen in Ruhe ließ. Büro lüften, die Kaffeemaschine in Betrieb setzen und gründlich die Mails checken, das war ihr Start in den Tag.

Also ließ Grote sich genüsslich das kühle Wasser über den Körper laufen und zuckte ungläubig zusammen, als er dieselbe Männerstimme vernahm, die ihn schon am Vortag erschreckt hatte. »Guten Morgen, Herr Grote! Stine lässt Sie fragen, ob Sie wüssten, was ein Déjà-vu sei? Heute hätten Sie eines, soll ich bestellen, denn Sie werden dringendst im Büro erwartet!« Der ungebetene Rufer war so schlau, schnellstens die Tür zum Duschraum zu schließen, und entging so einem Schwall von Flüchen und wüsten Beschimpfungen.

»Du hast noch Seifenschaum in den Ohren, Chef!«, war Stines lapidare Begrüßung, als Grote das Dienstzimmer betrat. »Ich hätte dir deine Duschorgie von Herzen gegönnt, doch die Siefken hat sich angekündigt. Es gäbe interessante Neuigkeiten aus Hannover, sagt sie. Einzelzeiten habe ihr der Professor am Telefon nicht sagen wollen, sondern für 9.30 Uhr eine Videoschaltung angekündigt, die wir gemeinsam bestreiten wollen.«

Grote grummelte einige unverständliche Worte und schenkte sich einen Kaffee ein. Er musste einräumen, dass es unter diesen Umständen besser war, sich beim Erscheinen der Staatsanwältin bereits im Büro aufzuhalten. »Ist der Abschlussbericht der Spurensicherung bereits eingegangen?« Er nahm einen großen Schluck und schaute Stine über die Schulter, die gerade eine neue Nachricht am PC geöffnet hatte.

»Just eben, ich lese ihn gerade.« Weit kam sie allerdings nicht, denn Staatsanwältin Theda Siefken riss in diesem Augenblick, wie immer, ohne anzuklopfen, die Tür auf und stürmte herein. Ihren Jägerhut schleuderte sie an den Garderobenhaken, warf ihren Lodenmantel achtlos hinterher und schob einen herumstehenden Stuhl so hin, dass sie von dort aus Stines Computer im Auge hatte. Ächzend ließ sie sich nieder, bat, nein, forderte einen Kaffee ein, und schaute gestresst auf ihre Armbanduhr. »Der Herr Professor hat heute extra für uns eine Frühschicht eingelegt. Er will sich in zwei Minuten bei Ihnen, Frau Lessing, auf dem PC per Bildschalte melden. Er sagte, es gäbe höchst interessante Neuigkeiten. Ich komme mit diesem neumodischen Kram nicht klar und dachte, dass es besser ist, wenn Sie diese Sache managen und ich bei Ihnen mitschaue.«

Grote trug mit Fassung, dass ihn Theda Siefkens technisches Unverständnis um sein Duschvergnügen gebracht hatte, und blieb freundlich. »Das ist eine gute Idee, Frau Staatsanwältin. Sie wissen doch, dass wir uns über jeden ihrer Besuche freuen!« Dabei schaute er sie so überzogen freundlich an, dass Theda Siefken misstrauisch wurde.

»Grote, wollen Sie mich veräppeln?« Sie zog kritisch eine Augenbraue hoch. »Solche Sprüche kenne ich nur von Skipper, ihrem stets zweifelhaft bekleideten Kollegen und Segelfetischisten.« Dann schaute sie genauer hin. »Sie haben da übrigens noch Schaum in den Ohren! Haben wohl heute Morgen wieder mal zu lange geduscht!«

Grote fühlte sich ertappt. Er lächelte säuerlich und war froh, als die Tür aufging und der gerade eben noch von Theda Siefken als ›zweifelhaft bekleideter Segelfetischist‹ bezeichnete Kriminaloberkommissar Harm Petersen eintrat.

»Ich hatte gerade in der Nähe zu tun und dachte, ich schaue mal bei euch rein«, begrüßte er seine Kollegen. Erst jetzt wurde er auf die Staatsanwältin aufmerksam. »Welch hoher Besuch in eurer kargen Hütte!« Er verneigte sich vor der Siefken und erntete prompt einen tödlichen Blick.

»Jetzt fangen Sie nicht auch noch an, rumzuschleimen! Wie sehen Sie eigentlich wieder aus?« Ihr Blick fiel auf Skippers farbbekleckerte, von Bootslack glänzende Hose. »Aber da Sie schon mal da sind, setzen Sie sich hin, und schauen mit zu. Man weiß ja nie, wozu das mal gut ist.«

35

Skipper hockte sich grinsend auf einen Stuhl in der Ecke und freute sich diebisch, dass er es mal wieder geschafft hatte, die Siefken auf die Palme zu bringen.

Ein durchdringendes ›Ping‹ auf Stines Computer kündigte in diesem Moment an, dass jemand zu einer Bildschaltung aufforderte, und nach Stines Bestätigung erschien wie erwartet Professor Hellinghaus auf dem Monitor. Er saß auf einem leeren Obduktionstisch, ließ die Beine baumeln und hielt eine Butterstulle in der Hand. Stine war sofort klar, dass diese makabre Inszenierung ausschließlich ihr galt. Nachdem sie vor langer Zeit einmal bei einer seiner Obduktionen schlappgemacht hatte, machte er sich einen Spaß daraus, sie zu foppen.

»Wie ich sehe, liebste Theda, haben Sie Ihre besten Ermittler beieinander. Sogar Skipper ist dabei!« Er machte eine kurze Pause und biss herzhaft ab. »Sie verzeihen, Frau Lessing, dass ich während der Konferenz esse, aber ich habe bisher noch keine Zeit gefunden, weil Ihr Fall so interessant ist.«

Stine heuchelte Verständnis. »Natürlich verstehe ich das. In Ihrer Situation würde ich es genauso machen!«, log sie und brachte Professor Hellinghaus damit zum Lachen.

»Wenden wir uns nun dem Wunder der Wissenschaft zu!« Der Professor war so taktvoll, das Butterbrot zur Seite zu legen. »Um es spannend zu machen, verraten Sie mir doch bitte einmal, von welchem Tatverlauf Sie bisher ausgehen. Wie ist dieser ältere Herr«, er wies auf die abgedeckte Leiche auf dem hinteren Seziertisch, »Ihrer Meinung nach ins Jenseits befördert worden?«

»Sehr weit sind wir in dieser Frage noch nicht«, räumte Grote ein. »Bisher stellt es sich so dar, dass jemand ihm auflauerte und ihn, nachdem er den Hochsitz verlassen hatte, erschoss. Hinterher hat sich der Täter mit den Waffen seines Opfers davongemacht.«

Der Professor beugte sich lächelnd so dicht an die Kamera, dass sein Gesicht unnatürlich verzogen wirkte. »Falsch, Herr Hauptkommissar! Nicht völlig falsch, doch ein ganzes Stück daneben. Ich ahnte bereits, dass Sie in diese Richtung denken würden.« Er trat einen Schritt zurück und brachte seinen bisher im Hintergrund stehenden Assistenten ins Spiel. »Lüttjens, aufdecken!«

Ein hagerer junger Mann erschien im Blickfeld, zog das grüne Laken vom Körper des Toten so weit zurück, dass die Schusswunde zu sehen war, und fing sich prompt einen Anpfiff ein: »So weit nun auch wieder nicht, Lüttjens! Sonst fällt unsere zartbesaitete Frau Lessing noch um.«

Dann wurde er wieder ernst. »Dass unser Weidmann ein passables Loch im Bauch hat, wissen Sie selbst. Und, liebste Theda, Sie haben natürlich recht. Es stammt von einer gehörigen Portion Schrot, die ihm verabreicht wurde. Gewissermaßen eine doppelte Portion, doch dazu später mehr. Todeszeitpunkt war übrigens gegen 03.15 Uhr, da lag meine Kollegin vom Notarztwagen richtig.« Hellinghaus machte eine kurze Pause, und man konnte Butterbrotpapier rascheln hören. »So, Lüttjens, Kamera zum Hinterkopf unseres Kunden!« Das Bild wurde wackelig, dann wieder schärfer. »Sehen sie diese Blutkruste unterhalb des Haaransatzes? Auf den ersten Blick unscheinbar, doch es zeugt nicht von einem banalen Sturz, sondern von einem kräftigen Schlag mit einem Knüppel.«

Stine fragte verwundert: »Er ist mit einem Knüppel aus dem Wald erschlagen worden, und dann schoss ihm jemand in den Bauch?« Auch Grote schüttelte ungläubig den Kopf.

»Wieder dicht daneben, und doch vorbei!«, erfreute sich der Professor an der Verwirrung der Polizisten. »Der hoffnungsvolle Jung-Pathologe Lüttjens, seit kurzem mein Assistent, ist zu einem anderen Ergebnis gekommen. Aber erzählen Sie selbst!«

Der so gelobte junge Mann wurde vom Professor vor die Kamera geschoben und begann, anfangs noch unsicher, zu berichten.

»Ich habe in der Wunde keine Partikel von Weichholz gefunden. Das wäre aber zu erwarten gewesen, wenn es sich um einen gewöhnlichen Ast aus dem Wald gehandelt hätte. In diesem Fall wäre immer etwas von der Rinde oder der Unterrinde haften geblieben. Das ließ mir keine Ruhe, also habe ich gesucht und am Ende einen winzigen Holzsplitter gefunden. Der stammt allerdings von glattem Holz, das zudem mit einer Klarlack-Schicht überzogen war. Ich habe ihn natürlich analysiert, es handelt sich um Buchenholz.«

Stine war die Erste, die daraus den richtigen Schluss zog. Auch sie beugte sich nun nach vorne, dichter an die Kamera ihres Laptops. »Das bedeutet, Herr Lüttjens, dass der Mörder diesen Knüppel oder was genau auch immer es war, bereits zum Tatort mitgebracht hat? Ich vermute, im Wald wird man so etwas kaum finden. Könnte es sich dabei um einen Baseballschläger handeln?«

37

Als Lüttjens die attraktive junge Polizistin sah, war es um seine gerade gewonnene Selbstsicherheit wieder geschehen. »Nein, das ... das können wir ausschließen. Baseballschläger haben eine andere Form, die sich in der Wunde widergespiegelt hätte. Zudem bestehen sie üblicherweise aus Eschen- oder Hickoryholz. Ich würde nicht von einem Knüppel im eigentlichen Sinne sprechen«, stammelte er, »sondern eher von einem Stiel. Etwas dicker als ein üblicher Besenstiel, vielleicht so dick wie ein Stück vom Holzstiel eines Spatens oder einer Schneeschaufel! Ein hölzerner Schlagstock, so wie es ihn im Handel zu Selbstverteidigungszwecken zu kaufen gibt, wäre sicherlich aus einer anderen Holzsorte.«

Stine bemerkte die Unsicherheit des jungen Arztes und lehnte sich wieder zurück, um ihn nicht weiter durcheinanderzubringen. »Vielleicht hat sich der Täter aus den Resten eines alten Stiels eine Art Schlagstock gebaut?«

Lüttjens nickte heftig. »Das wäre möglich, Frau Lessing!«

»So Lüttjens, Sie haben Ihren Auftritt gehabt!« Der Professor drängte den Assistenten mit seinem mächtigen Bauch zu Seite. »Jetzt ist der Chef wieder dran!« Hellinghaus ging zu der Leiche und hob die rechte Hand des Toten hoch. »Um Ihre Verwirrung zu komplettieren, folgt jetzt die nächste Entdeckung. Wir haben an der rechten Hand des Toten Pulverspuren entdeckt. Der Weidmann hat also kurz vor seinem Tod selbst eine Waffe abgefeuert.«

»Nun verstehe ich gar nichts mehr. Wie passt das alles zusammen, Professor?« Grote wusste nicht, wie er diese Fakten einordnen sollte.

»Dann will ich Ihnen gerne auf die Sprünge helfen. Der Schuss, das zeigen diese Schmauchspuren eindeutig, wurde mit einer Faustfeuerwaffe abgegeben. Ein von ihm abgefeuertes Gewehr, insbesondere eine Schrotflinte, hätte erheblich großräumigere Pulverspuren an Haut und Kleidung hinterlassen. Er schoss mit einer Pistole oder einem Revolver, und zwar **nachdem** er niedergeschlagen wurde. Wir haben an seinen Fingern Reste von Haaren und Blut gefunden.«

»Wir wissen, dass Weerts einen Revolver bei sich trug, als er in den Wald ging«, warf Grote ein.

»Das passt!«, erwiderte Hellinghaus. »Ich denke, er ging nach einem Schlag aus dem Hinterhalt zu Boden und fasste sich nach einer kurzen Phase der Benommenheit an den Kopf. Erst dann hat er seinen Revolver in die Hand genommen und geschossen. Übrigens:

Er hat nur einen einzigen Schuss abgegeben, sonst hätte ich noch mehr Schmauchspuren gefunden.« Der Professor legte eine Kunstpause ein. »Die beiden tödlichen Schüsse aus der Schrotflinte bekam er erst hinterher ab. Das ist sicher, denn bereits nach dem ersten Schrot-Treffer war er ganz gewiss nicht mehr in der Lage, mit seiner Kurzwaffe zurückzuschießen.«

Stine wusste, wie bedeutend diese Fakten für die Analyse des Tatablaufs waren. »Wenn der Täter Hinnerk Weerts an dessen Auto auflauerte und niederschlug, kann das nur bedeuten, dass er selbst zu diesem Zeitpunkt nicht über eine eigene Schusswaffe verfügte. Andernfalls wäre der risikoreiche Angriff mit einem Schlagstock gar nicht nötig gewesen. Schließlich hätte er ihn stattdessen aus sicherer Distanz erschießen können.«

»Sie sind ein schlaues Köpfchen, Frau Lessing!«, lobte der Professor und spann Stines These fort. »Aber wie gesagt, nach dem heftigen Schlag auf den Hinterkopf war Weerts vermutlich kurz benommen. Der Täter nutzte das aus, schnappte sich die geladene Schrotflinte samt im Kofferraum befindlicher Munition und wollte sich auf und davon machen. Er konnte nicht ahnen, dass sein Opfer neben der Flinte noch einen Revolver bei sich hatte. Nachdem sich Weerts wieder berappelt hatte, zog er seine Waffe und schoss, noch auf dem Boden liegend, hinter dem Räuber her. Ob er ihn in seinem Zustand tatsächlich getroffen hat, weiß ich natürlich nicht, aber vielleicht findet sich das Projektil des Revolvers irgendwo im Wald. Eines allerdings wissen wir: Selbst wenn der Räuber getroffen wurde, war er in der Lage, zurückzuschießen, und zwar zweimal nacheinander. Das erklärt auch die riesige Wunde. Somit wurde er vom Räuber zum Mörder. Als Weerts erschossen wurde, lag er übrigens immer noch am Boden, wie ich schon sagte. Es lässt sich aus dem Schusskanal des Schrots herleiten.«

»Das liefert uns auch eine Erklärung für den unnatürlich nach hinten überdehnten Arm des Toten«, sagte Grote. »Vermutlich ist der Mörder nach seinen beiden Schüssen noch einmal zu Weerts zurückgekehrt, ist von hinten an ihn herangetreten und hat dem bereits Toten den Revolver aus der Hand gerissen.«

»Alles, was Sie sagen, deckt sich mit dem Bericht unserer Spurensicherung, Herr Professor!«, bestätigte Stine. »Ich habe ihn noch nicht komplett gelesen, aber in der Liste der Beweisstücke ist der abgerissene Deckel einer Munitionsschachtel mit Schrotpatronen aufgeführt. Sie wurde in Weerts' Auto gefunden. Es handelte sich um 4 mm Schrot. Diese Patronen wird er auch in seiner Flinte geladen haben. Weitere Munitionsschachteln konnten nicht gefunden werden, die scheint der Täter mitgenommen zu haben.«

»Dann wurde der arme Hinnerk also mit seiner eigenen Schrotflinte ermordet!«, stammelte die Siefken und war tief betroffen.

»Ja, so schaut es aus, Theda!«, sagte der Professor mitfühlend. »Und zwar aus einer Entfernung von ca. sechs bis acht Metern. Sie wissen selbst, wie Schrotschüsse mit 4 mm großen Bleikugeln auf diese Entfernung wirken. Sie reißen riesige Löcher, weil das Schrot streut. Deshalb auch die anfängliche Vermutung, ein Wolf habe den Mann zerfetzt.«

»Eben weil die Wirkung eines solchen Schrotschusses so brutal ist, frage ich mich, warum der Täter trotzdem noch ein zweites Mal schoss«, sagte Grote nachdenklich. »Sie meinten ja selbst, dass Weerts nach dem ersten Treffer nicht mehr in der Lage war zu agieren.« Die Frage war von Grote zwar in den Raum gestellt, doch wusste er selbst, dass es nur zwei Antworten darauf gab. »Entweder verspürte er Lust am Töten, oder er handelte in Panik!«

Für den Moment war alles gesagt. Die Staatsanwältin und der Professor turtelten zum Abschluss der Videoschalte noch ein wenig herum und waren sich dabei sicher, dass sie es so unverfänglich taten, dass Außenstehende es nicht bemerkten. Dass Stine verschmitzt lächelnd hinter der Siefken stand und sich über den Flirt der beiden amüsierte, das entging ihnen.

Der zweite Schuss

Nachdem die Videoschalte beendet war, brach die Jägerseele der Staatsanwältin wieder durch. »Welche Waffentypen genau hat Hinnerk an dem Abend mitgeführt? Sie haben doch gestern mit seiner Tochter gesprochen.«

Stine holte ihr Handy hervor und las von dem Foto ab, das sie von der Waffenbesitzkarte angefertigt hatte. »Es handelt sich um eine Brenner 18 Bockflinte, sowie einen Taurus 605, Kaliber .357 Magnum.«

»Den Revolver kenne ich, aber mit dem Begriff ›Bockflinte‹ kann ich überhaupt nichts anfangen.«, sagte Grote und schaute die Staatsanwältin fragend an. Die war sofort in ihrem Element.

»Warum sollten Sie auch? Es handelt sich dabei um eine reine Jagdwaffe, die mir **selbstverständlich** vertraut ist.« Die Betonung der Siefken ließ von vornherein keine Zweifel an ihrem Sachverstand aufkommen. »Damit ist auch die Frage beantwortet, warum zweimal geschossen wurde. Diese Waffe verfügt über zwei Läufe, die übereinander angebracht sind und relativ schnell nacheinander abgefeuert werden können. Erst danach muss wieder nachgeladen werden. Ich denke, der Täter wollte einfach auf Nummer sicher gehen, dass Hinnerk ihm nicht mehr gefährlich werden konnte.«

»Verfügt die Waffe nicht über eine Sicherung?« Grote gab sich mit dieser Auskunft nicht zufrieden. »Oder ist davon auszugehen, dass Ihr Jagdfreund mit einer ungesicherten Waffe unterwegs war?«

»Natürlich nicht!«, schnaufte die Siefken empört. »Sicherheit geht vor. Die Waffe wird stets erst unmittelbar vor dem Schuss entsichert.«

Stine stand plötzlich auf und ging nachdenklich hin und her. »Ist es kompliziert, die Flinte zu entsichern?«

Die Staatsanwältin zögerte mit ihrer Antwort, denn Stines Frage war nicht ohne Grund gestellt. »Ich weiß, was Sie meinen, Kindchen!«, sagte sie plötzlich. »Natürlich ist es nicht schwer, diese Waffe zu bedienen. Es muss lediglich vor dem ersten Schuss der Sicherungshebel auf der Waffe umgelegt werden. Eigentlich kinderleicht …«

»… wenn man weiß, wo dieser Hebel sich befindet!«, vollendete Stine den Satz. »Ich selbst könnte das vermutlich nicht, ohne mich vorher damit beschäftigt zu haben. Es bedeutet, dass der Mörder sich mit dieser besonderen Waffe ausgekannt haben muss, denn in der Situation, in der er sich befand, hatte er wohl kaum Zeit, danach zu suchen.«

Grote lauschte dem Gespräch interessiert. »Also suchen wir vermutlich einen Mörder, der selbst Jäger ist oder zumindest sich als Waffennarr mit Jagdwaffen auskennt.«

»Das ist Ihre Sache, es herauszubekommen!«, beendete die Siefken schroff die Diskussion. »Dass der Täter ein Jäger ist, kann ich mir allerdings nur schwer vorstellen. Jäger sind anständige Menschen. Sonst hätten sie die schweren Prüfungen gar nicht bestanden, um einen Jagdschein und damit den Zugriff zu Waffen zu bekommen. Andererseits laufen genug Irre umher, die sich für Waffen interessieren, also suchen Sie dort!«

Mit diesen Worten raffte sie ihre Sachen zusammen und wollte sich zum Gehen fertig machen, doch Stine brannte etwas unter den Nägeln, was ihrer Meinung nach noch zu klären war. »Eine letzte Frage hätte ich da noch, Frau Siefken. Wie lange dauert es Ihrer Meinung nach, mit dieser Flinte zwei Schüsse abzugeben?«

Theda Siefken schaute Stine irritiert an, dann legte sie Hut und Mantel wieder zur Seite, stellte sich mitten in den Raum und streckte ihre Arme aus, als hielte sie eine unsichtbare Schrotflinte in der Hand. »Ich weiß nicht, was das soll, Kindchen, aber wenn es Sie glücklich macht … Zählen Sie selbst die Sekunden!«

In diesem Moment rief sie laut »Peng!« und deutete damit den Moment an, in dem Hinnerk Weerts auf den überraschten Täter geschossen hatte. »Ich schlüpfe jetzt in die Rolle des Täters. Zuerst bin ich erschrocken, dann muss ich mich wehren.« Die Staatsanwältin drehte sich um, legte den imaginären Sicherungsschalter um, nahm mit der unsichtbaren Flinte ein ebenso unsichtbares Ziel ins Visier. Erneut rief sie laut »Peng!« und riss danach die Hände nach oben. »Nun muss der Schütze neu visieren, denn der Rückstoß ist heftig!«! Sie zielte erneut und rief zum dritten Mal »Peng!« Mit den Worten: »Das wäre der zweite Schuss auf Hinnerk gewesen«, raffte sie Hut und Mantel zusammen. »Ich muss Ihnen nicht sagen, wie dämlich ich mir gerade vorgekommen bin!« Sie wollte aus dem Zimmer stürmen und hatte bereits die Türklinke in der Hand. Dann aber stockte sie und wollte wissen, welchen Sinn dieses seltsame Spiel gehabt haben sollte. »Warum eigentlich diese Sekundenzählerei?«

Stine hatte während des gesamten Vorgangs tatsächlich leise mitgezählt und war dabei zu einem Ergebnis gekommen. »Der zweite Schuss, den der Täter abgegeben hat, irritiert mich. Denn schon sein erster Schuss hat Hinnerk Weerts schwer getroffen und ihm eine leicht erkennbare, grausame Wunde zugefügt, wie der Professor sagte. Danach benötigte der Mörder ca. zwei bis drei Sekunden, bis er in der Lage war, einen zweiten gezielten Schuss abzugeben. Warum tat er das? Dieser Schuss war nicht mehr erforderlich. Er hatte durchaus die Wahl, zur Besinnung zu kommen und zu fliehen.«

Grote begriff sofort die Bedeutung dieses Rechenergebnisses. »Das könnte meiner Meinung nach ein Hinweis darauf sein, dass der Täter den armen Weerts ganz bewusst hingerichtet hat. Vielleicht fühlte er sich erkannt?«

Die Siefken kam wieder zurück und ließ sich auf einem der Stühle nieder. »Egal ob geplanter Mord oder im Exzess. Ich finde beides beunruhigend Es bedeutet schließlich, dass ein unberechenbarer Typ durch die Gegend rennt, der über keinerlei Selbstkontrolle verfügt!«

Grote legte seine Stirn in Sorgenfalten. »Zu allem Unglück ist er auch noch Waffennarr, wenn nicht gar ein Waffenfetischist. Eine wahrlich unheilvolle Mischung!« Stine ging währenddessen langsam ans Fenster, um einmal tief durchzuatmen, und wurde erst durch die Siefken aus ihren Überlegungen gerissen.

»Dann sehen Sie gefälligst zu, dass Sie diesen Psychopathen so schnell wie möglich aus dem Verkehr ziehen! Hinnerk, alter Jagdgefährte, das hast du wirklich nicht verdient!« Nach diesen Worten fiel die Tür mit einem mächtigen Knall ins Schloss.

Selbst Grote zuckte kurz zusammen. »Die These unserer Frau Staatsanwältin, dass es unter den Jägern nur anständige Menschen gibt, halte ich für sehr gewagt. Andererseits gebe ich ihr in einem gewissen Punkt Recht: Warum sollte jemand, der selbst ganz legal an Waffen gelangen kann, sie sich durch einen Überfall beschaffen?«

Während ihr Chef noch über die Charaktereigenschaften von Jägern nachdachte, hatte Stine bereits den Telefonhörer in der Hand und sprach mit dem Leiter der Tatortgruppe. »Karl, wir haben gerade erfahren, dass Hinnerk Weerts auf seinen späteren Mörder noch einen Schuss aus dem Revolver abgegeben hat. Wir müssen wissen, ob der von diesem Schuss getroffen wurde oder nicht. Falls ja, suchen wir nach einem Täter mit einer Schussverletzung, das würde die Arbeit vereinfachen.«

Karl Langwedel war ob dieses Auftrags nicht sonderlich erfreut. Ein Schuss, in den Wald hineingefeuert, ließ erwarten, dass das Projektil mit Glück irgendwo in einem Baumstamm steckte. Um es zu finden, mussten alle in der vermeintlichen Schussrichtung stehenden Bäume mit Metalldetektoren abgesucht werden. »Du weißt, Stine, dass unsere Chancen, etwas zu finden, dabei 1 zu 10 stehen. Aber für dich versuchen wir es.«

Nachdem Stine aufgelegt hatte, wiegte Grote seinen Kopf zweifelnd hin und her. »Wenn wir großes Pech haben, ist das Projektil steil nach oben geflogen, ohne überhaupt einen Baum zu streifen. Falls Karls Suche erfolglos verläuft, stehen wir auf dem Schlauch.«

»Vertraue auf dein Glück, und du ziehst es herbei!«, sagte Stine ungerührt und brühte frischen Kaffee auf.

»Wieder ein Spruch deiner Oma?« Grote knüllte bereits ein Stück Papier zusammen, um es auf Stine zu werfen. Das machte er häufig, wenn seine Kollegin in ihren unerschöpflichen Fundus von Zitaten griff. Nur der Umstand, dass Stine auch ihm eine Tasse Kaffee eingoss, hielt ihn davon ab, seinen aggressiven Vorsatz in die Tat umzusetzen.

»Nein, Oma war zwar eine kluge Frau, aber diese Worte stammen von dem römischen Philosophen Seneca. Bestimmt auch ein kluger Mann, fast so schlau wie meine Oma!« Stine sagte das so ernst, dass Grote nicht sicher war, ob sie das wirklich so meinte oder ihn auf den Arm nahm.

Skipper hatte seit seinem Eintreffen mal gespannt, mal amüsiert, aber stets schweigend das Treiben in dem Zimmer verfolgt und wollte nun gehen. »Ein komplizierter Fall, an dem ihr arbeitet.« Er schaute Stine an. »Machen wir es wie immer? Du hältst mich auf dem Laufenden?« Es war eine feste Gewohnheit geworden, dass Skipper in ihrem Mailverteiler einen Platz hatte und somit stets wusste, woran die beiden gerade arbeiteten.

Arler Dorfkrug

Es ging allmählich auf den Nachmittag zu, deshalb wurde es Zeit, sich auf den Weg nach Arle zu machen. Grote hatte bei ihrem gestrigen Besuch dort ein vergilbtes Pappschild an der Eingangstür zum Dorfkrug gesehen, das vor einer grauen Gardine mit Heftpflaster an der Scheibe befestigt worden war. ›Täglich 15 bis 23 Uhr, Mittwoch Ruhetag‹, hatte dort in kaum noch lesbarer Schrift gestanden. Doch als sie heute den Parkplatz erreichten, kamen in Grote Zweifel auf. »Kein Auto weit und breit, hoffentlich sind wir nicht vergebens hergekommen!« Er fürchtete bereits, sich gestern verlesen zu haben, doch als Stine die Klinke herunterdrückte, öffnete sich die Tür und ließ die beiden unter dem hellen Klang einer Messingglocke eintreten. Obwohl draußen die Sonne schien, herrschte im Schankraum Dämmerlicht. Das war nicht nur dem dunklen Mobiliar geschuldet, sondern auch den Vorhängen, deren Muster aus grünen und orangen Blumen verriet, dass sie aus den 70er Jahren stammten. Danach schien sich niemand mehr Gedanken über eine zeitgemäße Einrichtung gemacht zu haben. Trotz aller Nostalgie, die der Raum ausstrahlte, fiel dennoch auf, dass alles pieksauber war. Auf den Tischen standen Vasen mit frischen Blumen, und die Gläser in dem Regal hinter der Theke funkelten so hell wie in einem Hamburger Fünf-Sterne-Hotel.

»Niemand da!«, meinte Stine, nachdem sie sich umgesehen hatte, und erschrak heftig, als aus einer Ecke die Stimme eines alten Mannes erklang. Er war mit seiner blauen Jacke und der schwarzen Schiffermütze, die er tief in das Gesicht gezogen hatten, kaum zu erkennen. »Gesche is achtern in 'n Saal. Se maakt klaar Schipp!« Der Mann nahm einen tiefen Schluck aus dem Bierglas und zeigte danach mit dem Daumen auf eine Tür neben der Theke.

»Wees bedankt! Un laat di dien Beer smecken!«, antwortete Stine, nickte dem Mann freundlich zu, ließ ihren verblüfften Chef stehen und öffnete die Tür zum Saal. Grote folgte ihr und schien irritiert.

»Seit wann verstehst und sprichst du Plattdeutsch?«

»Jeder nutzt seine Freizeit anders«, sagte Stine und freute sich, Grote überrascht zu haben. »Während du dich Tag für Tag in deine Laufschuhe zwängst und danach stundenlang mit hängender Zunge durch Ostfrieslands Wiesen hechelst, habe ich einen Plattdeutsch-

Onlinekurs belegt, um mich mit den Einheimischen auf Augenhöhe unterhalten zu können!«

Grote schüttelte ungläubig den Kopf. »Und was hat er eben gesagt?«

»Dass die Wirtin, die wohl mit Vornamen Gesche heißt, gerade klar Schiff macht, also den Saal aufräumt.«

Als sie den Saal betraten, zeigte sich, dass Stines Onlinekurs Früchte getragen hatte. Eine hagere Frau bot gerade einen atemberaubenden Anblick. Sie balancierte auf einem Barhocker, den sie auf einen Tisch gestellt hatte und war damit beschäftigt, die grünweißen Girlanden von der Decke zu lösen. Grote stürmte nach vorne, um den kippelnden Hocker festzuhalten, doch sie schien keine Unterstützung zu benötigen. »Lass mal, ich mach das seit 40 Jahren so. Runtergefallen bin ich bisher noch nicht.«

In diesem Augenblick löste sich die Girlande und fiel mit einem patschenden Geräusch zu Boden. »Das ist die Deko vom Feuerwehrball!«, sagte sie erklärend. Die Frau, Stine schätzte sie auf Mitte 60, turnte behände wie ein Eichhörnchen von ihrem Konstrukt herunter, ließ eine Kneifzange in ihrer Schürzentasche verschwinden und streckte den beiden Besuchern die Hand entgegen. »Gesche Büddelmann, ich bin die Wirtin. Und ihr seid garantiert von der Polizei. Hab euch schon durchs Fenster beobachtet. Die Art, wie ihr euch umguckt und bewegt, verrät euch. Wisst ihr das eigentlich?«

»Nee, das hat uns **so** noch niemand gesagt!«, antwortete Grote und schaute ziemlich überrascht drein. »Woher …?«

»Ach, min Jung, wenn man über 40 Jahre hinter der Theke steht, lernt man, Leute einzuschätzen. Wollt ihr ein Bier?« Ohne erst eine Antwort abzuwarten, ging sie in den Schankraum, schob vier Gläser unter den Zapfhahn und begann, sie zu füllen.« Grote versuchte pflichtgemäß, das zu verhindern, doch Stine kniff ihm rechtzeitig in den Arm und flüsterte: »Wenn du jetzt was sagst, machen wir uns zum Narren. Dann nimmt Gesche uns nicht ernst. Trink du das Bier, ich fahre!«

Gesche war mit ihrer Arbeit fertig. Sie versorgte den alten Mann mit Nachschub und stellte danach sich und ihren Gästen das Bier hin. Dann nahm sie am Tisch ihrer Besucher Platz. »Ihr seid wegen Hinnerk hier und wollt euch umhören!? Ich kenn diese Fragen aus dem Fernsehen. ›Wer war der Letzte, der das Opfer lebend gesehen hat?‹ und ›Hatte er Feinde?‹ Dann man los, ich höre.«

Obwohl der Anlass ihres Gesprächs traurig war, musste Grote lächeln. »Ja, das sind tatsächlich genau die Fragen, die uns im Moment beschäftigen.«

Gesche Büddelmann erwies sich als auskunftsfreudig und schilderte den Abend vor Weerts' Tod in allen Einzelheiten. »Also sind alle Leute, die an dem Abend bei mir waren, vermutlich die Letzten, die Hinnerk lebend gesehen haben. Wir, das sind die Feuerwehrleute, die an dem Tag Arbeitsdienst hatten, und ich.«

»Ick weer ock heer!«, wandte der alte Mann in der Ecke ein, und Gesche nickte bestätigend: »Ja, Klaas, du warst auch hier! Natürlich hat jeder mitbekommen, dass Hinnerk an diesem Abend in den Wald wollte. Darum und um den Wolf, drehte sich ja auch das Gespräch.«

»Können Sie uns eine Liste aller Gäste erstellen, Gesche, die an dem Abend dabei waren?« Stine wollte der Wirtin einen Zettel samt Stift reichen, doch die stand wortlos auf und holte aus einer Schublade eine gedruckte Liste heraus. »Bei mir im Saal finden alle Feiern unseres Dorfes statt. Familienfeiern, Feuerwehrball, Schützenfest, die Vereinsfeier des Fußballklubs und so weiter und so weiter. Ich habe natürlich alle Mitgliederlisten parat.« Also nahm sie die Liste der Mitglieder der Freiwilligen Feuerwehr und begann, 15 der über dreißig aufgeführten Namen mit einem Bleistift zu unterstreichen. Auch zwei Frauen waren darunter. »Die waren dabei, und natürlich Klaas! Aber der steht nicht drauf.«

Stine war beglückt, denn die Liste enthielt nicht nur die Namen, sondern alle Personendaten einschließlich der Anschriften und Telefonnummern. »Darf ich mir das abfotografieren? Es erspart uns viel Arbeit!«

»Nur zu, die anderen Listen meinetwegen auch. Die meisten Namen tauchen ohnehin mehrfach auf. Viele der Jungs und Mädels sind Feuerwehrleute, Schützen und Fußballer zugleich. Mit dem Datenschutz haben wir es hier nicht so. Jeder kennt jeden und weiß sowieso alles vom anderen. Das ist auf dem Dorf nun mal so.«

»Hat sich einer Ihrer Gäste an dem Abend in irgendeiner Weise auffällig benommen? Oder ist Hinnerk Weerts etwa gefolgt?« Grote nutzte die Zeit, während Stine fotografierte.

»Nein, alle blieben bis zum Feierabend und haben kräftig zugelangt, wie immer. Die Arbeit fördert den Durst.« Dann stutzte Gesche kurz. »Aber ihr habt doch nicht ernsthaft einen der Feuerwehrleute in Verdacht?«

Grote wiegelte schnell wieder ab. »Nein, nein, darum geht es nicht. Wir brauchen nur so viele Zeugen dieses Abends wie möglich.«,
Der Stammgast in der Ecke hatte inzwischen sein Bier ausgetrunken und stand auf. Er schien die Preise genau zu kennen und legte abgezähltes Geld auf den Tisch. Langsam, auf seinen Gehstock gestützt, schlurfte er zum Ausgang. Er nickte zum Abschied, dann war er aus dem Lokal. Gesche sah ihm lächelnd nach. »Klaas war der Einzige, der an dem Abend früher gegangen ist. Benötigt ihr seine Personalien auch? Der feiert bald seinen 90. Geburtstag.«

»Ich denke, das können wir uns schenken.« Stine gab der Wirtin die Listen zurück, und als Gesche aufstand, um sie wieder in die Schublade zu legen, tauschte sie blitzschnell die Biergläser aus. Grote hatte sein Glas schon fast geleert, und um nicht aufzufallen, trank er Stines Glas schnell leer. Als er sich den Schaum von den Lippen wischte, grinste er Stine unverhohlen an und flüsterte: »Ich würde niemals im Dienst Alkohol trinken, aber du selbst hast schließlich darauf bestanden, um den Ermittlungserfolg nicht zu gefährden.« Grote und Stine waren fest davon überzeugt, Gesche geschickt getäuscht zu haben, doch eine mit allen Wassern gewaschene Dorfwirtin ließ sich nichts vormachen. »Schmeckt dir mein Bier nicht?« Gesche sah Stine schmunzelnd ins Gesicht. »Magst du nicht oder darfst du nicht?«

Stine fühlte sich ertappt und gestand. »Alkohol ist überhaupt nicht mein Ding, aber wir wollten uns nicht blamieren.«

»Warum seid ihr Stadtleute eigentlich immer so kompliziert?« Gesche stand auf und stellte Stine ein Mineralwasser hin. »Ist doch nichts Schlimmes!«

Noch eine Stunde lang sprachen sie über Hinnerk Weerts und die Frage, ob irgendjemand einen Grund gehabt haben könnte, ihm etwas anzutun, doch da war nichts. »Hinnerk war sehr beliebt. Ein Schulmeister im besten Sinne. Er mochte die Kinder und hat manch einer Trantüte zum Schulabschluss verholfen, obwohl da wirklich nicht viel im Kopf war.«

Als die ersten Abendgäste eintrudelten, wollte Grote zahlen, doch Gesche lehnte das rigoros ab. »Kommt nicht in Frage! Unsere Polizei muss man unterstützen, wo es geht.« Sie geleitete ihre Gäste noch bis auf den Parkplatz, und als Stine durch die Fenster des Saals die Reste der Dekoration sah, fragte sie beiläufig: »Wie war denn der

Feuerwehrball? Musik und Tanz bis in den frühen Morgen? So stelle ich mir das auf dem Dorf jedenfalls vor.«

Gesche lachte. »Natürlich, alle Klischees wurden erfüllt. Gegen Morgen bahnte sich wie üblich eine kleine Keilerei an. Das gehört einfach dazu, wenn reichlich Alkohol fließt. Aber ich bin sofort dazwischen und hab die Streithähne getrennt. Bei mir geht das ratzfatz, dann herrscht wieder Ruhe.« Kurz bevor Stine das Auto startete, klopfte Gesche noch einmal an das Fenster und Stine ließ die Scheibe herunter. »Ich hoffe, ihr kriegt das Schwein!« Auf einmal war ihr Gesicht ganz ernst geworden.

Die Wirtin hatte Grote und Stine ziemlich beeindruckt. »Gesche besitzt gewiss nicht die Figur einer Kugelstoßerin«, sagte Grote und machte es sich in den Polstern des Beifahrersitzes gemütlich. »Und trotzdem kann ich es mir lebhaft vorstellen, dass sie wie ein Springteufel zwischen die Kontrahenten geht und die Streithähne trennt.«

»Sie ist nicht nur energisch, sondern offensichtlich angstfrei«, stimmte Stine zu. »Ich denke da an ihre Klettertour auf dem Barhocker. Außerdem ist sie Herrin über die Zapfhähne, das gibt ihr eine gewisse Autorität. Wer bei ihr Kneipenverbot bekommt, ist vom kulturellen Leben des Dorfes gänzlich abgeschnitten.«

Die beiden wollten gerade über die soziale Bedeutung einer Dorfkneipe philosophieren, als Stines Handy brummte. Grote blickte sie auffordernd an, doch Stine widerstand der Versuchung, das Gespräch während der Fahrt anzunehmen. »Jetzt fahre ich Auto«, sagte sie seelenruhig und machte keinerlei Anstalten, das Telefon aus der Tasche zu nehmen. »Wenn es wichtig ist, wird der Anrufer es nochmal versuchen.« Tatsächlich dauerte es nur eine halbe Minute, bis sich nun Grotes Handy meldete. »Siehste, Chef, wie ich gesagt habe!«

Grotes Telefon war über die Freisprechanlage verbunden. Es war Karl Langwedel, der Chef der Spurensicherung, und seine Stimme klang ziemlich gereizt. »Mein lieber Stefan, bestell dem Feuerkopf neben dir mal, dass es eine verfluchte Arbeit war, Baum für Baum den Tatort absuchen zu müssen! Wir sind erst jetzt damit fertig geworden. Für Stine haben wir uns fast wie Tarzan von Ast zu Ast vorgearbeitet, mit Zecken herumgeschlagen, und …«, plötzlich klang seine Stimme versöhnlich, »wir haben tatsächlich das Projektil gefunden, das aus dem Revolver abgeschossen wurde. Es steckte in

49

drei Metern Höhe in einem Baum. Hinnerk Weerts hat den Angreifer verfehlt, denn Blut oder Gewebespuren sind am Projektil nicht vorhanden. Nun habt ihr zumindest die Gewissheit, dass der Angreifer unverletzt geblieben ist.«

Stine beugte sich vor. »Nicht nur das, wir besitzen jetzt ein Vergleichsprojektil, falls mit dieser Waffe noch einmal geschossen werden sollte. Und, das wollte ich dir noch sagen, Karl, du bist ein echter Schatz! Ich backe dir und deinen Leuten einen Kuchen, versprochen!« Die Aussicht auf einen leckeren Kuchen besänftigte Langwedel endgültig. »Na, dann hat sich die Schufterei am Ende doch noch gelohnt. Morgen früh geht das Projektil zur KTU, morgen Nachmittag habt ihr das Ergebnis auf dem Tisch!«

Grote und Stine wussten nicht, ob sie sich über die Nachricht freuen sollten oder nicht. »Ein sauberer Durchschuss, und wir hätten nach einer Abfrage der umliegenden Krankenhäuser unseren Täter noch im Krankenbett verhaften können!«

»Aber weil das nun mal nicht der Fall ist, Chef, sollten wir vor der Rückfahrt nach Aurich noch einmal in aller Ruhe den Weg nachvollziehen, den der Täter genommen haben muss, um an die andere Seite des Dreescher Forsts zu gelangen. Vielleicht haben wir Glück, dass auch dort jemand eine versteckte Wildkamera eingebaut hat.«

Ohne auf Grotes Zustimmung zu warten, bog Stine von der Hauptstraße ab und gelangte so auf den Feldweg, der an die Rückseite des Waldes führte, doch schnell zeigte sich, dass sie keinen Erfolg haben würden. »Wäre ja auch zu schön gewesen, wenn wir hier fündig geworden wären. Hier wohnt weit und breit kein Mensch. Da vorne ist schon der Punkt, bis zu dem uns der Hund gestern geführt hat, und dort ist der Täter von diesem Feldweg in den Wald abgebogen. Ich wüsste beim besten Willen nicht, wer ihn auf dem Weg dorthin beobachtet oder gar gefilmt haben sollte. Hier gibt es überhaupt keine Häuser.«

Stine stoppte den Wagen, und Grote wollte bereits aussteigen, um sich einen Überblick zu verschaffen, doch Stine konnte das noch verhindern. »Wenn du das tust, Stefan, gehst du zu Fuß nach Hause!« Sie drehte die Seitenscheibe herunter, und sofort strömte der würzige Güllegeruch in das Auto. »Der Fährtenhund ist gestern schon an diesem Duft gescheitert. Den willst du doch nicht ernsthaft mit deinen Schuhen ins Auto holen?« Das wollte Grote nicht, und Stine schloss schnell wieder das Fenster. »Wir müssen akzeptieren, dass wir keine Ahnung haben, wie der Täter hierhergekommen ist. Auto, Fahrrad, Motorrad, alles ist möglich.«

Grote nickte. »Nur zu Fuß würde ich ausschließen, denn es wäre insgesamt ein ziemliches Stück zu laufen. Zumal er auf dem Rückweg die geraubten Waffen mitschleppen musste. Von daher tippe ich auf ein Auto.«

Nach knapp einem Kilometer, auf halbem Wege zurück zum Ortsrand, stieg Grote dann doch aus, sorgsam bedacht, nicht mit der Gülle in Berührung zu kommen. Langsam drehte er sich im Kreis. »Vom Hochsitz auf der anderen Seite des Waldes bis zum Ortsrand sind es ungefähr 1500 Meter. Auf dem Reiterhof hat niemand die Schüsse in der Nacht gehört. Hier sind die Häuser noch weiter entfernt.« Resigniert stieg er wieder ins Auto. »Schade, ich hätte zu gerne gewusst, in welchem zeitlichen Abstand die beiden tödlichen Schüsse aus der Schrotflinte gefallen sind. Je größer er ist, umso mehr deutet es darauf hin, dass der Täter ein eiskalter Killer ist.«

Mit den Worten: »Ab nach Hause!« schloss er die Wagentür und fing sich einen strengen Blick Stines ein. Der sich mit einem Male unaufhaltsam ausbreitende Duft war Beweis dafür, dass er sich trotz aller Vorsicht einen Fehltritt erlaubt hatte.

Am Bahndamm

Die Affäre zwischen Fleischermeister Pötter und seiner Angestellten Eeske Grimm lief schon seit eineinhalb Jahren. Ein schlechtes Gewissen hatte er dabei nicht, denn schon als er vor drei Jahren das erste Foto seiner späteren Frau in einem Dating-Portal erblickt hatte, wusste er, dass sie keineswegs seinem Geschmack entsprach. Die Kölner Frauen, so behauptete er stets im Brustton der Überzeugung, seien drall und rund. Die Frau hingegen, die sich als ›Friesenmädel im besten Alter‹ anpries, war lang und dürr. Somit hätte er unter normalen Umständen sofort auf die nächste Seite geklickt, doch das ›Friesenmädel‹ hatte einen Vorzug, der alle anderen Mängel ausglich, selbst die fehlende Oberweite, die für Willi ansonsten ein wesentliches Entscheidungskriterium darstellte: Die Frau entpuppte sich als Besitzerin einer florierenden Fleischerei. So war Willi vor zwei Jahren von Köln nach Nesse gezogen, dorthin, wo es das halbe Jahr lang nass und windig war und die Menschen mit Karneval und ›Kölle Alaaf‹ nichts anzufangen wussten.

Diese unerfreulichen Standort-Nachteile glich er dadurch aus, dass er sich regelmäßig mit Eeske Grimm traf. Auch die hatte, genau wie ihr Chef, keine ernsten Absichten und sah die Angelegenheit sportlich, denn ihren Mann zog es als passionierten Angler abends mehr an die ostfriesischen Kanäle als ins Bett. Nesse ist ein kleines, sogar sehr kleines Dorf, in dem jeder jeden beäugt. Da war es wichtig, für ihre Kuschelabende ein Plätzchen zu finden, das Schutz vor Entdeckung bot, denn Pötter war sich der wirtschaftlichen Abhängigkeit von seiner Frau wohl bewusst. Einen Seitensprung würde sie ihm niemals verzeihen. Tatsächlich existierte ein solch abgelegener Ort. Er lag auf halber Strecke zwischen Arle und Nesse, direkt an dem Bahndamm der Museumseisenbahn, der sich von Norden nach Dornum hinzog. Nur selten fand dort noch Betrieb statt, und den Feldweg zwischen den beiden Dörfern benutzte abends ohnehin niemand. Falls doch, gab es einen weiteren Schutz vor unliebsamen Zeugen, denn an dieser Stelle befand sich eine Ansammlung von Bäumen und Büschen, hinter denen sie beide ihre Autos verstecken konnten.

Es ging auf 22 Uhr zu, und Willi Pötter hatte wie üblich alle erforderlichen Vorbereitungen für einen harmonischen Abend in lauschiger Nacht getroffen. Im Westen zeugte ein rotgelber Streifen am Horizont von den letzten Spuren des Sonnenuntergangs, und der Boden strahlte noch die Wärme des Tages aus. Der Donnerstag gab ihm die einzige Möglichkeit, sich der Kontrolle seiner dominanten Frau zu entziehen. Ein wöchentlich vom Bridge-Club Wittmund veranstalteter Spieleabend stellte für sie den Höhepunkt der Woche dar und gab ihm die Gelegenheit, andere Höhepunkte anzustreben. Unter Zeitdruck war er dabei nicht, denn vor halb eins morgens kehrte seine Frau niemals zurück. Gelegentlich kam bei ihm die Frage auf, ob sie wirklich nur dem Kartenspiel frönte, doch eigentlich war es ihm egal. Willi Pötter überlegte noch, ob er sich als Hintergrundmusik für das Zirpen der Grillen oder das Radio entscheiden sollte, entschloss sich aber dann, seine bewährte ›Kuschelrock-CD‹ einzulegen.

Die Musik lief, die Sektflasche stand bereit, und die Rückenlehnen der Vordersitze waren schon ein gutes Stück heruntergefahren, als er aus Richtung Nesse die Scheinwerfer eines Autos näherkommen sah, das ihm vertraut war. Voller Vorfreude öffnete er die Flasche und schoss den Sektkorken übermütig in die Dunkelheit. Eeske Grimm stellte ihr Auto genau wie Pötter hinter dem Gebüsch ab, so dass es sich neugierigen Blicken entzog. Selbst für den unwahrscheinlichen Fall, dass irgendjemand diesen einsamen Weg befahren sollte, würde er nicht ahnen, was sich hier tat. In erwartungsvoller Stimmung stieg Eeske in Pötters Auto um, denn das bot erheblich mehr Platz für das bevorstehende Liebesspiel als ihr eigenes.

Sowohl Willi Pötter als auch Eeske Grimm waren Genießer, die die Vorfreude voll auskosteten. So dauerte es eine halbe Stunde, ehe es Zeit wurde, die Sitze endgültig in Liegestellung zu bringen. Pötter beugte sich gerade zur Seite, um den Verstellknopf zu ertasten, als es ohne jegliche Vorwarnung einen berstenden Knall gab. Im selben Moment flogen ihm scharfkantige Splitter der Seitenscheibe ins Gesicht, und nur der Umstand, dass Eeske Grimm bereits unter ihm lag, bewahrte sie vor Verletzungen. Pötter ließ sich nach unten fallen. Er tat das keineswegs, um die Frau zu schützen, denn ein Held war er nicht. In diesem Augenblick war er sich noch nicht einmal sicher, ob es sich gerade um einen Schuss gehandelt hatte, doch was sollte es sonst gewesen sein? Ein Anschlag seiner Frau auf ihn? Er wusste selbst, dass das Blödsinn war. Heftig atmend blieb er auf Eeske liegen, und erdrückte sie beinahe mit seinem Gewicht. Von Sekunde zu Sekunde steigerte sich seine Panik und er begann, sich an die Frau zu klammern, fast wie ein Kind, das Schutz sucht. Eeske wusste nicht, wie ihr geschah, doch Pötter nahm ihre gellenden Schreie erst wahr, als von draußen keine weiteren Geräusche zu hören waren und erneute Schüsse ausblieben. Erst jetzt fasste er Mut, rappelte sich auf und ließ sich durch die geöffnete Fahrertür aus dem Auto gleiten, um sich in einem der Gebüsche zu verstecken. Auf die Idee, sich um seine Gespielin zu kümmern, kam er nicht.

Nachdem Pötter geflohen war, bekam Eeske Grimm endlich wieder ausreichend Luft. Zitternd richtete sie sich auf und fühlte mit Schrecken, dass warmes Blut über ihr Gesicht ran. Ohne darüber nachzudenken, welcher Gefahr sie sich damit aussetzte, schaltete sie die Innenbeleuchtung des Autos an und starrte entsetzt in den Rückspiegel.

»Bist du völlig wahnsinnig? Du machst uns zur Zielscheibe!« Pötter kam aus seinem Versteck gekrochen und wollte das Licht ausschalten, als er aus der Ferne das Motorengeräusch eines Autos wahrnahm, das sich schnell entfernte. Er schlich geduckt an den Bahndamm heran und konnte auf dem Feldweg, der in Richtung Arle führte, gerade noch zwei längliche rote Lichter sehen, die schnell kleiner wurden. »Das Schwein hat auf uns geschossen und macht sich nun aus dem Staub!«, brüllte er, und unbändige, kaum zu kontrollierende Wut stieg in ihm auf. Es war nicht nur der hinterhältige Anschlag, der ihn aufbrachte, sondern auch das Wissen um seine eigene Feigheit und die Scham, sich durch sein von Todesangst diktiertes Verhalten gegenüber Eeske blamiert zu haben.

Eeske Grimm hatte inzwischen ein Paket Taschentücher aus dem Handschuhfach genommen, wischte das Blut aus ihrem Gesicht und suchte nach der Ursache. Obwohl Taschentuch um Taschentuch vom Blut getränkt wurde, eine Verletzung konnte sie nicht feststellen. Erst als Pötter vom Bahndamm zurückkehrend in den Lichtschein eintauchte, verstand sie. Das viele Blut stammte nicht von ihr, sondern von ihrem Liebhaber. Dessen Gesicht war von kleinen Wunden überzogen, die durch die Glassplitter verursacht worden waren. Sie bluteten jedoch nur leicht und konnten die Menge Blut nicht erklären, die sie in den Taschentüchern sah. Irritiert blickte sie mal auf die Taschentücher, dann wieder auf Pötters Gesicht. Plötzlich fiel ihr die Wunde an seinem Hals auf, aus dem sich ein stetiger Blutstrom ergoss. Wie paralysiert starrte sie auf das Blut, und erst durch das Verhalten der Frau wurde Willi Pötter bewusst, dass er eine schwere Verletzung erlitten hatte.

Rücksichtslos drängte er sich an Eeske vorbei, um selbst in den Rückspiegel schauen zu können. Im Gegensatz zu ihr ließ er sich durch den Anblick des Blutes nicht in Panik versetzen, als Fleischer war er daran gewöhnt. Da sein von Adrenalin durchfluteter Körper keinen Schmerz spürte, fasste er sich an den Hals und tastete eine zentimeterlange, tiefe Wunde, fast so, als habe jemand ihm mit einem scharfen Messer die Haut aufgeschlitzt. Wortlos öffnete er den Kofferraum, holte den Erste-Hilfe-Kasten heraus und begann, ein Verbandspäckchen nach dem anderen zu öffnen und damit die Wunde zu verbinden. Er drückte die Mullkompressen so fest wie möglich an den Hals in der Hoffnung, damit die Blutung zu stoppen, doch schnell wurde ihm bewusst, dass er damit auf Dauer keinen Erfolg haben würde. »Nun hilf mir gefälligst, die Wunde zu verbinden, bevor ich verblute!«, herrschte er Eeske an und löste damit einen Weinkrampf bei ihr aus.

»Wir müssen einen Krankenwagen holen, du musst sofort ins Krankenhaus!«, sagte sie mit zitternder Stimme, während sie eine der letzten noch verbliebenen Mullbinden abrollte. Ihr war die Gefahr, in der Pötter schwebte, bewusst, doch der wollte davon nichts hören.

»Bist du wahnsinnig? Dann weiß morgen jeder im Ort von unserer Beziehung, und ich bin ruiniert! Das kann ich mir nicht leisten - und du auch nicht.« Er überlegte einen kurzen Augenblick. »Du setzt dich jetzt in dein Auto, fährst nach Hause und hältst den Mund. Kein Wort zu irgendjemandem, was hier passiert ist. Ich fahre jetzt selbst in die Klinik nach Norden.«

Eeske blickte ängstlich auf den Verband, der inzwischen schon wieder fast durchgeblutet war. »Sei nicht verrückt, das schaffst du niemals! Es blutet immer noch sehr stark. Vielleicht sollten wir doch …?«

»Hör jetzt auf zu flennen!« Pötter wurde ungehalten. Die Situation war kompliziert genug. »Verlier jetzt nicht die Nerven und tu, was ich gesagt habe. Bis zum Krankenhaus sind es von hier aus über die Landstraße keine fünfzehn Kilometer. In einer Viertelstunde bin ich dort. Wunde nähen, neuer Verband, und in zwei Stunden sitze ich zu Hause vor dem Fernseher. Mach dir keine Sorgen!« Pötter sagte das in einem Ton, der keinen Widerspruch erlaubte. Also stieg Eeske Grimm in ihr Auto und folgte Pötters Wagen über den Feldweg. An der Einmündung zur Landstraße trennten sich ihre Wege. Er bog nach links Richtung in Norden ab, sie nach rechts in Richtung Nesse. Den Weg nach Norden kannte Pötter aus dem Effeff. Mehrmals wöchentlich suchte er dort Großkunden auf. Als er bemerkte, dass er sich bereits Hage näherte, schöpfte er neuen Mut. Über die Hälfte der Strecke bis zum Krankenhaus hatte er schon geschafft. Zwar schien sich der Blutfluss aus der Halswunde kontinuierlich zu verstärken, doch in Anbetracht dessen, dass er immer noch keine Schmerzen verspürte, sorgte ihn das nicht. Erst als er sich an den Hals fasste und fühlte, dass der Verband sich inzwischen in eine klebrige, durchnässte Masse verwandelt hatte, wurde er unruhig. Mit der rechten Hand steuernd versuchte er, die Wunde mit der linken Hand abzudrücken.

Er würde es auch so bis zum Krankenhaus schaffen, redete er sich Zuversicht ein. Größere Sorgen bereiteten ihm nur die Schwindelattacken, die ihn in immer kürzeren Abständen befielen, doch selbst als er Probleme bekam, scharf sehen zu können, wollte er nicht aufgeben. »Nur noch durch den Kreisverkehr, dann rechts ab Richtung Norden und ich habe es fast geschafft.«, sagte er zu sich selbst. Dies waren die letzten klaren Gedanken, die durch seinen Kopf schossen, denn plötzlich wurde ihm schwarz vor Augen. Ohne es selbst zu bemerken, verkrampften sich seine Hände am Lenkrad und hielten das Auto noch einige Meter auf der Straße, dann jedoch sackte er kraftlos zusammen. Den Aufprall gegen das Verkehrsschild und den dahinterstehenden Straßenbaum nahm er nicht mehr wahr.

Mehr tot als lebendig

Anna Grote knuffte ihren Mann in die Rippen und riss ihn damit aus dem Tiefschlaf. »Das Telefon klingelt, Stefan! Wenn jemand um diese Zeit anruft, kann das nur dienstlich sein. Geh ran, bevor die Jungs geweckt werden!«

Grote brauchte einige Sekunden, um aus Morpheus' Armen in die Realität zu finden. Sein erster Blick ging in Richtung Wecker. »03.50 Uhr, eine wahrlich unchristliche Zeit!«, schimpfte er leise vor sich hin, ergriff sein Handy und ging auf den Flur, um ungestört sprechen zu können. Anne Grote hörte seine leisen Worte und wusste, dass für ihren Mann die Nacht zu Ende war. »Nein, nein, gut, dass ihr angerufen habt! Wir kommen so schnell wie möglich rüber und machen die erste Vernehmung selbst.« Es folgte eine kurze Pause, dann war die Stimme ihres Mannes wieder zu hören. »Moin, Stine, ich bin es. In zwanzig Minuten hole ich dich ab. Wir müssen nach Norden in die Klinik. Dort wurde ein Mann mit einer Schussverletzung eingeliefert.«

*

Als Grote vor Stines Haus eintraf, stand sie bereits wartend vor der Tür und bot ein ungewohntes Bild. Kein eleganter Hosenanzug, keine dazu passende Bluse und schon gar keine Schuhe mit unverschämt hohen Absätzen. Stattdessen stand sie in einem Jogginganzug dort. Ihre schwarz-rot-blaue Umhängetasche mit der Aufschrift ›I love Ostfriesland‹, die sie stets mitführte und die einschließlich ihrer Dienstpistole alles enthielt, was sie benötigte, hatte sie über der Schulter hängen. Als sie Grote sah, schwenkte sie übermütig eine Brötchentüte, um auf sich aufmerksam zu machen. Dass in diesem Jogginganzug samt der farblich dazu passenden Sneakers allerdings noch niemals Sport getrieben wurde, sah Grote auf den ersten Blick.

»Du brauchst gar nicht so spöttisch zu gucken, Chef. Wenn du mir nur zwanzig Minuten Zeit gibst, muss ich Schwerpunkte setzen. Entweder top gekleidet, dafür mit leerem Magen, oder schnell und lässig, dafür aber mit genug Zeit, noch eben beim Bäcker gegenüber frische Croissants zu kaufen. Der stand nämlich schon in der Backstube und hatte Mitleid mit mir. Ohne Frühstück kann ich nicht in den Einsatz gehen.« Mit diesen Worten reichte sie Grote ein Croissant und biss von ihrem herzhaft ab. Noch im Kauen forderte sie ihn auf:»Nun schieß los, was ist passiert?«

»Sehr viel weiß ich auch noch nicht. Gestern Nacht kam es in Hage zu einem Verkehrsunfall. Der Fahrer wurde dabei schwer verletzt - dachte man zumindest. Als die Streife eintraf, lag der Mann blutüberströmt in seinem Auto. Im Krankenhaus wurde dann festgestellt, dass seine Unfallverletzungen nicht sonderlich schwer sind. An seinem Hals jedoch wurde eine Wunde entdeckt, die nach Ansicht des Chirurgen eine Schussverletzung sein könnte. Merkwürdigerweise war diese Wunde bereits verbunden, als die Polizei am Unfallort eintraf. Der Autofahrer, der die Polizei und den Krankenwagen anrief, hat diesen Verband aber nicht angelegt. Die Kollegen vom Kriminaldauerdienst Norden wurden wegen dieser Merkwürdigkeiten vom Krankenhaus benachrichtigt und haben das Unfallfahrzeug in Augenschein genommen. Dabei wurde ein Einschussloch entdeckt. Im Innenraum fand sich eine 4 mm Schrotkugel. Sie steckte im Armaturenbrett. Da haben sie sofort einen Zusammenhang mit unserem Fall gesehen und gefragt, ob wir übernehmen wollen. Der Mann liegt nach der OP noch in Narkose, müsste aber demnächst aufwachen. Ich denke, wir sollten die Ersten sein, die dann mit ihm sprechen.«

»Der Mann ist trotz der Schussverletzung mit dem Auto gefahren?« Stine holte aus ihrer Tasche noch eine Packung Kakao hervor. »Du auch?«, fragte sie, doch Grote lehnte dankend ab. »Warum hat er nicht einen Krankenwagen gerufen?« Das Schlürfgeräusch des Strohhalms verriet, dass sie trotz aller Fragen nicht gewillt war, ihr improvisiertes Frühstück zu unterbrechen.

«Ich habe keine Ahnung, Stine. Eines allerdings weiß ich jetzt schon, die Geschichte klingt sehr seltsam.«

Die Strecke von Aurich nach Norden, für die üblicherweise eine gute halbe Stunde zu veranschlagen war, schaffte Grote in 20 Minuten. Es herrschte zu dieser frühen Stunde kaum Verkehr, und die allmählich aufziehende Morgendämmerung sorgte für gute Sicht. Nur ab und an, wenn eine der schwachen Nebelbänke, die die Kühe einhüllten, flach über die Straße kroch, räusperte Stine sich, um Grotes rasanten Fahrstil zu bremsen. Ansonsten hielt sie sich mit ihrer Kritik jedoch zurück, was Grote zufrieden registrierte.

»Der Patient heißt Willi Pötter. Er wohnt in Nesse.« Der Chirurg schob den beiden Polizisten ein Portemonnaie herüber. »Führerschein, Personalausweis, Kreditkarte und so weiter, ist alles da drin.« Er stand auf und holte aus der Küche nebenan eine Kanne mit Kaffee und stellte drei angestoßene Becher auf den Tisch. »Ich denke, Sie können auch einen gebrauchen!« Stine bemerkte, wie müde und abgekämpft der Doktor war, und übernahm das Einschenken für ihn. »Wie lange sind Sie schon im Dienst?«

Der Chirurg schaute auf die Uhr. »Jetzt ist es fast fünf Uhr, dann habe ich 16 Stunden hinter mir. Zwei Notfälle kamen dazwischen, einer davon ist der, über den wir gerade sprechen. Pötter hätte eigentlich nach Aurich gebracht werden müssen, doch die Fahrt wäre für ihn zu lang gewesen. Auf dem Weg dorthin wäre er wohl verblutet. Deshalb ist er bei uns gelandet. Da kann ich doch nicht nach Hause gehen! Aber ich will nicht jammern.«

Er schlürfte genussvoll den heißen Kaffee, dann berichtete er: »Der Mann kam gestern Nacht gegen 23 Uhr auf meinen Tisch. Er soll nach Angaben Ihrer Kollegen kurz vor dem Kreisverkehr in Hage von der Straße abgekommen sein und ist dann gegen einen Baum gekracht. Als die Polizisten den Unfall aufnehmen wollten, haben sie allerdings schnell bemerkt, dass irgendwas nicht stimmte. Der Mann war bewusstlos und blutete aus einer Halswunde, die laienhaft verbunden war. Das Verletzungsbild des Patienten passte aber gar nicht zu einem Verkehrsunfall, wie ich dann feststellte. Natürlich, einige Prellungen, leichtes Schleudertrauma, alles normal. Die Splitterverletzungen im Gesicht haben mich schon stutzig gemacht, und dann war da diese Wunde am Hals. Der Mann hatte so viel Blut verloren, dass er kurz vor dem finalen Kollaps stand. Er war eigentlich schon tot. Deshalb haben wir ihm, bevor wir überhaupt operieren konnten, Blutkonserven gegeben. Erst dann konnte ich mich um die Wunde kümmern. Ich hätte eine Schnittwunde, verursacht durch die Splitter der Seitenscheibe, erwartet, aber dafür war die Wunde zu glatt und zu tief. Ich kann mir nur erklären, dass es sich um einen Streifschuss handelte, deshalb habe ich pflichtgemäß die Kripo eingeschaltet.«

»Wann glauben Sie, Herr Doktor, ist der Mann vernehmungsfähig?« Grote befürchtete, eine ungünstige Prognose zu erhalten, war dann aber überrascht.

»Im Moment liegt er noch auf der Intensivstation. Aber er ist bereits aus der Narkose erwacht. Die Operation war nicht sonderlich schwer. Wir konnten die Blutung rasch stoppen. Sein schlechter Zustand, in dem er eingeliefert wurde, war in erster Linie auf den extremen Blutverlust zurückzuführen. Aber wir haben ihn ja wieder aufgefüllt. Hätte er frühzeitig einen Krankenwagen gerufen, wäre er gar nicht in Gefahr geraten. Er wird seine Gründe gehabt haben, das nicht getan zu haben.«

»Ist seine Frau schon benachrichtigt worden?«

»Ja, das haben Ihre Kollegen von der Schutzpolizei bereits erledigt. Die Frau war vorhin kurz hier, da war der Patient aber noch nicht wach - oder wollte nicht wach sein. Ich bin mir da gar nicht sicher. Als Frau Pötter erfuhr, dass für ihren Mann keine akute Gefahr besteht, ist sie schnell wieder gegangen. Sie sagte, sie habe keine Zeit hier herumzusitzen, weil sie ihr Geschäft öffnen müsse.« Der Doktor machte eine kurze Pause, dann fügte er süffisant hinzu: »Ich habe im Rahmen meiner langen Tätigkeit schon besorgtere Ehefrauen erlebt!«

Er stand auf und führte die beiden Polizisten über die Flure des allmählich erwachenden Krankenhauses. Die aus Fieber- und Blutdruckmessen bestehende Morgenroutine setzte allmählich ein und hielt das Personal auf Trab. Auf der Intensivstation hingegen ging es ruhiger zu. In lediglich durch Vorhänge voneinander abgeteilten Betten lagen die Patienten. Einige von ihnen schliefen, die meisten aber dämmerten vor sich hin, vom ständigen Piepsen der Messinstrumente und dem Brummen der automatischen Dosierpumpen wachgehalten.

Willi Pötter lag ganz am hinteren Ende der Station und starrte an die Decke. Bald nach dem Erwachen aus der Narkose, kaum dass er einen klaren Gedanken fassen konnte, hatte er sich das Hirn zermartert, wer auf ihn und Eeske geschossen haben könnte. Zu einem Ergebnis war er dabei nicht gekommen. Als er die sich nähernden Schritte mehrerer Menschen hörte, spürte er, wie sein Herz schneller schlug. Natürlich war ihm bewusst, dass man ihm unbequeme Fragen stellen würde, deshalb schloss er schnell die Augen und stellte sich schlafend, genauso wie vorhin, als seine Frau überraschend auf der Bildfläche erschienen war. An seinem Entschluss, niemandem von seiner Affäre zu berichten, wollte er um jeden Preis festhalten.

»Herr Pötter, ich habe hier zwei Kriminalpolizisten, die gerne mit Ihnen sprechen möchten.« Die Stimme des Arztes erkannte er sofort und kniff die Augen fest zu in der Erwartung, der Doktor möge ihn in Ruhe lassen, doch da hatte er keine Chance.

»Herr Pötter, unterlassen Sie diese Spielchen! Ich sehe an den Überwachungsgeräten, dass Sie nicht schlafen. Herzschlag und Blutdruck steigen kontinuierlich, also reagieren Sie auf das, was um Sie herum geschieht.«

Willi Pötter wusste nun, dass sein kläglicher Versuch gescheitert war, und öffnete die Augen. »Das sind Herr Grote und Frau Lessing von der Kripo Aurich«, sagte der Doktor. »Sie haben da einige Fragen an Sie. Ich lasse Sie mal allein. Wenn die Polizisten fertig sind, werden wir Sie auf die Normalstation verlegen. Ihr Zustand ist stabil.«

Stine schob einen Hocker an das Bett und setzte sich, während Grote etwas entfernt stehen blieb. Alles, was mit Ärzten und Krankenhaus zu tun hatte, war ihm suspekt und allein der Geruch schlug ihm schon auf den Magen. Zudem stellte er sich die Frage, warum es in allen Krankenhäusern des Landes anscheinend nur dieses eine Nachthemd-Modell mit dem immer gleichen Viereckmuster in graublau gab. All das war nicht seine Welt, also hielt er sich zurück.

Pötters Gesicht war blass und die Haut von winzigen Verletzungen übersät. Stine betrachtete ihn genau. Zwar hatte jemand das Blut abgewaschen und die kleinen Wunden gereinigt, doch umso mehr stachen sie aus der fahlen Haut hervor. Ein Verband am Hals ließ erkennen, dass ihn der Schuss auf der linken Seite getroffen haben musste. Auch die Splitterverletzungen beschränkten sich auf die linke Gesichtshälfte. Dass sein Auge dabei keinen Schaden erlitten hatte, grenzte an ein Wunder.

»Herr Pötter, Sie wissen, dass jemand auf Sie geschossen hat?« Stine fing vorsichtig an, um zu testen, ob Pötter überhaupt in der Lage war, Fragen zu beantworten, doch statt einer Antwort erhielt sie nur ein Schulterzucken. »Sie können nicht sprechen?«

»Doch, aber ich habe keine Ahnung, was passiert ist.« Pötters Stimme klang matt.

61

»Woran können Sie sich denn überhaupt noch erinnern?«

»Ich war am späten Abend unterwegs, von Nesse nach Hage. Auf halber Strecke gab es einen Knall, dann weiß ich nichts mehr und bin hier wieder aufgewacht.« Während Pötter das sagte, schwankte sein Blick unsicher zwischen den beiden Polizisten hin und her und verriet ihn.

»Sie sind am Steuer bewusstlos geworden und gegen einen Baum gefahren. Können Sie uns denn sagen, wer Ihre Wunde verbunden hat? Die Kollegen von der Streife haben bei ihrem Eintreffen am Unfallort festgestellt, dass jemand Ihnen einen Verband angelegt hat.«

Pötter merkte, dass die Ungereimtheiten seiner Geschichte den Polizisten nicht verborgen bleiben würden, deshalb beschloss er, die Notbremse zu ziehen. »Es ist in der langen Kurve auf halber Strecke zwischen Nesse und Hage passiert, da hat es geknallt. Mehr kann ich Ihnen nicht sagen. Außerdem geht es mir schlecht, bitte lassen Sie mich jetzt schlafen!« Mit diesen Worten schloss er die Augen und drehte den Kopf zur Seite.

Noch auf dem langen Flur, der sie zum Ausgang führte, brach es aus Grote heraus. »Der Bursche lügt, dass sich die Balken biegen! Da ist er mit viel Glück dem Tod von der Schippe gesprungen und tut trotzdem alles, um unsere Arbeit zu torpedieren.«

Im Fahrstuhl

Die Kollegen des KDD-Norden hatten das Unfallfahrzeug auf den Innenhof ihrer Dienststelle schleppen lassen. Als Grote und Stine dort eintrafen, war ein Spurensicherungsteam bereits mit seiner Arbeit fertig. Während die beiden neugierig das Auto betrachteten, kam ein Kollege zu ihnen herüber. »Ihr seid vermutlich die ›Auricher‹?« Stine lachte: »Dann bist du der ›Norder‹, nehme ich an.«

Bei dem als ›Norder‹ titulierten Kollegen handelte es sich um ein Mitglied des Tatortteams, das den Wagen untersucht hatte. Man sah auf den ersten Blick, dass er ein erfahrener Mann war, der bereits einige Dienstjahre auf dem Buckel hatte. Zuerst ließ er sich schildern, was Pötter im Krankenhaus gesagt hatte. Dann schüttelte er den Kopf. »Das klingt äußerst verwunderlich. Ich zeige euch mal was, kommt mit!« Er ging auf die Fahrerseite des Autos und öffnete die Tür. Die Innenseite und der Sitz waren großflächig mit Blut verschmiert. Er bemerkte Stines Blick. »Ja, ich habe auch gestaunt. Eine ganz schöne Sauerei!« Dann tippte er auf das Armaturenbrett. »Hier vorne haben wir eine Schrotkugel gefunden. Durchmesser 4 mm, das wird euch besonders interessieren. Diese Kugel hat die Seitenscheibe aus spitzem Winkel durchschlagen, dann vermutlich den Hals des Fahrers gestreift und ist am Ende im Armaturenbrett stecken geblieben. Wir haben den Schusskanal rekonstruiert. Die Kugel traf von schräg hinten auf das Auto.«

»Sie sprechen von einer einzigen Schrotkugel?« Grote konnte einfach nicht aus seiner Haut und blieb wie immer konsequent beim ›Sie‹.

»Ja, sehr ungewöhnlich, das dachten wir auch. Wenn jemand mit einer Schrotflinte gezielt auf das Auto geschossen hätte, müssten eigentlich diverse Einschläge zu finden sein, doch außen, im Blech des Fahrzeugs, haben wir gar keine Einschusslöcher gefunden.« Der Kollege ging um das Auto herum und öffnete die Beifahrertür. »Und nun schaut euch dies hier an.« Er zeigte auf die komplett heruntergefahrene Lehne des Beifahrersitzes und diverse Papiertaschentücher, die mit Blut getränkt waren. Sie lagen weit rechts am Rande des Sitzes, teilweise waren sie zwischen Sitz und hintere Fahrzeugtür gerutscht. Der ›Norder‹ lächelte verschmitzt. »Ich möchte nicht frivol sein, aber auch ich war ja mal jung. Und wenn ich Autositze sehe, die in Liegeposition gebracht wurden, kommt mir ein ganz bestimmter Gedanke.«

Stine musste laut lachen: »Das hast du wunderschön formuliert, Kollege!«, und auch Grote konnte sich ein Schmunzeln nicht verkneifen. »Ich gehe mal davon aus, dass wir alle dasselbe Bild im Kopf haben.« Dann wurde er wieder ernst. »Wenn ich eins und eins zusammenzähle, hat auf diesem Sitz jemand gelegen und mit den Taschentüchern bei sich oder einer anderen Person das Blut abgewischt.«

Stine nickte. »Und am Ende der anderen Person, das war vermutlich Pötter, den Halsverband angelegt. Damit wäre die Frage der wundersamen Wundversorgung geklärt.«

Stine ließ sich zum Abschied noch die Plastiktüte mit der Schrotkugel geben. »Einen Hinweis auf die verwendete Flinte werden wir bei einer Schrotkugel nicht bekommen, weil Schrotflinten üblicherweise einen glatten Lauf haben. Somit verbleiben auf dem Geschoss keine markanten Spuren«, erklärte der Kollege. »Das leider nicht«, antwortete Grote, »aber es lässt sich feststellen, ob das Schrot von demselben Hersteller stammt, bei dem Hinnerk Weerts seine Munition bezog.«

*

Grote und Stine waren sich einig, dass sie heute noch einmal mit Willi Pötter sprechen mussten. Die im Armaturenbrett gefundene Schrotkugel sprach dafür, dass der Schuss auf ihn in unmittelbarem Zusammenhang mit dem Mord an Hinnerk Weerts stand. »Bevor wir noch einmal ins Krankenhaus fahren, sollten wir uns noch den angeblichen Tatort anschauen«, schlug Stine vor. »Pötter sprach von einer langen Kurve zwischen Nesse und Hage, in der er beschossen wurde. Falls er wider Erwarten doch die Wahrheit sagt, müssten sich dort Spuren finden lassen.«

Auf dem Weg zum Auto gelang es Stine, Grote geschickt die Fahrzeugschlüssel aus der Jackentasche zu stibitzen. »Die Zeit des sportlichen Fahrens ist vorbei. Heute Morgen hast du deinen Spaß gehabt, Chef, jetzt übernehme ich wieder die Verantwortung!« Grote ließ das ohne Gegenwehr zu. Mit dem neuen Dienstwagen, der nicht die Leistung brachte wie der übermotorisierte alte Opel, bereitete ihm das Fahren lange nicht mehr so viel Freude wie zuvor.

Die Kurve, von der Pötter gesprochen hatte, war auf dem Navi schnell gefunden. Auf dem Weg dorthin kamen sie an der Unfallstelle am Kreisverkehr vorbei, wo Pötters Fahrt ihr Ende gefunden hatte. Sie war mit Warnschildern gesichert, und an dem betreffenden Baum war in einem Meter Höhe eine tiefe Einkerbung zu erkennen. »Langsam ist er jedenfalls nicht gefahren«, sagte Grote und fügte trocken hinzu: »Das muss mächtig gerumst haben!«

Wenig später erreichten sie die Kurve, und Stine parkte das Auto auf dem Grünstreifen. Von einer Kuhherde neugierig bestaunt gingen sie einige Schritte, um sich einen Überblick zu verschaffen. »Von dort, aus Richtung Nesse, ist er angeblich gekommen«, sagte Grote und zeigte gen Osten. »Da der Einschuss in Fahrtrichtung von links erfolgte, müsste der Schütze ungefähr hier gestanden haben.«

Stine runzelte die Stirn. »Dann müsste er hier auf freiem Feld, ohne jede Deckung, auf sein Opfer gelauert und gewusst haben, dass Pötter genau zu dieser Zeit auf dieser Strecke unterwegs ist.« Stine schüttelte energisch den Kopf, während sie sorgsam bedacht war, ihre Sneakers nicht durch die hinterhältig im Gras lauernden Kuhfladen zu ruinieren. »Kann ich mir beim besten Willen nicht vorstellen.« Am Ende gingen sie den Straßenrand ab und suchten nach Glassplittern der Seitenscheibe, waren aber nicht überrascht, keinen Erfolg zu haben.

»Nichts, gar nichts!«, sagte Grote und plädierte für einen Abbruch. »Nicht einmal Bremsspuren sind auf der Fahrbahn zu finden. Wenn auf mich jemand schießt, während ich fahre, mach ich doch instinktiv eine Vollbremsung. Den Abrieb würde man auf der Fahrbahn sehen. Fazit: An dieser Stelle ist definitiv **nicht** auf ihn geschossen worden!«

Eine halbe Stunde später gingen die beiden wieder über den Flur des Krankenhauses, um sich Willi Pötter noch einmal vorzunehmen. Sie versuchten es gar nicht erst auf der Intensivstation, sondern fragten an der Information neben dem Eingang nach. Wie erwartet hatte man Pötter inzwischen verlegt. »Den Patienten finden Sie im zweiten Stock, Station 2a, Zimmer 226.«

Die beiden mussten eine Weile auf den Fahrstuhl warten und waren nach dem Einsteigen die einzigen Fahrgäste. Die Tür schloss sich bereits, als im letzten Moment ein Damenschuh dazwischen gehalten wurde und die Sicherheitsöffnung aktivierte. »Entschuldigung!« Die Frau schaute auf die Anzeige. »Sie fahren auch in den zweiten

Stock?« Grote nickte und schaute die Frau mit Wohlgefallen heimlich an. Sie war keine Schönheit, hatte aber Ausstrahlung. Zudem lag ihre Figur genau in der perfekten Mitte zwischen zu wenig und zu viel. All das entsprach seinem Geschmack. Auch Stine musterte die Frau, doch ihr Interesse galt weniger ihrer Figur, sondern der Nervosität, die sie ausstrahlte. Mehrfach strich sie sich durch ihr brünettes Haar, nestelte hektisch an ihrer Bluse herum und klapperte unruhig mit dem Autoschlüssel. Als sich die Fahrstuhltür öffnete, blieb die Frau stehen und suchte nach einem Hinweisschild. Grote hatte den Pfeil mit der Aufschrift ›Station 2a‹ bereits entdeckt und zog Stine in die Richtung. Die Frau, auch sie schien diese Station zu suchen, folgte in einigen Metern Abstand, was an dem Klappern ihrer Schuhabsätze zu hören war.

Zimmer 226 befand sich im hinteren Drittel der Station, und die Frau folgte ihnen weiterhin. In dem Moment aber, als Grote stehen blieb und an die Zimmertür klopfte, wurde es hinter ihnen leise. Stine schaute sich um und sah, dass die Frau unschlüssig verharrte, sie anstarrte und dann kehrtmachte. In der Drehung bemerkte Stine auf ihrer linken Wange ein frisches Pflaster, das vermutlich eine kleine Wunde verdeckte und ihr bisher nicht aufgefallen war, weil es wohl von den Haaren verborgen worden war. Grote hatte die Tür bereits geöffnet, da hörte er Stines Stimme: »Geh schon mal rein, Stefan, ich komme nach!«

Die Unbekannte hatte sich inzwischen mit schnellen Schritten entfernt, doch Stine holte sie mühelos wieder ein. Ihrem Instinkt vertrauend stellte sie sich ihr in den Weg und sprach sie an. »Hat es gestern Abend sehr doll wehgetan?« Dabei zeigte sie auf das Pflaster und schaute mitfühlend drein. Stine wusste, dass die plumpe Überrumpelungstaktik oft die beste war.

»Ich verstehe nicht, was Sie meinen!« Die Brünette war erkennbar irritiert.

»Nun, wenn einem so ein scharfkantiger Glassplitter in die Wange fährt, kann das heftig schmerzen.«

Die Brünette sagte kein Wort und starrte die Frau in dem Jogginganzug verwirrt an. Sie schien mehr zu wissen, als sie sollte.

»Mein Name ist Stine Lessing. Auch wenn ich momentan nicht so ausschaue, gehöre ich doch zur Kripo Aurich.« Sie streckte der Frau ihren Dienstausweis entgegen, dann hakte sie sich bei der Brünetten unter, als seien sie alte Freundinnen. »Kommen Sie doch mit mir!

Herr Pötter wird sich freuen, wenn er Sie sieht.« Eeske Grimm wusste überhaupt nicht, wie ihr geschah, ließ sich total überrumpelt von der Polizistin in das Zimmer 226 bugsieren und löste dort mit ihrem Erscheinen eine heftige Reaktion aus.

Grote stand gerade mit verschränkten Armen vor dem Krankenbett, während sich Willi Pötter, auf den Unterarmen aufgestützt, halb aufgerichtet hatte. Sein Kopf war feuerrot, und Stine vermutete, dass Grote ihm gerade vorgeworfen hatte, dass er die Polizei nach Strich und Faden belogen hatte. Dass Grote dabei statt ›belogen‹ das Wort ›verarscht‹ benutzt hatte, konnte sie nicht wissen, es hätte sie aber auch nicht gewundert.

Als Pötter Eeske Grimm erblickte, wurde er kreidebleich und ließ sich wortlos zurückfallen. Spätestens jetzt war ihm klar, dass sein Versuch, die Hintergründe des gestrigen Abends zu verschleiern, keine Aussicht mehr auf Erfolg hatte. Also versuchte er gar nicht erst, Eeske zu unterbrechen, als diese alle Fragen der Polizisten ehrlich beantwortete und kein Detail dabei ausließ. Stine, als aufmerksame Beobachterin, las in den Augen der Frau, dass jegliche Zuneigung oder Liebe zu Pötter erloschen war, soweit es sie denn überhaupt jemals gegeben hatte.

»Als deine Frau mir heute Morgen sagte, dass du im Krankenhaus liegst, habe ich reinen Tisch gemacht. Natürlich hat sie mir sofort fristlos gekündigt.« Sie blickte Pötter mit kaltem Blick an und fragte sich, was sie an diesem übergewichtigen Feigling einmal angezogen hatte. »Das macht mir nichts, denn ich hatte ohnehin vor zu gehen. Das wollte ich dir ins Gesicht sagen, allein, um zu verhindern, dass du mir wieder unter die Augen kommst.« Die Verachtung, die aus ihr sprach und sich in wütenden Worten Bahn brach, war die Folge seines Verhaltens der letzten Nacht. »Du hast dich einen Dreck um mich gekümmert und nur dafür gesorgt, dass dir nichts Schlimmeres passiert! Geh hin, Willi Pötter, wo der Pfeffer wächst!«

Sie drehte sich um, verließ das Zimmer und ließ sich erst auf dem Flur durch Stine aufhalten. Dann stimmte sie zu, zum Tatort zu fahren und ihnen die Ereignisse noch einmal an Ort und Stelle zu schildern. Da sie noch auf Grote warten mussten, setzte sich Stine mit Eeske Grimm vor dem Krankenhaus auf eine Bank. »Haben Sie eine Ahnung, wer es auf Sie beide abgesehen haben könnte?«

Eeske schüttelte energisch den Kopf. »Wenn Sie auf meinen Mann anspielen, dann kann ich das ausschließen. Er hat nicht den Mumm dazu, so etwas zu tun. Außerdem weiß ich ganz sicher, dass er nicht die geringste Ahnung von meiner Affäre hat. Ich habe in der gestrigen Nacht kein Auge zubekommen und am Morgen gesehen, wie zwei seiner Kumpels vom Angelverein ihn vor unserem Haus abgesetzt haben. Mit denen war er am Großen Meer angeln. Sie haben dort eine kleine Hütte gebaut, und ich glaube, er verbringt dort inzwischen mehr Zeit als bei mir.«

Stine nickte mitfühlend. Sie hieß Eeskes Seitensprung nicht gut, aber dass diese Frau in ihrer Beziehung nicht glücklich war, lag auf der Hand. »Und bei Pötter, gibt es von der Seite jemanden, dem Sie das zutrauen würden?«

Eeske lachte bitter. »Ich denke, um so etwas zu tun, bedarf es irgendwelcher Emotionen. Eifersucht wäre wohl ein Motiv, aber Sie kennen Willis Frau nicht. Sie ist die gefühlloseste Frau, die mir jemals über den Weg gelaufen ist. Sie hat Willi nur geheiratet, weil sie das Geschäft nach dem frühen Tod ihres Mannes nicht allein führen konnte. Es ging ihr nicht um Liebe, es musste nur ein gelernter Fleischer ins Haus. Dabei hat sie ihre Hände schön über ihr Geld gehalten. Das Geschäft, das Wohnhaus, alles gehört ihr ganz allein. Warum sollte sie Willi etwas antun? Sie braucht ihn doch. Jetzt allerdings glaube ich, dass sie schon bald nach einem neuen Fleischer Ausschau hält! Sie ist sehr eitel und wird sich nicht von Willi blamieren lassen. Oder lässt sich die ganze Angelegenheit unter den Teppich kehren?«

Grote war inzwischen dazugekommen und beantwortete ihre Frage. »Ganz gewiss nicht. Wir gehen von einem versuchten Tötungsdelikt aus. Das kann man nicht geheim halten!«

Zwischen Arle und Nesse

Für Eeske Grimm war das Kapitel Willi Pötter endgültig abgeschlossen, und sie bemühte sich ernsthaft darum, die Ereignisse des Vorabends an Ort und Stelle nachzuzeichnen. »Hier hat mein Auto gestanden, daneben das große Auto von Willi. Dort, wo das Unterholz plattgedrückt ist, hat er sich versteckt und mich alleine im Auto liegen lassen. Die Blutspuren können Sie noch entdecken.« Wieder keimte in ihr Wut auf.

Während Stine mit ihrem Handy Fotos anfertigte, ging Grote über den flachen Bahndamm hinweg und blickte von dort aus zu dem Gebüsch hinüber. Weder die beiden Frauen noch die Autos konnte er von hier aus sehen. Also hätte ein Schütze in der Nacht die Autos nur bemerken können, wenn die Innenbeleuchtung angeschaltet gewesen war. »Hatten Sie in den Minuten vor dem Schuss irgendein Licht eingeschaltet?« Grote rief es hinüber, und Eeske Grimm schaute ungläubig drein. »Lassen Sie in einer solchen Situation die Innenbeleuchtung eingeschaltet?«

Grote lächelte verschmitzt, verzichtete aber auf eine Antwort. »Ich denke, wir wissen jetzt alles, was für unsere Ermittlungen von Bedeutung ist. Geben Sie meiner Kollegin bitte Ihre Kontaktdaten, dann sind Sie mit Dank entlassen!« Er ging wieder zurück über den Bahndamm und wartete, bis Eeskes Kleinwagen verschwunden war und Stine erschien. »Du schaust so ungläubig drein, Chef. Irgendwas scheint dich zu irritieren.«

»In der Tat«, nickte Grote unzufrieden und verscheuchte eine aufdringliche Fliege. »Ich sehe hier überall nur Ungereimtheiten. Schau dir den Winkel an, in dem Pötters Auto getroffen wurde! Der Schuss muss von schräg hinten, ungefähr von hier aus abgegeben worden sein, doch warum traf nur eine einzige von den vielen Schrotkugeln? Und warum schoss der Täter, wo er doch die Autos von hier aus gar nicht sehen konnte? Wenn er wusste, dass die Autos dort standen und er die Absicht hatte, darauf zu schießen, musste er dichter herangehen. Dann allerdings würden die beiden nicht mehr leben.«

Stine war während Grotes Worten unschlüssig herumgegangen, auf einmal stutzte sie. »Ich glaube, ich habe eine Antwort auf deine Fragen, Stefan. Schau dir mal dieses Verkehrsschild an!« Stine stand vor einem Andreaskreuz, das auf den unbeschrankten Bahnübergang hinwies. Das rot-weiß gestreifte Schild war von unzähligen Kugeln durchschlagen worden. »Wir gingen bisher davon aus, dass der Schuss auf das Auto gezielt abgegeben wurde. Aber könnte es sich nicht auch um einen Querschläger gehandelt haben?«

Grote kam zu ihr herüber, ging mehrfach um das Schild herum und betrachte aufmerksam die Löcher. »Du hast recht, Stine. Wir waren total auf dem Holzweg. Da hat jemand mit dem Schrotgewehr auf das Verkehrsschild geschossen, nicht ahnend, dass schräg dahinter die beiden Autos im Gebüsch stehen. Und er hat auch getroffen, wie wir sehen. Nur eine einzige der Schrotkugeln ist unglücklich abgeprallt und hat Willi Pötter erwischt. Es sieht mir so aus, als wenn jemand die Einsamkeit gesucht hat, um Schießübungen zu veranstalten. Er hatte keine Ahnung, dass sich in seiner Nähe ein Liebespaar vergnügt.«

»Klingt schlüssig!« Eines aber störte Stine noch an dieser Theorie. »Aber wenn er üben will, warum schießt er dann nur ein einziges Mal?« In diesem Moment kam sie selbst auf die Antwort. »Eeske Grimm hat erzählt, dass sie unmittelbar nach dem Schuss in Panik geriet und laut schrie.«

»Ganz genau«, ergänzte Grote. »Das hat der Täter durch die zerschossene Seitenscheibe gehört und sich davongemacht. Er hatte vermutlich keine Vorstellung davon, was er angerichtet hat.«

Wohlwissend, dass auf dieser Strecke gelegentlich noch die Museumsbahn fuhr, hockte Stine sich ungeniert auf den Bahndamm und holte ihren Laptop aus der Umhängetasche. Es dauerte eine gehörige Zeit, doch endlich gelang es ihr, eine Luftaufnahme der Gegend herunterzuladen. Als das Bild aufgebaut war, kamen sie beide aus dem Staunen nicht mehr heraus. »Wir sind hier gerade einmal 1,5 Kilometer von dem Hochsitz entfernt, an dem Hinnerk Weerts starb!«, sagte Stine verblüfft. »Der Feldweg, auf dem wir stehen, führt zu dem ›Gülleweg‹ an der Rückseite des Dreescher Forstes. Über den hat sich Weerts' Mörder angeschlichen. Von hier bis nach Arle sind es lediglich drei Kilometer. Und der Schütze vom Bahndamm hat denselben Weg benutzt!«

»Alle Wege führen nach Arle«, sagte Grote getragen und freute sich, selbst einmal ein berühmtes Zitat, wenn auch in abgewandelter Form, benutzt zu haben. »Und weil das so ist, lass uns doch genau auf diesem Wege langfahren, den der Täter genommen hat.« Er wischte mit dem Fuß auf dem harten, von der Sonne ausgedörrten

Boden herum. »Die schweren Reifen der Trecker haben den Untergrund betonhart werden lassen. Außerdem ist der Weg weiter hinten asphaltiert. Deshalb glaube ich nicht, dass wir irgendwelche Reifenspuren entdecken, trotzdem werden wir die Augen aufhalten und die Spurensicherung anfordern. Sicher ist sicher!«

Stine fuhr sehr langsam, aber bereits nach wenigen hundert Metern waren alle Hoffnungen, irgendwo verwertbare Spuren zu finden, verflogen. Ein grüner Trecker, hinter sich einen Anhänger mit Ballonreifen ziehend, kam mit großem Tempo auf sie zu, drängte sie gnadenlos auf den schmalen Streifen zwischen Feldweg und Graben und schoss in eine Staubwolke gehüllt an ihnen vorbei. »Wenn es überhaupt etwas zu sehen gab, hat dieser Agrar-Rennfahrer alles plattgemacht!«, schimpfte Grote

Stine wollte von Arle aus direkt in Richtung Aurich fahren, doch Grote bestand auf einem kleinen Umweg. »Wir müssen noch bei Wiebke Weerts in Menstede vorbeifahren und darauf hoffen, dass sich in dem Waffenschrank ihres Vaters noch Schrotpatronen befinden. Die benötigen wir dringend für einen Abgleich.« Das war nur noch Formsache, denn für Grote gab es keinen Zweifel, dass die Schrotkugel, die Pötter fast das Leben gekostet hatte, aus Hinnerk Weerts' Waffe von dessen Mörder abgefeuert worden war.

Die Alibis stehen

Der Besuch in Menstede war erfolgreich, und gegen 15 Uhr trafen die beiden endlich wieder an der Dienststelle in Aurich ein. Den Anflug von Müdigkeit, der sie beide befiel, beschloss Stine dadurch zu bekämpfen, dass sie die Dosis für die Kaffeemaschine drastisch erhöhte. Außerdem hatte sie auf der Rückfahrt beharrlich behauptet, das frühe Aufstehen habe bei ihr zu einer Unterzuckerung geführt, die nur mit einer überdimensionalen Portion ostfriesischen Butterkuchens zu bekämpfen sei. Irgendwann, zufällig, hatte Grote auf der anderen Straßenseite eine Bäckerei gesehen und ihrem Drängen nachgegeben. »Ist ja gut, ich hab's verstanden!«, sagte er und kehrte wenig später mit einem Kuchenpaket zurück. Stines Angebot, die Kosten zu übernehmen, lehnte er generös abgelehnt. »Lass gut sein! Du hast heute Morgen für Frühstück gesorgt. Außerdem hast du dir während der Fahrt zum Krankenhaus auf die Zunge gebissen und kein Wort über meinen Fahrstil verloren. Damit hast du dir den Kuchen redlich verdient.«

Kurze Zeit später war es im Büro wie so oft: Stine saß im offenen Fenster und ließ ein Bein nach draußen baumeln. Das Schimpfen ihres Chefs über diese halsbrecherische Gewohnheit ließ sie wie immer von sich abprallen und biss genießerisch in den Butterkuchen. Nach einigen Minuten der Ruhe, in denen die Köstlichkeit schnell bis auf den letzten Krümel verzehrt war, sprang Stine ins Zimmer. »Ich flitze jetzt nach unten in den Keller und gebe die Schrotkugel samt der Vergleichspatronen aus dem Waffenschrank ab. Wenn es gut läuft, wissen wir morgen zwar nicht, wer der Schütze ist, aber zumindest, dass er das Gewehr von Hinnerk Weerts benutzt hat.«

»Und ich kümmere mich derweil um die Alibis der beiden gehörnten Ehepartner, obwohl ich jetzt noch mehr als zuvor davon überzeugt bin, dass die beiden rein gar nichts mit den Geschehnissen am Bahndamm zu tun haben.«

Grote war ein absoluter Feind der Floskel ›Wo waren Sie gestern Abend?‹. Die Sinnhaftigkeit dieser Frage hatte er schon immer bezweifelt und nutzte sie nur dann, wenn es unvermeidbar war. Auf Stines Frage, was ihn denn an der Frage störe, hatte er einmal geantwortet: »Eine typische Fernsehfrage mit wenig praktischem Wert. Wer ein Alibi braucht, beschafft es sich rechtzeitig, und wenn jemand kein Alibi hat, spricht das noch lange nicht gegen ihn. Also bringt uns das nur selten weiter. Was wirklich zählt, sind Sachbeweise!« In diesem aktuellen Fall brauchte er die Frage ohnehin nicht zu stellen, denn mit zwei Anrufen war die Sache erledigt. Der Vorsitzende des Bridge-Clubs Wittmund bestätigte nach einem Blick in die Spielprotokolle, dass Pötters Frau gestern Abend bis 00.15 Uhr an einem Turnier teilgenommen und sogar gewonnen hatte. Noch einfacher war die Sache bei dem Angelklub, dem Eeske Grimms Mann angehörte. »Da brauche ich gar nicht lange nachzudenken. Wir waren gestern bis in den Morgen mit Rolf zusammen am Großen Meer. Als Beweis sende ich Ihnen mal ein Foto, das wir gestern gepostet haben!« Tatsächlich erschien kurz darauf ein Foto, das einen stolzen Angler mit einem kapitalen Hecht zeigte. Unterschrift: ›Unser Vereinsmitglied Rolf Grimm hat nach langem Kampf die Oberhand gewonnen und diesen prächtigen Burschen von 120 cm Länge an Land gezogen!‹. Das Foto war um 23.30 Uhr gepostet worden, damit war auch Rolf Grimm raus. Da Grote ohnehin nicht daran glaubte, dass eine dieser beiden Personen als Täter in Frage kommen könnte, ließ er es dabei bewenden.

Einige Zeit später kehrte Stine aus den Katakomben der Kriminaltechnik zurück. »Es hat gedauert und ich musste meinen Charme spielen lassen, aber die Jungs haben mir versprochen, dass sie uns Montag sagen können, ob die Schrotkugel im Armaturenbrett aus der Charge stammt, die Hinnerk Weerts verwendet hat.«

Am liebsten hätte Grote jetzt das Dienstende verkündet und damit das Wochenende eingeläutet, doch noch stand der Anruf der Kollegen aus, die den Tatort am Bahndamm absuchen sollten. »Wir warten ab, ob sich dort noch ein Ansatz ergibt, Stine. Wenn aber nichts dabei rauskommt, was unbedingt sofort abgeklärt werden muss, gehen wir ins Wochenende. Ich denke, das haben wir uns verdient!«

Fast eine Stunde mussten sie noch warten und schlugen die Zeit damit tot, über private Dinge zu sprechen. Obwohl sie Tag für Tag so viele Stunden miteinander verbrachten, kam dieser Teil ihres Lebens häufig zu kurz. Fast beiläufig erfuhr Grote dabei, dass die Beziehung zwischen Stine und Alex Baum, dem Mann, der in einem ihrer früheren Fälle eine Rolle gespielt hatte, ein Ende gefunden hatte. »Alex ist ein feiner Kerl, und es wäre mit uns bestimmt auf lange Sicht gut gegangen«, sagte Stine traurig. »Aber nun ist er von Münster nach Nürnberg versetzt worden. Eine Fernbeziehung ist anstrengend genug und Münster war für ein Wochenendtreffen gerade okay, aber Nürnberg? Wir waren uns beide einig, dass wir das nicht wollen. So haben wir uns als gute Freunde getrennt, und ich bin wieder solo, wie man sagt.« Grote tat das ehrlich leid, denn Alex Baum hatte er gerne gemocht.

Das Läuten des Telefons erlöste ihn davon, nach passenden Worten suchen zu müssen. Karl Langwedel war es, der den Abschluss der Tatortarbeit meldete und ihre These, der Schuss auf Willi Pötter sei ein Zufallstreffer gewesen, komplett bestätigte. »Wir haben die Stelle genau bestimmen können, von der aus dieser Schrotschuss abgegeben wurde. Dort war das Gras niedergetrampelt. Zuvor ist der Schütze durch einen Kuhfladen gelatscht und hat sich die Schuhe am Gras abgewischt. Verwertbare Spuren gab es leider keine. Und da wohl nur ein einziger Schuss mit der Schrotflinte abgegeben wurde, waren natürlich auch keine Hülsen zu finden. Wir haben den Schuss mit Laserlicht nachgestellt. Fazit: Der Busche schoss auf das Andreaskreuz, konnte die danebenstehenden Autos gar nicht sehen und war vermutlich selbst erschrocken, was er angerichtet hat.«

Grote kommentierte diese Rückmeldung trocken und mit einem enttäuschten Unterton: »Danke für euren Einsatz, Karl, schönes Wochenende!«

»Für uns auch«, wandte er sich an Stine, »aber wir treffen uns heute Abend ja noch zum Darts mit Skipper, Frauke und Sören.« Der regelmäßige Treff mit ihrem Kollegen aus Emden und den beiden Streifenpolizisten aus Leer in einer Kneipe am Auricher Hafen war inzwischen eine Tradition, die sie schon seit längerer Zeit pflegten.

»Na klar, wie immer! Ich schreibe nur noch die Ergebnisse des heutigen Tages zusammen und schicke sie an Theda Siefken, damit sie auf Stand ist. Dann breche auch ich hier meine Zelte ab.«

Folgenschwere Rache

Das sommerliche Wochenende ließ nicht erahnen, dass der folgende Montag mit einem unerfreulichen Start in die Woche aufwartete. Als Stine, wie immer vor Grote, das Dienstzimmer betrat und in einer ritualisierten Reihenfolge die Tagesroutine einleitete, war noch alles in Ordnung. Wie versprochen lag der Untersuchungsbericht der Kriminaltechnik vor und bestätigte, dass die Schrotkugel aus dem Armaturenbrett mit der Munitionscharge identisch war, die Hinnerk Weerts benutzt hatte. »Das fängt ja gut an!«, murmelte Stine zufrieden, ohne zu ahnen, was nun auf sie zukam. Das Telefon läutete in diesem Augenblick, und die aufgebrachte Stimme von Theda Siefken erklang. »Haben Sie etwa gequatscht?« Ein tiefes Schnaufen war zu vernehmen. »Wenn Sie das waren, komme ich persönlich rüber und reiße ihnen ihre Dienstgradabzeichen von der Schulter!« Dass Stine als Kriminalpolizistin gar keine trug, war ihr dabei egal.

Stine wusste nicht, wie ihr geschah. »Was ist denn los? Was soll ich gesagt haben?« Obwohl sie sich keiner Schuld bewusst war, spürte sie, wie ihr vor Aufregung die Röte ins Gesicht stieg.

»Na, dann gucken Sie sich mal an, was ich Ihnen jetzt rüberschicke!«

Auf ihrem Computer erschien eine Bilddatei, und als Stine diese öffnete, sah sie die abfotografierte Titelseite der heutigen Ausgabe des ›Ostfriesland-Boten‹. Die Überschrift konnte reißerischer nicht sein: ›Die Bestie vom Dreescher Forst hat erneut zugeschlagen‹. Darunter war zu lesen: ›Mordanschlag auf ein Liebespaar.‹ Zuletzt wurden die provokanten Fragen gestellt: ›Schleicht ein Serienmörder durch Ostfriesland? Sind wir noch sicher?‹. Stine überflog den Artikel und stellte verstört fest, dass die Vorkommnisse am Bahndamm bis ins kleinste Detail geschildert wurden und jede Kleinigkeit stimmte. Die Namen der Beteiligten waren zwar nicht genannt, aber jeder in Nesse musste anhand der Umschreibungen wissen, um wen es hier ging. Stine rang um Fassung. »Ich versichere Ihnen, dass niemand, weder ich noch mein Chef, mit irgendjemandem von den Medien gesprochen haben. Wie kommen Sie gerade auf mich?«

»Weil ich mit dem Redakteur telefoniert habe, der diesen Dreck verfasst hat. Er berief sich auf den Informantenschutz und wollte lediglich sagen, dass ihn am Freitagnachmittag eine Frau angerufen und auf die Sache aufmerksam gemacht habe. Da musste ich an Sie denken, denn zu der Zeit haben Sie mir den Sachstandsbericht geschickt.«

Stine wurde ernsthaft böse. »Und danach habe ich zum Telefon gegriffen, um dem Zeitungsmenschen die Story zu verkaufen? Das glauben Sie ernsthaft?«

Der Blutdruck der Siefken näherte sich allmählich wieder dem Normalbereich. Kleinlaut antwortete sie. »Ach, Kindchen, nehmen Sie es mir nicht krumm. Ich habe es nicht wirklich geglaubt, musste aber erst einmal Dampf ablassen. Kaum ist die Wolfsstory vom Tisch, wird jetzt eine Serienmörder-Geschichte aus dem Hut gezaubert. Das ist für unsere Arbeit völlig kontraproduktiv und macht die Menschen kirre.« Sie stutzte kurz. »Was sagt Grote denn dazu? Oder steht der wieder mal unter der Dusche?«

»Nein, er ist nur kurz unten bei der Kriminaltechnik«, flunkerte sie, um ihren Chef vor der Siefken zu schützen, und war froh, als sich in dem Moment die Tür öffnete. »Da kommt er gerade!« Stine zeigt auf den Bildschirm. »Lies mal, Stefan! Jemand hat den Mund nicht halten können. Frau Siefken sagte, eine Frau hätte mit dem Redakteur gesprochen.«

Während Grote den Artikel las, überzog ein Lächeln sein Gesicht. Dann sagte er voller Anerkennung, eine Nuance lauter, als er es wohl wollte: »Was für ein Rasseweib!«

»Was sagt er da?« Die Siefken hatte Grotes Bemerkung mitgehört und sprach mit erhobener Stimme: »Ich will mal sehr hoffen, dass er nicht von mir spricht!«

Grote trat dicht an den Hörer heran. »Nein, aber Sie haben richtig gehört. Ich bin mir jetzt sicher, wer mit der Zeitung gesprochen hat. Es kann nur Eeske Grimm gewesen sein. Das war ihre Rache an Willi Pötter und seiner Frau! Zum Abschied hat sie diese Bombe gelegt.«

Stine nickte. Darauf hätte sie selbst kommen können, dachte sie sich, und auch Theda Siefken fand diese Erklärung ebenfalls überzeugend. »Das ist nachvollziehbar. Wie dem auch sei, machen Sie ordentlich Dampf, dass wir die Sache in den Griff bekommen. Nochmal möchte ich so einen Mist nicht vor dem Frühstück lesen müssen!«

Als Stine den Hörer aufgelegt hatte, sah sie immer noch ein Leuchten in Grotes Augen. »Stefan, kann es sein, dass deine Gedanken gerade abschweifen?«

Da lag Stine wohl richtig. Dass Eeske Grimm bei Grote einen tiefen Eindruck hinterlassen hatte, war ihr schon im Krankenhaus aufgefallen und hatte dazu geführt, dass sie ihm im Fahrstuhl mit dem Ellenbogen einen leichten Stoß versetzen musste, um seinen Blick von der Frau zu lösen. Seine Vorliebe für Frauen mit Rasse und Temperament konnte er nie unterdrücken. Um ihren Chef auch jetzt wieder auf den Boden der Tatsachen zurückzuholen, wandte sie eine bewährte Taktik an. »Hattet ihr ein schönes Wochenende? Du, Anna und die beiden Jungs?«

Sie betonte ›Anna‹ dabei so lang und ausgeprägt, dass Grote sofort verstand und betreten dreinschaute. Den verbalen Ellenbogencheck hatte er verstanden.

An diesem Morgen konnte niemand der Beteiligten ahnen, dass dieser Zeitungsartikel Ereignisse in Gang setzte, die nicht vorauszusehen waren und die auch Eeske Grimm sicher nicht gewollt hatte.

Zuviel für einen allein

Tobias Messmer drehte seinen durchgesessenen Bürostuhl zur Seite und starrte abwesend aus dem Fenster der ›Friesen-Bank‹-Filiale an der Enno-Hektor-Straße. Durch die Bäume auf der gegenüberliegenden Straßenseite war ein Teil der hell im Sonnenlicht leuchtenden Fassade des Dornumer Wasserschlosses zu sehen, doch das registrierte er gar nicht. Die wenigen Menschen, die ab und an in Erwartung eines warmen Sommertages in luftiger Kleidung an ihm vorbeiflanierten, nahm er nicht wahr. Langsam drehte er seinen Stuhl wieder in die Ausgangslage und las zum dritten Mal den Artikel über den Anschlag auf das Liebespaar in den Wiesen zwischen Arle und Nesse. Mit einem Ruck schob er die Zeitung von sich, so als wollte er die Gedanken verdrängen, die dieser Bericht in ihm auslöste.

Langsam stand er auf und schaute durch die Tür in die mäßig besuchte Schalterhalle. Als Filialleiter stand ihm ein eigener Büroraum zu, in dem er vertrauliche Kundengespräche führen konnte. Dieses Privileg genoss seine einzige Angestellte, Jessica Blohm, nicht. Sie hatte im letzten Jahr ihre Ausbildung als Bankkauffrau beendet und war froh, dass sie übernommen worden war. Gerne hätte sie in einer anderen Filiale gearbeitet, die nicht so schläfrig vor sich hindümpelte, doch man ließ ihr keine Wahl. Eine Wahlmöglichkeit, die Messmer einmal gehabt hatte. Sogar die Leitung der großen Filiale in Emden trug man ihm damals an, aber Ehrgeiz war eine Charaktereigenschaft, die ihm fremd war. Hier in der Nähe war er aufgewachsen, hier kannte er jeden Menschen und hier gehörte er hin. Er setzte sich wieder an seinen Schreibtisch und starrte auf sein Telefon, als sei das verantwortlich für den Anruf, der ihn vor wenigen Minuten erreicht hatte.

»Es tut mir leid, aber wir sind zu dem Entschluss gekommen, dass wir Ihnen den Kredit kündigen müssen!«, hatte der Anrufer mit gespielter Anteilnahme gesagt, um dann vom formalen in einen kollegialen Ton zu wechseln. »Kollege Messmer, wir haben das durchgerechnet. Du kannst das Haus auf Dauer allein nicht halten. Ich gebe dir den guten Rat: Verkaufe es, bevor es zur Zwangsversteigerung kommt!«

Was ihm der Kollege von der Hauptverwaltung seiner Bank zu sagen hatte, barg genug Sprengstoff, um sein Leben zum Einsturz zu bringen. Alles, was vor zehn Jahren so hoffnungsvoll begonnen hatte, fiel ihm nun vor die Füße. Damals fasste er den Entschluss, mit Nina zusammenzuleben und gemeinsam mit ihr das große, im Grunde viel zu teure Haus zu kaufen. Es stand draußen im Grünen, genau dort, wo er sich immer gewünscht hatte, einmal zu wohnen. Und weitere Kosten würden anfallen, das war ihnen bewusst. Ein Anbau musste errichtet werden, damit Nina dort ihre Praxis einrichten konnte. Nina Alldag war eine gute, sogar sehr gute Physiotherapeutin, das wusste man sogar bei der Sparkasse in Wittmund und räumte ihr einen großzügigen Kredit ein. Trotzdem war von Anfang an klar, dass dies nicht reichen würde. Keiner von ihnen beiden hätte das Projekt finanziell allein stemmen können, denn ihre gemeinsamen Träume waren groß, deshalb wurde auch groß geplant. Die Baukosten waren so hoch, dass auch er einen Mitarbeiterkredit aufnehmen musste. Damit bewegten sie sich beide an der Grenze ihrer finanziellen Möglichkeiten, doch wie hatte Nina gesagt: »Wir sind beide jung und gesund. Die Praxis wird genug abwerfen, um die Raten zu stemmen. In 25 Jahren sind alle Kredite getilgt!«

Anfangs lief tatsächlich alles gut. Messmer verdiente nicht schlecht, und Ninas Praxis lief blendend. Der monatliche Abtrag war problemlos zu bewältigen. Irgendwann aber bemerkte Nina das leichte Zittern in ihrer Hand. Zuerst ignorierte sie es noch und dachte, dass es sich um Überanstrengung handeln könnte, doch von Monat zu Monat wurde es schlimmer, bis dann vor fünf Jahren die Diagnose feststand. Die Aussage des Arztes, mit Ende Dreißig an Parkinson zu erkranken sei extrem selten, aber leider doch nicht ausgeschlossen, war kein Trost.

Seit zwei Jahren war Nina Alldag nun nicht mehr in der Lage, ihren Beruf auszuüben, denn die Krankheitsschübe überfielen sie in ungewöhnlich schneller Folge. Anfängliche Überlegungen, die Praxis mit Personal weiterzubetreiben, erwiesen sich schnell als unmöglich, es rechnete sich einfach nicht. Vor zwei Wochen lag ein Brief der Sparkasse im Postkasten, in dem ihr die Kreditlinie bei der Sparkasse Wittmund gekündigt wurde. Spätestens da wusste Tobias Messmer, dass sie vor dem finanziellen Zusammenbruch standen. Mit nur einem Einkommen war das Haus nicht zu halten, und er war Banker genug, um der Realität ins Auge zu sehen. Ja, hätte er damals die Filiale in Emden übernommen, wäre sein Einkommen höher und die Lage noch nicht völlig hoffnungslos, aber das war nun nicht mehr zu korrigieren. Außerdem war er Realist. Es war nur noch eine Frage der Zeit, bis die ›Friesen-Bank‹ den ihm gewährten Kredit kündigen würde. Und genau das war heute geschehen.

Das ganze Wochenende lang hatte er Nina Zuversicht vorgespielt, sich gleichzeitig aber den Kopf zermartert, wie er aus dem Dilemma herauskommen könnte. Und nun lag diese Zeitung vor ihm auf dem Schreibtisch. Der Artikel zeigte ihm einen Weg auf, der zwar gefährlich war, aber die einzige Möglichkeit bot, mit einem Schlag all seine Probleme zu lösen. Er setzte die Brille ab, polierte die leicht getönten Gläser mit einem Taschentuch und setzte sie wieder auf. Noch einmal strich er sich durch seinen Dreitagebart, dann stand sein Entschluss fest.

Stine kam den ganzen Vormittag nicht vom Telefon weg. Sie war damit beschäftigt, die Liste mit den Namen der Feuerwehrleute abzutelefonieren, die Gesche Büddelmann, die Wirtin des Dorfkrugs, ihnen bei ihrem Besuch gegeben hatte. Genau um 14 Uhr jedoch stieß sie sich mit den Füßen ab, ließ den Bürostuhl durch das Zimmer rollen und streckte übermütig die geballten Fäuste in die Luft. »Chef, sag, dass ich gut bin! Ich hab tatsächlich alle erreicht, die am Dienstagabend im Dorfkrug waren. Sie haben zugesagt, heute Abend um 18 Uhr im Gemeinschaftsraum der Freiwilligen Feuerwehr Arle mit uns zu sprechen. Einige von ihnen schlugen zwar als alternativen Treffpunkt den Dorfkrug vor, aber da bin ich vorsichtshalber gar nicht drauf eingegangen.«

»Besser ist das!«, sagte Grote und schob den Bericht der Tatortgruppe von sich weg. »Wer weiß, welchen Verlauf eine solche Besprechung bei Bier und Köm haben würde, und ja, natürlich weiß ich, dass du gut bist!«

»Wer ist gut?« Die Tür wurde aufgerissen, und schon stand Skipper im Raum. »Ihr könnt doch nur von mir gesprochen haben!«

»Nein, ausnahmsweise mal nicht. Diesmal ging das Lob an Stine!« Grote wunderte sich über den Auftritt ihres Freundes und Kollegen. Der hatte erkennbar schwer an einem provisorisch verschnürten Paket zu tragen. Eine blaue Plastikhülle, mit den Resten einer Ankerleine zusammengebunden, verwehrte den Blick auf den Inhalt.

»Wetten, dass du mich gleich genauso lobst, wie Stine?« Mit diesen Worten ließ er das ungewöhnliche Paket auf die Erde krachen und erzeugte damit einen Lärm, als würde ein Auto in abgestellte Mülleimer aus Metall fahren. Er ging zu Stine, nahm sie zur Begrüßung in den Arm und freute sich wieder einmal über dieses Privileg, das Grote stets verwehrt blieb. »Chef bleibt Chef, bei aller Freundschaft!«, war Stines Credo, von dem sie nicht abging. Skipper genoss seinen Auftritt sichtlich. »Ich sehe die Neugier in euren Augen, und nein, Stefan, bevor du fragst: Ich bin nicht unter die Altmetallhändler gegangen! Wenn Stine mir eine Kanne von meinem Lieblingstee zubereitet, bin ich bereit, das Geheimnis zu lüften.«

Skipper sah wie immer aus, als habe er gerade sein Boot neu gestrichen. Die verschlissene Jeans spiegelte die gesamte Palette der bei solchen Anlässen verwendeten Farben wider. Drauf angesprochen hätte er sicher empört geantwortet: »Das ist meine gute Hose, die Arbeitshose sieht richtig schlimm aus.« Ob das stimmte, war nicht nachprüfbar. Tatsache aber war, dass er niemals anders aussah.

Als der dampfende Tee vor ihm stand, begann er zu erzählen und gestattete sich dabei, einen weiten Bogen zu schlagen. »Es war das perfekte Segelwetter am Wochenende, und eigentlich wollte ich diesen Montag spontan als Urlaubstag dranhängen, doch dann lernte ich beim ›Sundowner‹ auf Helgoland einen Segler aus Aurich kennen, der bei der Straßenmeisterei arbeitet. Sein Job ist es, die Straßen abzufahren und die Schilder zu reinigen oder bei Beschädigungen zu ersetzen. Er erzählte mir beiläufig, dass er bei seiner Arbeit eine Auffälligkeit festgestellt hat, die es in dieser Größenordnung noch nie gab. Da musste ich sofort an die Schüsse auf das Liebespaar denken!« Genüsslich trank er einen Schluck Tee, griff an seinen Gürtel und zog sein Segelmesser aus der Lederscheide. Er klappte die Klinge aus und schnitt mit einem Zug die Ankerleine durch. Dann zog er an der blauen Folie, und 15 verschiedene Verkehrszeichen rutschten heraus und verteilten sich auf dem Boden. Eines davon hielt er in die Höhe. »Darf ich vorstellen? VZ 201-50, was so viel bedeutet wie: Verkehrszeichen 201-50, im Volksmund auch ›Andreaskreuz‹ genannt!«

Skipper amüsierte sich über die fragenden Blicke seiner Freunde. »Das, was da vor Euren Augen liegt, ist ein buntes Konvolut gängiger Verkehrsschilder. Naturschutzgebiet, Verbot einer Einfahrt und so weiter und so weiter. Eines aber verbindet all diese Schilder ...« Er griff zur Teetasse und wartete ab.

Grote sah es auf den ersten Blick: »Sie sind alle zerbeult und durchlöchert!«

»Sehr richtig, Stefan! Dies ist der Grund, warum ich auf meinen zusätzlichen Urlaubstag verzichtet habe und stattdessen heute Morgen mit meinem Segelkameraden auf den Schrottplatz der Straßenmeisterei gefahren bin. Dort liegen die alten Verkehrsschilder herum, die durch neue ersetzt wurden. Ich dachte, dass ich euch mit diesen Beweisstücken eine Freude bereiten kann.« Er stellte die Teetasse zur Seite. »Ich sehe schon, ich muss euch auf die Sprünge helfen.« Mit diesen Worten zog er eine Landkarte aus der Tasche und breitete sie auf Grotes Tisch aus. »All diese Schilder sind in den letzten Tagen wegen ihrer Beschädigungen eingesammelt worden. Es wurde eindeutig auf sie geschossen. Alle Einschüsse sind neu, es hat sich noch kein Rost gebildet. Und nun schaut euch an, wo diese Schilder gestanden haben. Mein Freund, der Straßenmeister, hat die Stellen für mich markiert. Sie liegen alle im Umkreis von 3 - 4 Kilometer um Arle herum. Nur nach Westen hin gibt es eine Lücke, denn dort ist die Bebauung dichter als in den anderen Richtungen.«

Stine nahm einen Bleistift und begann wahllos, die sich gegenüberliegenden Markierungen miteinander zu verbinden. Dabei ergab sich ein Spinnennetzmuster, in dessen Mitte Arle lag. »Es ist ganz eindeutig«, sagte Stine. »Da macht jemand Schießübungen und sucht sich dazu Örtlichkeiten aus, die möglichst weitab von Wohnhäusern liegen. Und das sind die einsamen Wiesen rund um Arle.«

»Passt!«, stimmte Grote zu. »Aber warum schießt er ausgerechnet auf Straßenschilder? Warum nicht auf Bäume oder Ähnliches?«

Skipper nahm eines der Schilder, hielt es in die durch das Fenster einfallende Sonne und drehte es leicht hin und her. Durch diese Bewegung erzeugte er einen Lichtstrahl, der durch das Zimmer geisterte. »Deshalb! Die Schilder reflektieren bei Licht. Ich gehe davon aus, dass der Schütze bei Nacht unterwegs ist. Da braucht es nur eine schwache Taschenlampe, um die Schilder in der Dunkelheit sichtbar zu machen.« Er nahm ein Schild in die Hand, welches die Aufschrift ›Naturschutzgebiet‹ trug und eine Eule zeigte. »Es scheint ihm besonderen Spaß zu bereiten, auf Tiere zu schießen. Die Eule weist diverse Durchschüsse auf.«

Während Skipper noch sprach, hatte Stine bereits das Telefon in der Hand, und drei Minuten später stand ein Kollege der Kriminaltechnik im Raum, der sich mit Ballistik beschäftigte. Er brauchte nur kurze Zeit für seine erste Analyse. Dann begann er, die Schilder auf mehrere Stapel zu verteilen, und wies anschließend auf den ersten. »Auf diese Schilder ist mit Schrot geschossen worden, und zwar mit grober Körnung. Die Dellen lassen vermuten, dass es sich um 4-mm-Schrot handelt. Wenn aus größerer Entfernung geschossen wurde, konnte das Schild nicht durchschlagen werden, so wie hier. Wenn er dichter dran war, schon. So wie bei diesem.« Dann wandte er sich anderen Schildern zu. »Auf diese Eulen ist mit Munition im

Kaliberbereich 9 mm geschossen worden, vermutlich mit einer Faustfeuerwaffe abgefeuert. Ich nehme die Blechsammlung mit, um sie zu untersuchen.«

Grote schaute Stine und Skipper ernst an. »Ihr wisst, was das bedeutet? Hinnerk Weerts' Mörder zieht augenscheinlich Nacht für Nacht durch Ostfrieslands Wiesen und veranstaltet Zielübungen!«

»Und hätte dabei, vermutlich aus Versehen, fast noch einen zweiten Menschen getötet. Ich fürchte, wir haben ein Problem!«, bestätigte Stine.

*

Wie erwartet, hatten sich die Feuerwehrleute vollzählig versammelt, als Grote und Stine in Arle eintrafen. Die Fassade des dunklen Gebäudes erinnerte auf den ersten Blick an ein Wohnhaus, wenn da nicht die drei grellroten Garagentore gewesen wären. Der über der Fahrzeughalle befindliche Kameradschaftsraum war zur Hälfte gefüllt, und die Begrüßung durch den Ortsbrandmeister Habbo Jessen fiel freundlich aus. »Wir alle sind hergekommen, um Ihnen bei der Suche nach Hinnerk Weerts' Mörder zu helfen, wenn wir denn können.«

Drei Stunden lang zog sich die Befragung hin, an deren Ende keine neuen Erkenntnisse standen. Niemand hatte die geringste Ahnung, warum jemand Weerts hätte töten sollen. Von ihrem Verdacht, dass er sterben musste, weil jemand an seine Waffen gelangen wollte, sprachen Grote und Stine nicht. Hier, an diesem Abend ging es in erster Linie darum, andere mögliche Motive der Tat auszuschließen. Am Ende wirkten alle gemeinsam dabei mit, den zeitlichen Ablauf des betreffenden Abends zu rekonstruieren. Es stellte sich heraus, dass alle Feuerwehrleute mehr oder weniger zeitgleich in kleinen Gruppen den Dorfkrug zwischen 22.30 Uhr und 23 Uhr verlassen hatten. Niemand hatte sich allein davongeschlichen, um Hinnerk Weerts zu folgen. Das wäre auch nicht nötig gewesen, denn alle wussten, dass Weerts zum Hochsitz fahren wollte, um dort die Nacht zu verbringen.

»Jeder von ihnen hätte später dorthin gehen können, ohne dabei aufzufallen«, sagte Grote auf der Rückfahrt.

»Nun sind wir genauso schlau wie vorher«, sagte Stine enttäuscht und überlegte, die Niedergeschlagenheit durch einen passenden Spruch aufzulockern, doch der fiel ihr ausnahmsweise mal nicht ein.

Aktionsplan ›Eule‹

Die Analyse der Kriminaltechniker war das Erste, was Stine am Morgen auf ihrem Computer vorfand. Die Ballistiker hatten die Bleispuren an den Schrot-Einschusslöchern der Verkehrszeichen untersucht und festgestellt, dass hier dieselbe Munition verwendet worden war wie bei dem Schuss auf Willi Pötter und Eeske Grimm. Eine Überraschung löste dieses Ergebnis nicht aus. Es blieb auch wenig Zeit, sich über andere Dinge Gedanken zu machen, denn in einer weiteren Mail lud Staatsanwältin Siefken für 10 Uhr zum Rapport vor.

Als die beiden das Zimmer der Staatsanwältin betraten, erlebten sie zwei Überraschungen. Die erste war, dass Theda Siefken bei einer Tasse Tee gemeinsam mit Skipper am Besprechungstisch saß. Die beiden, die eine liebevoll gepflegte Katze-Hund-Freundschaft pflegten, waren intensiv ins Gespräch vertieft. Die zweite Überraschung war, dass die Siefken, anders als üblich, nicht gleich lospolterte, sondern still und besorgt wirkte.

»Ich habe heute Morgen telefoniert und Ihren Lieblingskollegen aus Emden für Sie losgeeist. Er wird Ihnen zur Seite springen. Oberkommissar Harms, ach was, es sagen ja eh alle nur Skipper zu ihm, freut sich schon darauf.« Theda Siefken wartete ruhig ab, bis die drei sich freudig begrüßt hatten und kam dann zum Punkt: »Der Sachstandsbericht, den Sie, Frau Lessing, mir gestern Abend zugeschickt haben, gibt Anlass zu größter Sorge. Alle sind zutiefst beunruhigt, Polizeidirektor Reiners, der Oberstaatsanwalt und auch der Landrat. Die Vorstellung, dass ein total durchgedrehter Typ schwerbewaffnet nachts durch die Gegend zieht und herumballert, bereitet den Leuten Angst. Der Bericht von den Schüssen am Bahndamm war schon schlimm genug. Wenn nun noch die Sache mit den zerschossenen Schildern an die Öffentlichkeit gelangt, traut sich in ganz Ostfriesland niemand mehr auf die Straße. Ich habe deshalb beschlossen, eine Sonderkommission einzurichten. Sie, Grote, werden natürlich die Leitung übernehmen. Frau Lessing und Skipper sind sowieso dabei. Wenn Sie mehr Leute wollen, sagen Sie mir das. Polizeidirektor Reiners hat mir versichert, dass Sie jede Unterstützung bekommen, die Sie haben wollen.«

Grote zögerte keinen Augenblick: »Dann hätte ich gerne noch die Kollegen Hattinga und Gueres aus Leer mit im Boot. Wir kennen uns von anderen Fällen bestens und harmonieren gut miteinander.«

Theda Siefken lächelte wissend: »Ja, ich weiß, ganz besonders bei Ihrem monatlichen Darts-Treff!« Sie stand auf und bedeutete damit, dass die Besprechung beendet war. »Ich habe bereits einen Namen für diese Sonderkommission festgelegt. ›Soko Eule‹ wird sie heißen! Schließlich scheint der Täter eine Nachteule zu sein, außerdem schießt er gerne auf Schilder, auf denen eine Eule abgebildet ist.«

*

Bereits um 14 Uhr saß die ›Soko Eule‹ zum ersten Mal beieinander. Grote hatte Frauke Hattinga und Sören Gueres gesagt, dass sie ihre Uniformen im Spind hängen lassen sollten, denn bei dem, was zu tun war, sollten sie möglichst wenig auffallen. So erschienen die beiden in einer Art Räuberzivil, das Skippers rustikalem Outfit nur wenig nachstand.

Grote war inzwischen zu großer Form aufgelaufen. Mit Polizeidirektor Reiners hatte er abgesprochen, dass für die kommenden Nächte Unterstützung von der Bereitschaftspolizei in Oldenburg angefordert wurde. »Sie sollen mit vier Streifenwagen nach Einbruch der Dunkelheit in einem Umkreis von 10 Kilometer rund um Arle patrouillieren, das entspricht ungefähr einer Fläche von 300 Quadratkilometern, die wir überwachen wollen. Wir werden dadurch den Täter vermutlich nicht fassen, aber vielleicht verunsichern.« Mit diesen Worten hatte Grote sein Konzept begründet und Zustimmung erhalten.

Den nächsten Schritt, der nun zu gehen war, hatte Stine gründlich vorbereitet. Nach einer detaillierten Einweisung der beiden Leeraner Kollegen kam sie zum Punkt: »Wir müssen an allen Orten, an denen bisher auf Schilder geschossen wurde, nach Spuren suchen. Die Tatortgruppe wäre damit überfordert. Außerdem wären die Kollegen wohl überqualifiziert, denn wir suchen nur nach zwei Dingen: nach Geschosshülsen und nach Reifenspuren. Die Orte, an denen der Täter bisher aktiv war, liegen so weit auseinander, dass er vermutlich ein Auto benutzt haben muss. Motorrad oder Fahrrad können wir getrost ausschließen, schließlich musste er eine Schrotflinte transportieren.« Sie machte eine kurze Pause, um den Kollegen Zeit zu geben, sich in ihre Aufgabe hineinzudenken. »Bei dem Tatort am Bahndamm haben Stefan und ich Pech gehabt. Dort hat ein Trecker alle Spuren plattgewalzt. Aber das muss ja nicht überall der Fall sein. Ihr werdet selbstverständlich auf die Spuren stoßen, die der Unimog der Straßenmeisterei hinterlassen hat. Die sind leicht zu erkennen und interessieren uns nicht. Ich habe für euch, Frauke und Sören, auf der Karte Örtlichkeiten markiert, die ihr bitte noch vor Einbruch der Dunkelheit absucht. Stefan und ich werden die anderen Orte abklappern. Viel Zeit haben wir nicht mehr. Die letzten Wochen war es trocken, doch für morgen sind Regenschauer angesagt. Dann sind die Reifenspuren nicht mehr zu finden.« Wie immer hatte sie gründlich vorgearbeitet und verteilte die Unterlagen.

»Und du, Skipper, bleibst hier an der Dienststelle und koordinierst bitte das Ganze!«, bestimmte Grote zum Abschluss. Wir schicken dir von jedem brauchbaren Reifenprofil, das wir an den Tatorten finden, Handyfotos. Du gleichst die Bilder ab und suchst nach Übereinstimmungen. Nach Stand der Dinge können uns nur Reifenspuren zum Täter führen.«

Wenig später machten sich die beiden Teams auf den Weg. Stine vergaß jedoch nicht, vorher für Skipper ausreichend Tee bereitzustellen. »Damit dir die Zeit nicht zu lang wird, alter Seebär!«, sagte sie, tauschte noch schnell ihre modischen Pumps gegen widerstandsfähige Sneakers aus, und war auch schon verschwunden.

Fünf Treffer

»Ich hätte mir das leichter vorgestellt«, sagte Sören Gueres. »Auf der Karte schaut das alles so easy aus, aber wenn man durch die Wiesen fährt, ist es gar nicht so einfach, die richtigen Wege zu finden. Hier sieht bis zum Horizont irgendwie alles gleich aus.«

»Und das ist auch gut so!«, schwärmte Frauke und sog die warme, nach Gras und Erde riechende Luft tief ein. Als Tochter eines Landwirts fühlte sie sich in ihrem Element und fluchte im selben Moment: »Sören, du hast es verpennt! Da hinten hätten wir abbiegen müssen!« Fraukes Temperament prallte an Sörens Phlegma ab. Seit drei Jahren fuhren sie gemeinsam Streife und kannten sich bestens. »Dann fahren wir eben zurück!«

Dass sie endlich am richtigen Ort waren, erkannten sie an einem funkelnagelneuen Landschaftsschutz-Schild. Sie stiegen aus und begannen, den Bereich vor dem Schild Meter für Meter abzusuchen. Patronenhülsen konnten sie nicht finden. Auch auf dem Feldweg, der selbst hier draußen noch asphaltiert war, ließen sich keine Spuren entdecken. Nach einer Viertelstunde beschlossen die beiden, wieder zurückzufahren. Wenden war auf dem schmalen Feldweg nicht möglich, also fuhr Sören hundert Meter rückwärts und wollte gerade quer in eine Weidezufahrt setzen, als Frauke die Handbremse zog.

»Warte mal, genau das wird der Bursche doch auch gemacht haben, wenn er in Richtung Arle zurückfahren wollte!« Frauke sprang aus dem Auto und freute sich, dass sie so schnell reagiert hatte. Nur zwei Meter weiter, und Sören hätte eine Reifenspur zerstört. Sie war auf dem trockenen Lehmboden zwar nur leicht ausgeprägt, aber trotzdem zu erkennen. Kurz drauf traf bei Skipper das erste Foto ein.

Grote und Stine erging es nicht anders als ihren Leeraner Kollegen. Auch sie konnten keine Patronenhülsen finden und kämpften mit den Widrigkeiten des ausgedörrten Bodens. Zwei Fotos hatte Stine erst an Skipper schicken können, und die waren von zweifelhafter Qualität gewesen, dabei hatten sie bereits vier Örtlichkeiten ihrer Liste abgefahren. »Wenn wir in den letzten Tagen wenigstens einmal einen Regenschauer gehabt hätten, wären unsere Erfolgschancen höher!«, nörgelte Grote und musste sich von Stine anhören, dass der Erfolg der Lohn des Strebsamen sei.

»Das hat einmal ein schlauer Mann gesagt, also streben wir frohgemut dem nächsten Ort auf unserer Liste zu.«

Wie so oft beneidete Grote seine Kollegin um ihren jugendlichen Optimismus, der ihm gelegentlich abging. Als sie aber am fünften zu kontrollierenden Ort eintrafen, erwies sich, dass Stines Optimismus berechtigt war. Hier war ebenfalls auf ein Andreaskreuz am Bahndamm der Museumsbahn geschossen worden, und kaum waren sie ausgestiegen, fanden sie eine Reifenspur, wie sie besser nicht zu erhoffen war. Eine direkt am Weidezaun stehende ausrangierte Zinkwanne diente dem Bauern als Tränke für seine Kühe. Da sich weit unten an der Wanne ein winziges Loch befand, war stetig Wasser herausgetropft und hatte den Boden im Umkreis von ungefähr einem Meter feucht gehalten. »Reifenspuren wie aus dem Lehrbuch!«, schwärmte Stine und fertigte drei Fotos aus verschiedenen Perspektiven an. Dann tippte sie mit den Worten »Und wech!« übermütig auf ihr Handy ein und sandte die Bilder an Skipper.

*

Es ging schon auf den späten Nachmittag zu, und Skipper begann allmählich, am Erfolg ihrer Aktion zu zweifeln. Es waren bisher nur wenige Fotos von Reifenabdrücken eingegangen. Meistens war das Profil nur undeutlich zu erkennen und die Fotos deshalb schwer miteinander zu vergleichen. »Es fehlt eine saubere Ausgangsbasis, ohne die werden wir kein Glück haben«, murmelte er und öffnete ein Foto, das gerade von Stine geschickt worden war. Er sah es kaum, da ging ein Ruck durch seinen Körper. Dieses Bild unterschied sich von allen bisherigen, und er begann, sich ein Schema von dem Stollenabdruck zu malen, um es noch einmal mit allen anderen Bildern zu vergleichen. Eine Minute später jubelte er: »Treffer!«

Stine hatte bereits den Rückweg eingeschlagen, als Skipper sich aufgeregt meldete. »Wir haben eine Übereinstimmung! Das letzte Foto von euch zeigt ein Profil, das auch an Örtlichkeiten auftaucht, die Frauke und Sören abgefahren sind. Also muss ein und dasselbe Auto vor kurzem dort gewesen sein. Das kann kein Zufall sein! Ich schicke die Spurensicherung zu euch raus, um einen sauberen Abdruck zu nehmen. Der könnte einmal wichtig werden.«

Erst um 21 Uhr war die ganze Aktion abgeschlossen. Jetzt, wo Skipper einen perfekten Vergleichsabdruck zu Verfügung hatte, war es ihm möglich, auch die Abdrücke, von denen nur schwache

Fragmente erhalten waren, zuzuordnen. Am Ende wussten sie, dass an insgesamt fünf der überprüften Orte ein identisches Reifenprofil aufgefunden wurde. »Die Kollegen schicken den neben der Zinkwanne gefundenen Abdruck an das BKA. In ein oder zwei Tagen kennen wir den Hersteller und die Reifengröße. Mit etwas Glück können wir damit auf das Auto des Täters schließen.« In dem Bewusstsein, endlich einen Schritt vorangekommen zu sein, verkündete Grote den Feierabend. »Die Kollegen der Bereitschaftspolizei werden heute Nacht die Augen aufhalten. Das sollte uns ruhig schlafen lassen!«

Mit diesen Worten lud Grote seine Kollegen zu einem kühlen Feierabendbier in ihre Darts-Kneipe am Auricher Hafen ein. Noch während sie draußen unter dem Sonnenschirm saßen und auf das Wasser schauten, sah man dort erst vereinzelt, dann immer mehr größer werdende Kreise. Was als Nieselregen begann, entwickelte sich innerhalb von Minuten zu einem strammen Regenguss. Als der große Sonnenschirm die Wassermassen nicht mehr aufhalten konnte, gingen die fünf nach drinnen und machten aus der Not eine Tugend. Die außerplanmäßige Darts-Runde verlor natürlich, wie immer, Grote, was ihn an diesem Abend merkwürdigerweise nicht zu ärgern schien. Kurz vor Mitternacht hatte sich das Wetter wieder beruhigt. Als sie sich vor dem Lokal voneinander verabschiedeten, funkelten die Sterne von einem schwarzen Himmel, und von der immer noch warmen Straße stieg Dunst auf.

»Was hatten wir für ein Dusel!«, stellte Stine fest und rührte mit ihrem Schuh in einer ansehnlichen Pfütze herum, um ihn zu reinigen. »Wenn wir uns mit unserer Aktion bis morgen Zeit gelassen hätten, wären alle Spuren vom Regen ausgelöscht gewesen.«

Verlorener Tag

Der kommende Tag war von intensiver Ermittlungsarbeit und dem Warten auf den BKA-Bericht bezüglich des in den Wiesen gefundenen Reifenprofils geprägt. Spätestens am morgigen Vormittag sollte er vorliegen. Das Büro, welches Stine und Grote normalerweise genug Platz bot, war mit nun fünf Ermittlern eindeutig überfüllt. Während Stine drei zusätzliche provisorische Arbeitsplätze eingerichtet hatte, verkündete sie den Spruch:»Raum ist in der kleinsten Hütte, das gilt besonders für die ›Soko Eule‹. Wir rücken alle ein wenig zusammen, dann wird's schon gehen!«

Es ging tatsächlich, obwohl am Ende des Tages keine greifbaren Erfolge vorzuweisen waren, und das BKA noch nichts von sich hatte hören lassen. Grote hatte die Arbeit untereinander so aufgeteilt, dass jeder von ihnen sich um eine der Hauptpersonen des Falls kümmerte. Ihre Vergangenheit, ihr Umfeld und ihr Lebenswandel wurden durchleuchtet, doch selbst nach stundenlanger intensiver Recherche gab es keinerlei Spuren, die zu Hinnerk Weerts' Mörder oder dem Schützen vom Bahndamm führten. So ruhten alle Hoffnungen auf dem BKA-Bericht.»Die Reifen führen uns zum Fahrzeug, das Fahrzeug zum Täter!«, bekräftigte Grote noch einmal und wusste genau, dass es eine andere, erfolgversprechende Spur nicht gab.

Der Mann mit der Sonnenbrille

Der alte Büsing griff in die Tasche seiner Cordhose, holte eine bereits angerauchte Zigarre heraus und steckte sie erneut in Brand. Zu Hause durfte er dieses stinkende Kraut, wie seine Frau es nannte, nicht rauchen. Sie behauptete steif und fest, dass der Geruch sich wie ein bösartiges Tier in Möbeln und Vorhängen festkrallen würde und selbst mit einer doppelten Dosis Waschmittel nicht mehr zu vertreiben sei. Büsing war Zeit seines Lebens als Gärtner im Schlosspark zuständig gewesen, der das Dornumer Wasserschloss umgab. Seit seinem Renteneintritt arbeitete er nur noch dienstags und donnerstags jeweils ab Punkt 9 Uhr für vier Stunden, um sich etwas dazuzuverdienen. Heute stand Rasenmähen auf dem Plan, aber noch hatte es die Sonne nicht geschafft, die Feuchtigkeit der Nacht aufzusaugen. Also hieß es abwarten. Er machte es sich auf dem Sitz seines Mähers gemütlich, rückte seine Schirmmütze zurecht und harrte der Dinge, die da kamen oder eben nicht kamen.

Viel zu sehen gab es nicht, darum erregte der junge Mann sein Interesse, der zwischen den Bäumen des Parks hervortrat, zügig am Schloss vorbeischritt und in Richtung Enno-Hektor-Straße ging. Schwarze Jeans trug er und einen dunklen, neumodischen Pullover mit Kapuze, den seine Enkeltochter ›Hoodie‹ nannte. Die Kapuze hatte der Bursche weit ins Gesicht gezogen, und warum er bereits zu so früher Stunde eine Sonnenbrille trug, erschloss sich Büsing nicht. »Wird wohl so ein ausgeflippter Musiker sein«, murmelte er vor sich hin. Auf diesen Gedanken kam er deshalb, weil der Mann sich eine längliche schwarze Tasche über den Rücken gehängt hatte, die an eine Rutentasche, wie er sie vom Angeln kannte, erinnerte. »Wie ein Angler sieht der Bursche allerdings nicht aus«, überlegte er. »Da könnte vielleicht eine Trompete, Posaune oder ein anderes Instrument drinstecken!« Doch er wusste es nicht, und es war ihm letztlich auch egal, denn der Mann war inzwischen wieder aus seinem Blickfeld verschwunden.

Um diese Zeit, kurz nach 9 Uhr morgens, waren weder Menschen noch Autos auf der Enno-Hektor-Straße unterwegs. Die Herzen der umliegenden Hauptstraßen schlugen im Takt der Fährzeiten für Baltrum und Langeoog. Von Zeit zu Zeit rauschte ein Strom von Fahrzeugen mit Urlaubern durch den Ort, getrieben von der Sorge, die Überfahrt zu versäumen, doch davon war diese Nebenstraße nicht betroffen. Es gab andere, schnellere Wege in den Urlaub. Selbst wenn die Enno-Hektor-Straße belebt gewesen wäre, hätte wohl kaum jemand Notiz von dem jungen Mann genommen, der zielstrebig die Fahrbahn überquerte und Kurs auf das Gebäude nahm, in dessen Erdgeschoss sich die Filiale der ›Friesen-Bank‹ befand. Als er sein Ziel erreicht hatte, schaute er kurz nach rechts und links, zögerte dann einen Moment, als ob er darüber nachdachte, ob es richtig sei, was er zu tun gedachte, und betrat endlich das Gebäude. Unmittelbar davor hatte er sich noch vergewissert, dass sich im Schalterraum keine Kunden aufhielten. Schnell zog er einen Schal über das Gesicht, öffnete die Tür und trat ein. Neben dem Geldautomaten, der durch einen Vorhang vom Schalterraum abgetrennt war, nahm er die schwarze Tasche von der Schulter und holte eine Schrotflinte heraus.

*

»Nur weil Sie so schreckhaft sind, haben Sie mir den Fingernagel vermasselt. Das machen Sie mir neu, aber bezahlen werde ich dafür nicht!« Die erste Kundin des Tages, die in ›Cynthias Nagelstudio‹ einen Termin gebucht hatte, war stinksauer. Sie presste ihre mit Hyaluronsäure aufgespritzten Schlauchbootlippen wütend zusammen, so weit das in ihrem starren Botox-Gesicht überhaupt noch möglich war. Gerade im entscheidenden Moment war Cynthia die Hand ausgerutscht und hatte den pinkfarbenen Glitzerlack weitflächig auf dem Finger ihrer Kundin verschmiert. Cynthia schaute erschrocken drein: »Ja, haben Sie es denn nicht gehört? Das klang eindeutig wie ein Schuss!« Eilig sprang sie auf und lief zum Fenster.

»Oder wie die Fehlzündung von dem ölverschmierten Moped Ihres Nachbarn«, meinte die Botox-Schönheit ungehalten und drängte darauf, den angerichteten Schaden schnellstens zu beseitigen. »Nun machen Sie endlich weiter, ich will hier nicht den ganzen Tag verbringen!«

Cynthia Scholz, Christa erschien ihr zu profan, stand immer noch am Schaufenster und starrte beunruhigt auf die andere Straßenseite zur ›Friesen-Bank‹ hinüber, doch dort war nichts Ungewöhnliches zu erkennen. »Ich bin mir sicher, dass das Geräusch von der anderen Straßenseite kam«, sagte sie und wollte gerade wieder an ihren Arbeitsplatz zurückkehren, als erneut ein Knall zu hören war. Kurz darauf öffnete sich die Eingangstür der Bank. Ein Mann taumelte auf den Gehweg, die Hände an seinen linken Oberschenkel gepresst. Einige Schritte schleppte er sich noch voran, dann sank er zusammen.

Wenn Christa Scholz die Situation richtig eingeschätzt hätte, wäre es sicher vernünftig gewesen, noch einen Augenblick zu warten. Bei dem Mann, der dort drüben auf dem Gehweg lag und sich weiterhin den blutenden Oberschenkel hielt, handelte es sich um den Filialleiter der Bank. Den kannte sie nicht wirklich, zumindest aber flüchtig vom Sehen. Jessica Blohm, die junge Frau, die ebenfalls in der Bank arbeitete, hingegen schon. Die ließ sich gelegentlich nach Feierabend bei ihr die Fingernägel verschönern. Allerdings war sie bisher noch nicht herausgekommen, ebenso wenig wie der Bankräuber, denn dass Cynthia gerade Zeugin eines Überfalls geworden war, dämmerte ihr allmählich. Einiges sprach dafür, dass der Bankräuber sich noch mit der Angestellten im Gebäude aufhielt, von daher wäre es besser gewesen, in Deckung zu bleiben, aber der Drang, helfen zu wollen war stärker und ließ sie, trotz der Risiken, die sie dadurch einging, handeln. Sie riss die Ladentür auf und raste, ohne nach links und rechts zu gucken, über die Fahrbahn. Dort nahm sie sich des Verletzten an und wurde dabei von einem Paketfahrer unterstützt, der sofort anhielt und helfen wollte. »Ist Jessica noch mit dem Bankräuber drinnen?«, fragte sie atemlos, doch Messmer verneinte mit schmerzverzerrtem Gesicht. »Frau Blohm kommt heute später, und der Bankräuber ist durch die Hintertür raus. Das Schwein hat mich am Oberschenkel erwischt! Es brennt höllisch, scheint aber so, als hätte ich noch Glück gehabt!«

Mittlerweile war auch die Botox-Schönheit nicht mehr von der Theorie einer Motor-Fehlzündung überzeugt. Sie trat auf die Straße, schaute interessiert hinüber und begann, mit ihrem Handy ein Video aufzunehmen. Das war nicht ganz einfach, denn schließlich wollte sie ihre frisch lackierten Fingernägel nicht ramponieren. Erst als Christa Scholz ihr wütend zurief, sie solle mit dem Unsinn aufhören und lieber einen Krankenwagen und die Polizei rufen, beendete sie die Aufnahme. »Nun machen Sie schon, der arme Mann ist angeschossen worden, und ein Bankräuber befindet sich auf der Flucht!«

*

Natürlich wäre Grote auch an diesem herrlichen Sommermorgen gerne zum Dienst gejoggt, aber als Leiter der kleinen, aber feinen ›Soko Eule‹ konnte er sich das nicht leisten. Also traf er kurz nach 8 Uhr schon ein und störte Stine bei ihrer Morgenroutine, die nun zusätzlich zu den üblichen Dingen darin bestand, für Skipper eine Kanne Tee zuzubereiten. »Den braucht er morgens als Erstes, hat er mir gestern Abend noch gesagt. Sonst ist er angeblich ungenießbar!«

»Glaub ich nicht!«, sagte Grote und schüttelte energisch den Kopf. »Skipper und schlechte Laune? Gibt's gar nicht. Es sei denn, er bleibt mit seiner ›Antje D.‹ bei Windstille mitten in der Einfahrt zum Hafen liegen.«

Nach und nach trudelten auch die anderen ein, und um 8.30 Uhr war die kleine Soko komplett. Die ›Frühbesprechung‹, Grote hasste diesen überzogenen Begriff und sprach lieber von einem morgendlichen Kaffeeplausch, bekam um 8.45 Uhr eine besondere Dynamik, denn endlich traf der lang erwartete Bericht des BKA ein. Stine las laut vom Computer ab: »Bei der von Ihnen sichergestellten Spur handelt es sich um den Abdruck eines Sommerreifens der Firma ›Toyo Conti‹ in der Größe 155/65 R13, der auf Verwendung an einem Kleinwagen schließen lässt. Beispielsweise Fiat Panda, Honda Civic, Daihatsu Cuore.‹ Es folgte eine unendlich lange Liste von Autotypen. Weiter hieß es: ›Die starke Ausprägung des Profils lässt darauf schließen, dass der Reifen erst eine geringe Laufleistung absolviert hat. Sie dürfte unter 5000 Kilometer liegen.‹ Stine scrollte die Liste mit den in Frage kommenden Autotypen. »Das ist deprimierend. Wenn wir all diese Modelle beim Kraftfahrtbundesamt abfragen, bekommen wir irrsinnig viele Treffer. Ich befürchte, dass hunderte von diesen Kleinwagen in Ostfriesland unterwegs sind. Da laufen wir uns die Füße platt, um sie alle zu überprüfen!«

»Müssen wir vielleicht gar nicht!«, meinte Skipper und klang wesentlich zuversichtlicher. »Im ersten Schritt sollten wir auf der Liste der Fahrzeugbesitzer nach Namen suchen, die bisher im Zusammenhang mit unseren Ermittlungen aufgetaucht sind. Wenn wir das getan haben, schauen wir uns erst einmal diese Autos an, um festzustellen, ob an einem davon unser gesuchtes Reifenmodell in neuwertigem Zustand montiert wurde. So viele werden das nicht sein.«

Skippers Ansatz löste sofortige Aktivitäten aus. Er brachte eine Anfrage an das Kraftfahrtbundesamt mit dem Vermerk besonderer Dringlichkeit auf den Weg und bekam die Versicherung, dass die Daten in spätestens zwei Stunden vorliegen würden. »Oh Wunder der Computer-Technik!«, sagte Skipper beeindruckt, als er diese Zusicherung erhielt. »Noch vor gar nicht langer Zeit hätte man tagelang auf ein Ergebnis warten müssen.«

Um sofort nach Eintreffen der KBA-Liste mit der Arbeit beginnen zu können, trug Stine alle Namen zusammen, die einen direkten oder indirekten Bezug zu ihrem Fall hatten und wunderte sich. »Ich hätte nicht erwartet, dass es am Ende so viele Namen sind!«, sagte sie und startete den Drucker. Allerdings kam sie nicht mehr dazu, die Ausdrucke zu verteilen, denn als hätte sie mit dem Druckbefehl ein geheimes Signal gegeben, läutete in diesem Augenblick das Telefon und die Einsatzleitstelle meldete sich. »Ich denke, das ist was für euch. In Dornum ist gerade eben bei einem Banküberfall geschossen worden.« Dann fügte der Anrufer hinzu: »Wieder einmal mit Schrot, wie die Kollegen vom Streifendienst festgestellt haben.«

Zwei Schüsse

Mit den Worten: »Macht ihr hier weiter, Stine und ich fahren nach Dornum!«, griff sich Grote den Fahrzeugschlüssel und sprintete schon zur Tür. Stine konnte kaum mithalten, und als Grote das Auto aus der Tiefgarage des Polizeigebäudes mit quietschenden Reifen auf den Fischteichweg lenkte und damit die auf den Bäumen des Mittelstreifens hockenden Möwen in Panik versetzte, wusste sie, was auf sie zukam. Also schloss sie schicksalsergeben die Augen, presste tapfer die Lippen aufeinander, ließ sich 20 Minuten lang unter dem Heulen der Sirene durchschütteln und hörte Grote dabei zu, wie er sich Sorgen machte. »Wenn das tatsächlich unser Mann ist, dann bekommen wir noch mehr Druck, Stine. Die Siefken kocht ohnehin schon, dass wir nicht so recht vorankommen, und sensationsgeile Medien werden ihr Übriges dazu beisteuern, ihr die Laune zu verderben.«

Als sie Dornum erreicht hatten und in die Enno-Hektor-Straße einbogen, mussten sie nicht lange nach der Bank suchen. Schutzpolizisten hatten den Gehweg vor der Bank abgesperrt und dadurch Platz für den Rettungswagen geschaffen. Einer der Schutzpolizisten erkannte sie sofort und kam auf sie zu. Es war genau der, den sie damals am Hochsitz getroffen hatten.

»Ihr seid allein, ohne die schießwütige Staatsanwältin?« Eine Antwort schien er nicht zu erwarten, stattdessen führte er sie zum Krankenwagen. »Der Filialleiter wird gerade behandelt. Als ich hörte, dass es sich bei seiner Verletzung um eine Schusswunde handelt, habe ich einen Notarzt nachgefordert, aber der ist von den Rettungssanitätern wieder abbestellt worden. Sie sagten, der Mann hat einen Streifschuss erlitten. Blutet zwar heftig, ist aber im Grunde nicht bedrohlich. Sie haben ihn verbunden und transportfähig gemacht. Gleich bringen sie ihn ins Krankenhaus nach Aurich. Der Filialleiter«, er schaute kurz in sein Notizbuch, »heißt Tobias Messmer und ist 42 Jahre alt. Kollegen sind schon unterwegs und benachrichtigen seine Frau.«

Die Tür zum Rettungswagen stand einen Spalt breit offen und als Stine sie ganz öffnete, sah sie Messmer auf der Trage liegen. Eine Sanitäterin, deutlich älter als ihr Patient, legte ihm gerade einen Zugang, um eine kreislaufunterstützende Infusion und Schmerzmittel verabreichen zu können. »Alles halb so schlimm! Im

Krankenhaus wird die Wunde gründlich gereinigt und hinterher genäht.« Sie klopfte Messmer jovial auf die Schulter. »Da gibt es Schlimmeres! In drei Tagen sind Sie wieder zu Hause bei Mutti.« Dann stieg sie aus dem Rettungswagen und sagte: »Für fünf Minuten gehört er Ihnen, dann müssen wir uns auf den Weg machen!«

Stine bezweifelte, dass die Sanitäterin den richtigen Ton getroffen hatte, ihren Patienten aufzumuntern. Dem liefen dicke Schweißperlen von der Stirn, und in der blutverschmierten Hand hielt er seine Brille. Beim Absetzen hatte er sie dermaßen verschmutzt, dass sie ihm in diesem Zustand keinen Dienst mehr leisten konnte.

»Soll ich sie Ihnen abwischen?« Stine suchte nach einer Mullkompresse und einer Flasche mit Desinfektionsmittel und verhalf Messmer wieder zu klarer Sicht. »Sind Sie in der Lage, uns in kurzer Form zu erzählen, was geschehen ist? Wir besuchen Sie dann später im Krankenhaus, um in Ruhe miteinander zu sprechen. Aber im Moment tappen wir noch im Dunkeln!«

Tobias Messmer nickte, zuckte aber zugleich zusammen, da die Wunde schmerzte. »Die Medikamente wirken noch nicht!«, sagte er entschuldigend und begann zu erzählen: »Ich hatte gerade die Filiale geöffnet. Es muss fünf Minuten nach neun gewesen sein. Da stürmte ein vermummter Mann in den Schalterraum. Er war von Kopf bis Fuß schwarz gekleidet, maskiert und trug zur Kapuze eine Sonnenbrille. Er bedrohte mich mit einer Schrotflinte und forderte alles Geld, was im Hause sei. Ich gab ihm die Scheine, die in der Kassenbox lagen, doch er wollte mehr. Als ich mich weigerte, schoss er zur Warnung mit der Schrotflinte in die Decke, genau dorthin, wo die Überwachungskamera hängt. Dann drängte er mich in mein Zimmer und sah, dass der Tresor noch geöffnet war. Ich musste alles Geld in einen Beutel packen, den er aus seiner Jackentasche holte. Danach zwang er mich, den Datenstick herauszugeben, auf dem die Aufnahmen der Überwachungskamera gespeichert werden.«

Grote unterbrach ihn, indem er fragte: »Es gibt nur diese eine Kamera, die den Schalterraum erfasst?«

»Nur den Schalterraum und den Vorraum mit dem Geldautomaten deckt sie ab. In meinem Büro und hinten im Sozialraum gibt es keine Überwachung. Auch nicht am Hinterausgang, der allerdings durch eine massive Stahltür gesichert ist. Ich habe immer wieder die Zentrale darauf hingewiesen, dass das eine Sicherheitslücke darstellt.

Aber es hieß, man wolle kein Geld für eine Filiale ausgeben, über deren Fortbestand gerade diskutiert werde!« Beim letzten Satz klang seine Stimme bitter.

»Wie ging es dann weiter?«, wollte Stine wissen. »Wie kam es zu Ihrer Verletzung?«

»Nachdem der Räuber das Geld aus dem Tresor geholt hatte, sah ich eine Gelegenheit, ihn zu überwältigen. Aber das ging gründlich schief. Er konnte mich noch wegschubsen, dann zog er einen Revolver aus dem Hosenbund und schoss auf mich. Ich sackte zusammen, stellte mich tot und sah, dass der Räuber die Bank durch den Hinterausgang verließ.« Wieder schien ein Schmerz durch das Bein des Mannes zu jagen, und er schloss kurz die Augen.

Stine sah ein, dass sie den Mann nicht länger befragen konnte. »Nur noch eine Frage, Herr Messmer: Wie viel Geld hat der Täter erbeutet?«

»Im Gesamtbestand der Kasse und des Tresors befanden sich heute Morgen circa 200.000 Euro. Für meine Filiale ist das sehr viel. Aber jeden Donnerstag wird von mir der Geldautomat bestückt. Dann haben wir mehr Geld im Tresor als sonst. Ich vermute, dass er alles mitgenommen hat.« Messmer ließ sich ermattet zurücksinken. »Was für ein Glück, dass sich meine Kollegin, Frau Blohm, noch nicht im Haus aufhielt! Wer weiß, was dann noch alles passiert wäre!« Er bemerkte Stines fragenden Blick und fügte hinzu: »Sie hatte sich wegen einer Autopanne verspätet.«

Die Rettungssanitäterin klopfte an die Tür und schaute demonstrativ auf ihre Armbanduhr. »Wir müssen los, die fünf Minuten sind allmählich rum!«

Die von der Schutzpolizei angeforderte Tatortgruppe war bereits auf dem Weg, würde aber bis zum Eintreffen noch eine halbe Stunde benötigen, stellte Grote bei einem Blick auf seine Armbanduhr fest. »Ich denke, wir schauen uns in der Bank einmal kurz um.«

»Genau, Chef! Es ist besser, mit eigenen Augen zu sehen als mit fremden, wie schon Luther sagte.« Dabei überholte Stine ihn trotz ihres filigranen Schuhwerks und baute noch so viel Abstand auf, dass sie einem erzieherischen Klaps seinerseits gerade noch entging. Zu ihrer Überraschung waren sie nicht allein in der Bank. Ein Vertreter der ›Friesen-Bank‹ war auf Messmers Bitten von den Schutzpolizisten benachrichtigt worden und sah sich bereits im Gebäude um. Niemand hätte sagen müssen, dass es sich bei dem

Mann, den Stine auf Ende 50 schätzte, um einen Banker handelte. Schmale Brille mit vielen Dioptrien und ein grauer Businessanzug, der sich über einem kleinen Bäuchlein spannte, dazu Hemd und Krawatte. Diese in einem Graublau, das sich deutlich von dem des Anzugs abhob, ohne dabei frivol zu wirken. Seine Haare waren ebenso kurzgeschoren wie Grotes, nur grau. Kurzum: geballte Seriosität.

Als der Mann Grote und Stine bemerkte, hob er die Hände in die Höhe. »Bernhard Wulf, ›Friesen-Bank‹, Leiter der Abteilung Sicherheit/Revision.« Er wandte sich Stine zu und deutete eine charmante Verbeugung an, um danach gegenüber Grote Haltung anzunehmen und ihn mit einem zackigen Kopfnicken zu begrüßen.

Grote war belustigt und flüsterte Stine leise zu: »Vermutlich ein Oberstleutnant der Reserve oder so was Ähnliches«. Mehr konnte er nicht sagen, denn Wulf redete bereits weiter.

»Ich habe nichts angefasst, da gebe ich Ihnen mein Ehrenwort! Ihre Kollegen haben mich diesbezüglich eindringlich belehrt. Aber ich sollte feststellen, ob noch Vermögenswerte zu sichern sind. Außerdem bat man mich, den genauen monetären Schaden zu ermitteln, weil das für Ihre wichtige Arbeit von Bedeutung sein dürfte. Das kann im Moment wohl nur ich.«

Bernhard Wulf erwies sich als sachkundiger Führer mit kriminalistischem Blick. »Dort oben, sehen Sie das? Dort ist die Schrotladung in die Decke gegangen! Wir haben zu meiner Zeit bei der Bundeswehr zwar nicht mit Schrot geschossen, aber das Schussbild ist mir vertraut.«

Grote plinkerte Stine zu, was so viel bedeuten sollte wie: »Siehst du, Ex-Soldat, habe ich doch gesagt!«

Auf einem halben Quadratmeter war der Putz abgeplatzt, und ein blankes Stromkabel ragte aus der Decke. »Dort unten liegen die Reste der Kamera, mehr zu erahnen als noch zu erkennen«, meinte Wulf zum Abschluss.

»Herr Messmer berichtete, dass er mehrfach auf Sicherheitsmängel dieser Filiale hingewiesen habe«, sagte Grote und löste damit Traurigkeit in Wulfs Gesicht aus. »Ja, das hat er, und ich muss zugeben, dass wir nicht darauf reagiert haben. Diese eine Kamera, das war eindeutig zu wenig. Der Vorstand unseres Unternehmens hat aber keine Mittel mehr freigegeben, denn zum Ende des Jahres wird diese Filiale geschlossen. Die Entscheidung steht, davon wusste Herr

Messmer allerdings noch nichts. Somit wurden keinerlei Investitionen mehr vorgenommen.« Er ging weiter voran und führte Grote und Stine in das Büro des Filialleiters. »Dort an der Wand ist ein weiterer Einschuss zu sehen. Ich schätze, 9 mm. Ganz sicher kein Schrot. Einen Meter davor sind Blutstropfen auf dem Boden zu finden. Dort wird es wohl den Kollegen Messmer erwischt haben. In der Ecke steht der Tresor, die Tür ist angelehnt.« Wulf ging hinüber und wollte die Stahltür instinktiv öffnen, doch Stine hielt ihn zurück und streckte ihm ein Paar Gummihandschuhe entgegen. »Machen Sie sich nicht unglücklich, Herr Wulf. Nehmen Sie die, sonst werden Sie am Ende noch von der Spurensicherung als Täter identifiziert.«

Nachdem Wulf sich die Handschuhe angezogen hatte, zog er die Tresortür auf und stellte sarkastisch fest: »Das Kleingeld in den Boxen ist unangetastet, das Papiergeld verschwunden. Alles andere hätte mich auch verwundert. Vorne an der Kassenbox sah es genauso aus.« Mit diesen Worten ging er zum Computer des Filialleiters »Darf ich?«, fragte er und zeigte auf die Tastatur. »Mit drei Klicks kann ich Ihnen recht genau sagen, wie hoch die Beute war.« Grote nickte, denn diese Feststellung war tatsächlich von Bedeutung. Drei Sekunden später stand das Ergebnis fest: 205.500 Euro!

Stine ging derweil zur Wand und fand das in ungefähr einem Meter Höhe im Putz steckende Projektil. Sie stellte sich daneben und schätzte an ihrem Bein die Höhe ab. »Das passt, dieses Geschoss wird Messmer am Oberschenkel gestreift haben.«

»Exakt!«, bestätigte Wulf und wies auf eine Stahltür am Ende des Flures, neben dem Sozialraum. »Und durch diesen Hinterausgang soll der Räuber nach Messmers Angaben unsere Filiale verlassen haben!«

Die Führung durch die Bank nahm ein jähes Ende, denn die Kollegen der Tatortgruppe trafen nun ein. Als Karl Langwedel Stine und Grote in Begleitung eines unbekannten Mannes in der Bank antraf, sagte er mit ernstem Blick: »Natürlich, ihr wart schon drin! Wenigstens hattet ihr Handschuhe an.«

Stine ging ihm entgegen und klopfte Langwedel besänftigend auf die Schulter. »Hast ja recht, Karl! War aber wichtig, und wir waren ganz brav, wie immer!« Grummelnd zog Langwedel ab und ließ die beiden Kollegen samt dem Sicherheitschef stehen. Wulf merkte, dass er im Moment nur störte. »Ich werde es mir in dem Café am Ende der Straße gemütlich machen, bis der Tatort von Ihnen freigegeben wird. Wenn Sie mich begleiten wollen? Sie sind natürlich Gäste der ›Friesen-Bank!‹«

Zu gerne hätte Stine diese Einladung angenommen, denn die Aussicht auf einen Becher Kaffee und, mit Glück, auf ein frühes Stück Torte, empfand sie als ausgesprochen reizvoll, doch Grote hatte andere Pläne. »Danke, aber wir wollen uns noch die Rückseite des Gebäudes anschauen, um den Fluchtweg zu recherchieren. Doch bevor Sie gehen, habe ich noch eine Frage: Ist es eigentlich üblich, dass der Filialleiter, obwohl ganz alleine in der Bank, den Tresor offen stehen lässt und mit viel Geld hantiert?«

Das Gesicht des Bankers nahm erneut traurige Züge an. »Ich möchte dem Kollegen Messmer nicht Unrecht tun. Natürlich entspricht das nicht der Sicherheitsvorschrift unseres Hauses, aber ich weiß, dass es manchmal schwierig ist, danach zu handeln. Vorhin auf dem Computer sah ich, dass der Bestand unseres Geldautomaten momentan sehr niedrig ist. Da wird Herr Messmer es im Interesse der Kunden eilig gehabt haben, ihn wieder aufzufüllen!« Wulf wollte nun gehen, doch auch Stine hatte noch eine Frage: »Im Krankenwagen konnte ich das nicht erfragen, um den Abtransport ihres Kollegen nicht zu verzögern. Aber Sie können mir gewiss die kompletten Daten von Tobias Messmer geben.« Kurz darauf kehrte Wulf mit einem Zettel zurück, und als Stine ihn überflog, sah Grote die Überraschung in ihrem Gesicht. »Tobias Messmer wohnt in Arle!«, sagte sie nachdenklich und reichte den Zettel an Grote weiter.

*

»Besser hätte der Bankräuber seine Flucht gar nicht planen können!«, gab Grote anerkennend zu, als sie an der Hintertür standen. »Durch seine Schüsse musste er davon ausgehen, dass die Menschen auf der Straße aufmerksam werden. Aber hier, an der Rückseite des Gebäudes, konnte ihn niemand sehen!« Tatsächlich führte der Notausgang der Bank in einen fensterlosen Hinterhof, der den Mülleimern des Nachbarhauses als Stellplatz diente. Weiter vorne, kurz vor der Einmündung in eine Nebenstraße, erweiterte sich der Hof und nahm den Charakter eines wilden Parkplatzes an. Einige Fahrzeuge standen dort herum, durch eine dichte Buschreihe von der Straße getrennt.

Stine stellte sich auf die Straße und ließ den Blick kreisen. »Nur Wohnhäuser weit und breit, ganz bestimmt werden wir hier keine Überwachungskamera finden, die uns Bilder vom Täter liefert.« Mit jedem Schritt weiter wurde klar, dass dieser Fluchtweg genial gewählt worden war, denn die Straße führte in einen von hohen Bäumen dominierten Bereich, der ein Hotel umgab. »Von hier aus hatte der Räuber alle Optionen«, sagte Stine enttäuscht. »Aber er soll das Gebäude ja von vorne betreten haben. Vielleicht hat ihn ein Anwohner der Enno-Hektor-Straße dabei beobachtet.«

Leider verlief die Suche nach Überwachungskameras vorne ebenso erfolglos wie auf der Rückseite. Mehrfach liefen Grote und Stine die Straße ab, fragten in den Geschäften vergeblich nach Augenzeugen und wurden erst fündig, als sie auf ›Cynthias Nagelstudio‹ zugingen. Christa Scholz stand schon an der Schaufensterscheibe und klopfte, um auf sich aufmerksam zu machen. »Ich habe veranlasst, dass die Polizei gerufen wird!«, rief sie ihnen entgegen. Die Frau war immer noch dermaßen aufgeregt, dass Grote sie bremsen musste. »Bitte ganz langsam, der Reihe nach!«

»Also«, sie atmete tief durch, um ihre Erregung in den Griff zu bekommen. »Es waren die beiden Schüsse, die mich aufmerksam machten. Gesehen habe ich vorher niemanden, aber ich wusste sofort, dass draußen irgendwo geschossen wird.« Die Frau schien sehr mitgenommen, verhaspelte sich immer wieder, deshalb fiel es Stine schwer, eine zusammenhängende Schilderung der Ereignisse von ihr zu bekommen. »Nach dem ersten Schuss meinte meine Kundin noch, es könne sich um die Fehlzündung eines Motors handeln, aber als kurz danach der zweite Schuss fiel, wusste ich Bescheid. Dann habe ich den armen Mann gesehen, wie er auf die Straße taumelte, und Erste Hilfe geleistet. Das musste ich doch, oder?«

Stine notierte sich die Aussage der Frau in Stichworten. »Aber von woher der Räuber kam, können Sie nicht sagen?«

»Nein, keine Ahnung. Ich habe ihn weder vorher noch hinterher gesehen.«

Ein markantes Profil

Nur der Neugierde des alten Büsing war es zu verdanken, dass Grote und Stine doch noch einen Zeugen fanden, dem der Räuber vor der Tat aufgefallen war. Der Gärtner lehnte an der Ecke Schlossstraße/Enno-Hektor-Straße und betrachtete das Geschehen vor seinen Augen mit Interesse. Die Schüsse in der Bank hatte er nicht gehört, aber die Signalhörner der Einsatzfahrzeuge lockten ihn her. Schnell sprach sich bis zu ihm herum, was in der ›Friesen-Bank‹ passiert war, und auf die Idee, dass er womöglich den Täter gesehen hatte, war er selbst gekommen. Ein Grund, sich bei der Polizei zu melden, sah er darin aber noch lange nicht. Erst als Grote und Stine sich vor ihm auswiesen, nahm er die unvermeidliche Zigarre aus dem Mund und bequemte sich zu sagen: »Ik heff em sehn. He keem ut 'n Park un is denn na de Bank gahn. Weer en ganz swarten Keerl un harr en lange Tasch över de Schuller.«

Stine plauderte wie selbstverständlich mit dem Alten, freute sich, dass sie ihre gerade gelernten Plattdeutsch-Kenntnisse nutzbringend verwenden konnte und amüsierte sich über die Fragezeichen, die Grote ins Gesicht geschrieben waren. Der wartete geduldig, bis Stines Befragung abgeschlossen und die Personalien des Gärtners notiert waren.

»Wir müssen durch den Park auf die andere Seite des Schlosses. Von dort ist der ›schwarze Kerl‹, wie er ihn nannte, gekommen. Er hielt ihn wegen seiner langen Tasche für einen Musiker. Jetzt weiß er, dass er sich geirrt hat.«

Gärtner Büsing begleitete die beiden Polizisten bis zu der Stelle im Park, wo er den Mann zum ersten Mal gesehen hatte. Dann waren wieder Stines Übersetzungskünste gefragt. »Er sagt, wenn wir weiter in diese Richtung gehen, kommen wir an die Rückseite des Schlossparks. Dort allerdings soll es nur Weiden geben und eine schmale Straße, die zu einem einsamen Bauernhof führt.«

Es waren kaum 200 Meter zu laufen, und Stine war anfangs zuversichtlich, dass ihr filigranes Schuhwerk den Marsch unbeschadet überstehen würden, denn der Waldboden erwies sich als weitgehend regenresistent. Dann aber standen sie am Rand der Weiden, die ihr vorkamen wie ein Feuchtbiotop. »Ich sage es dir immer wieder, aber du hörst ja nicht auf deinen Chef.

Ermittlungsarbeit erfordert rustikales Schuhwerk! Davon sind deine Ballettschuhe meilenweit entfernt.«

Stine schielte unschlüssig mal auf ihre Schuhe, dann auf die Wiese. Der Gedanke daran, dass sie einen beträchtlichen Teil ihrer monatlichen Besoldung auf den Tisch gelegt hatte, um diese Meisterwerke zu erstehen, ließ sie entschlossen handeln. Mit den Worten: »Ich bin doch nicht aus Zucker!«, zog sie die Schuhe aus, nahm sie in die Hand und schritt zügig voran. »Herrlich, das kühle Gras!«, jubelte sie. »Solltest du unbedingt auch einmal probieren, Chef! Wirkt ausgesprochen belebend auf düstere Beamtenseelen.«

Der Weg, auf den sie nun gelangten, schien gelegentlich als ortsnaher, gebührenfreier Parkplatz genutzt zu werden. Das zumindest bewiesen vereinzelte Reifenabdrücke am Wegesrand und einige abgestellte Autos. »Die Straße ist zu schmal, um komplett darauf zu parken«, stellte Grote fest. »Wer hier sein Auto abstellen will, muss sich mit zwei Rädern ins Gras stellen, sonst bekommt er Ärger mit dem Bauern.«

»Wenn der Täter weitgehend unbemerkt zur Bank gelangen wollte, dann machte es Sinn, hier zu parken«, meinte Stine. »Wir sollten nach Reifenabdrücken suchen.« Dabei hatte sie das auffällige Zackenmuster des Reifenabdrucks vor Augen, welches sie vor zwei Tagen in den Arler Wiesen gefunden hatten und das sie mit dem Bahndammschützen und letztlich dem Mord an Hinnerk Weerts verbanden.

Grote nickte. Immer wieder waren es diese beiden Komponenten, die sich durch den Fall zogen: Schüsse mit einer Schrotflinte und verräterische Reifenspuren. Allein schon das ließ Stines Idee sinnvoll erscheinen. »Wo du recht hast, hast du recht!«, stimmte Grote zu und beteiligte sich an der Suche.

Stine war froh, dass sie ihre Schuhe in der Hand behalten hatte, denn das Gras wuchs am Rand der schmalen Straße aus einem feuchten Untergrund heraus. So suchten die beiden schweigend nach Spuren, Stine auf der linken, Grote auf der rechten Seite. Wie so oft wurde Grote die Suche bereits nach kurzer Zeit langweilig. Eintönige, spannungsarme Tätigkeiten waren ihm zuwider. »Das, was wir hier machen, ist genauso aufregend wie Büroarbeit!«, nörgelte er. »Die Reifenabdrücke hier wurden durch wesentlich breitere Reifen verursacht und sehen völlig anders aus als die, die wir suchen.«, sagte Grote und hätte jetzt von seiner jungen Kollegin einen Spruch über den Wert akribischer Arbeit erwartet, doch da kam nichts. Verwundert drehte er sich um bemerkte, dass Stine zwanzig Meter hinter ihm mit den Knien auf der Erde hockte. Zum Schutz ihres Hosenanzugs hatte sie ihre ›Ostfriesland-Tasche‹ unter die Knie geschoben und tippte nun eilig auf dem Laptop herum, bis ein Foto erschien, nach dem sie suchte. Noch bevor Grote heran war, begann sie zu jubeln: »Treffer, hundertprozentiger Treffer! Schau selbst, Stefan! Wenn das Reifenprofil hier nicht mit dem auf diesem Foto identisch ist, fresse ich einen Besen!« Um ihre Entschlossenheit zu bekräftigen, sagte sie dann noch mit energischem Gesichtsausdruck: »Und zwar quer!«

Tatsächlich ließ das Auffinden dieses frischen Reifenabdrucks den Verdacht zur Gewissheit werden, dass es sich bei dem Schützen vom Bahndamm, dem Bankräuber und Hinnerk Weerts' Mörder um ein und denselben Täter handelte. Stine holte eine verwehte Plastiktüte herbei, die sich bei einem Frühjahrssturm im Stacheldraht eines Weidezauns verfangen hatte, deckte damit die Spur sorgfältig ab und beschwerte sie mit einem Stein. Während sie sich hinterher ihre Schuhe wieder anzog, denn der Rückweg über die Straße barg keine unkalkulierbaren Risiken für das zarte Leder, gab Grote der Tatortgruppe Anweisung, auch diesen Abdruck zu sichern.

Auf dem kurzen Fußmarsch durch die sonnenbeschienenen Wiesen zurück nach Dornum ließen sich die beiden Zeit. Vom Schlosspark drang das Geräusch der Mähmaschine zu ihnen herüber und zeigte an, dass Gärtner Büsing inzwischen seine Arbeit wieder aufgenommen hatte. »Vermutlich gibt es vor der Bank für ihn nichts Interessantes mehr zu beobachten«, meinte Grote und ließ nach einer kurzen Pause seinen Gedanken freien Lauf. »Bisher gingen wir davon aus, dass der Mord an Hinnerk Weerts in dieser Form gar nicht geplant war, vielleicht für den Täter nur eine unerwartete Eskalation gewesen ist. Jetzt befürchte ich, dass wir falschliegen mit unserer Theorie.« Grote wirkte bei diesen Worten unsicher, was für ihn sehr untypisch war. »Jetzt setzt sich plötzlich ein ganz anderes Bild vor meinen Augen zusammen. Da ist ein eiskalter Typ, der sich um jeden Preis Waffen beschafft, damit ausgiebig Zielübungen veranstaltet und sich auf diese Weise ganz gezielt auf einen Bankraub vorbereitet, bei dem er seine Waffen skrupellos einsetzt.«

»Ich hoffe sehr, dass du dich irrst, Chef! Auch wenn es im Moment nicht danach aussieht. Doch wenn es wirklich stimmt, was du sagst, wird es ganz sicher nicht bei diesem einen Banküberfall bleiben. Dazu wäre der Aufwand, den der Täter betrieben hat, zu groß.«

Zwei Einstiche

Als Jessica Blohm am Mittag mit über dreistündiger Verspätung vor der Bank eintraf, war sie fassungslos. Die Polizei rückte gerade ab, und Bernhard Wulf, den sie nur flüchtig kannte, und vor dem sie gehörigen Respekt hatte, war damit beschäftigt, ein Schild mit der Aufschrift ›Diese Filiale bleibt bis auf weiteres aus technischen Gründen geschlossen!‹ anzubringen.

»Was ist passiert? Wo ist Herr Messmer?« Sie schaute Wulf entgeistert an, ließ sich alles berichten und schlich mit gesenktem Haupt in die Bank. Dort ließ sie sich kraftlos auf einen Stuhl sinken, schlug die Hände vor das Gesicht und begann hemmungslos zu weinen. »Was hätte mir passieren können, wenn ich pünktlich zum Dienst gekommen wäre? Heute Morgen dachte ich noch, es wäre mein Unglückstag, aber jetzt …?!«

Bernhard Wulf stand ein wenig hilflos daneben. Auf seinen Reservisten-Lehrgängen bei der Bundeswehr hatte man ihn auf alles Mögliche vorbereitet. Ein Lehrgang zur empathischen Betreuung weinender Frauen war nicht dabei gewesen. Deshalb war er heilfroh, als Grote und Stine die Filiale betraten und Stine sich um Jessica Blohm kümmerte. Während Grote dem Revisor von den Erkenntnissen berichtete, die ihnen der Gang durch die gegenüberliegenden Wiesen beschert hatte, gelang es Stine, die Frau zu beruhigen, und sie erfuhr, was es mit ihrer Verspätung am heutigen Tage auf sich gehabt hatte.

»Ich wohne in Holtgast und bin am Morgen um halb neun aus dem Haus, um zur Bank zu fahren. Es ist kein weiter Weg, 20 Kilometer über die Landstraße.« Sie wischte sich mit einem von Stine gereichten Taschentuch die letzten Tränen und die ramponierte Wimperntusche aus dem Gesicht. »Dann sah ich die Bescherung. Beide Vorderreifen waren platt! Ich rief sofort bei Herrn Messmer an und sagte, dass mein Vater mich bringen würde, es könne deshalb einige Minuten später werden, doch Herr Messmer ist ein guter Chef. Er meinte, ich solle mich erst um neue Reifen kümmern und dann kommen. Am Donnerstag sei erfahrungsgemäß eh nicht viel los.«

Grote schaute Bernhard Wulf an, und der nickte. »Stimmt! Am Wochenanfang ist viel Betrieb. Der lässt allmählich nach und lebt am Freitag noch einmal auf. Außerdem liegt Ultimo auch schon einige Tage zurück. Da holen die meisten Leute ihr Geld von der Bank.«

Jessica Blohm sprach weiter. »Ich war meinem Chef dankbar und habe einen Reifen selbst gewechselt. Das Reserverad hatte ich ja im Kofferraum. Mein Vater hat in der Zwischenzeit das andere Vorderrad in einer Werkstatt ersetzen lassen. Das hat einige Zeit gedauert, und wir sind eben erst mit der Aktion fertig geworden. Danach bin ich direkt hierhergefahren. In der Werkstatt ist übrigens festgestellt worden, dass der Reifen seitlich aufgeschlitzt wurde. Denselben Schaden habe ich auch an dem anderen Reifen festgestellt, den ich ausgewechselt habe. Ich verstehe gar nicht, warum mir jemand diesen bösen Streich gespielt hat!«

Nur zur Sicherheit fragte Grote nach der Reifengröße, um zu erfahren, dass es keine Verbindung zu den von ihnen gesuchten Modellen gab, und dann sagte er mit ernstem Gesicht: »Ich glaube nicht, dass jemand etwas gegen Sie persönlich hat. Es war viel mehr als ein dummer Streich! Da wollte jemand verhindern, dass Sie pünktlich um neun Uhr am Arbeitsplatz erscheinen.«

Sowohl Jessica Blohm als auch Bernhard Wulf blickten Grote völlig verblüfft an. Nur Stine nickte still. Genau zu diesem Ergebnis war auch sie gekommen.

Der einfache Weg

Während Grote und Stine in Dornum ermittelten, schlugen sich Skipper, Frauke und Sören an der Dienststelle mit dem Problem herum, das Stine am Morgen aufgezeigt hatte. »Sie hatte völlig recht mit ihrer Meinung, dass wir so niemals zum Ziel kommen werden. Wir können schließlich nicht unter jeden Kleinwagen zwischen Ems und Jadebusen krabbeln, um zu prüfen, ob auf dessen Felgen ein neuer ›Toyo Conti‹ in der Größe 155/65 R13 aufgezogen ist.« Tatsächlich hatte eine erste Abfrage ergeben, dass allein in einem Umkreis von 30 Kilometern um Arle über fünfzig in Frage kommende Autos zugelassen waren. Keiner der Fahrzeugbesitzer trug jedoch einen Namen, der im Zuge ihrer bisherigen Ermittlungen eine Rolle spielte.

»Nö, krabbeln wollen wir nicht!«, sagte Frauke und schüttelte dabei ihren Kopf so, dass der blonde Pferdeschwanz hin und her geschleudert wurde. «Müssen wir auch nicht, denn wir gehen das Problem von der anderen Seite aus an. Ich rufe Heiko Ubben an. Heiko ist der Nachbar meines Vaters. Er führt einen landwirtschaftlichen Lohnbetrieb mit gigantischem Fuhrpark. Vom Trecker über Heuwender bis Mähdrescher, da ist alles dabei. Entsprechend groß ist sein Reifenverschleiß. Bestimmt hat er gute Kontakte zum Reifengroßhandel.« Skipper fand diesen Ansatz zielführend und wurde Zeuge eines zwanzigminütigen Gesprächs zwischen Frauke und Heiko Ubben. Skipper selbst war jemand, der sich, wenn es um Seefahrt-Themen ging, festquatschen konnte, wie er es selbstkritisch nannte. Doch Frauke schlug ihn dabei um Längen. Das Gespräch drehte sich zuerst um den aktuellen Stand der Ernte, danach um die neuen Agrar-Beschlüsse der EU und schwenkte am Ende auf die Folgen der Blauzungenkrankheit um. Skipper rollte genervt mit den Augen, doch Sören blieb gelassen.

»Ich kenn das, Skipper, glaube mir! Frauke ist nur zur Hälfte Polizistin, zur anderen Hälfte ist sie mit Leib und Seele Bauerntochter. Wenn wir auf Streife sind und uns ein Trecker entgegenkommt, führt sie zuerst eine Verkehrskontrolle durch. Wenn das ohne Beanstandungen ausgeht, wird hinterher ausgiebig gefachsimpelt, vom Milchpreis bis zum Rinderwahn!«

Wider Erwarten kamen die beiden Landwirte dann doch noch zum Punkt, und am Ende hatte Frauke drei Telefonnummern notiert.

»Diese drei Händler sind gewissermaßen die Platzhirsche unter den Großhändlern. Sie sollten uns sagen können, an welche Reifendienste und Werkstätten sie in letzter Zeit die von uns gesuchten Kleinwagenreifen geliefert haben.«

Die Anfrage bei den Händlern verlief ausgesprochen erfreulich und ostfriesisch unaufgeregt. Fragen nach dem Datenschutz stellte hier niemand, stattdessen herrschte die Auffassung, dass die Polizei schließlich nicht zum Spaß anrufe. Es werde schon einen Grund dafür geben, und da müsse man helfen. So versprachen sie unisono, noch bis zum Nachmittag eine Rückmeldung zu geben.

Ein detaillierter Plan

Jessica Blohms nervös blinzelnde Augen zeigten Bernhard Wulf, dass diese Frau mit ihrem angegriffenen Nervenkostüm zur Zeit keine große Hilfe mehr sein würde. Deshalb schickte er sie für den Rest der Woche nach Hause. »Für Montag und Dienstag gebe ich Ihnen auch noch frei. Vorher werden wir diese Filiale nicht wieder öffnen.« Im Stillen aber dachte er: »Wenn wir sie überhaupt jemals wieder öffnen!«

Als die junge Frau gegangen war, wandte sich Wulf Grote und Stine zu. »Schon Nachmittag, da wird es Zeit für einen Muntermacher. Mit der Kaffeemaschine kenne ich mich aus, sie ist das Standardmodell in unserer Bank und steht in allen Filialen.« Als hätte Stine auf dieses Stichwort gewartet, rief sie: »Und ich flitze los und hole vom Bäcker gegenüber Kuchen. Den brauche ich, sonst sterbe ich!«

Wulf schaute der jungen Polizistin verblüfft nach. »Wie kann sie denn auf diesen Schuhen so schnell laufen?« Er bekam von Grote die lapidare Antwort: »Ich habe nicht die geringste Ahnung, aber sie bekommt das irgendwie hin!«

Eigentlich war es nicht üblich, im Beisein von Fremden über einen laufenden Fall zu sprechen, doch Wulf war nicht nur der Sicherheitschef der Bank, sondern ein Typ, dem sogar Grote vom ersten Moment an traute. Dieser Mann konnte gewiss schweigen, zudem verfügte er über Erfahrung, denn es war nicht der erste Bankraub, mit dem er zu tun hatte. So warfen sie gemeinsam bei einer Tasse dampfenden Kaffees und ostfriesischem Butterkuchen einen Blick auf den Fall, der nur auf den ersten Blick klar war, denn selbst Wulf fielen Widersprüche auf. »Als alter Ex-Soldat wundere ich mich ein wenig über das Verhalten des Bankräubers. Warum schleppt der Bursche die Schrotflinte mit sich herum? Er hatte schließlich auch eine Faustfeuerwaffe bei sich, wie der Einschuss in der Wand und Messmers Verletzung beweisen. Diese eine Waffe hätte vollends genügt, um den armen Herrn Messmer in Schach zu halten.«

»Vielleicht brauchte er sie, um die Kamera von der Wand zu schießen?« Stine war in solchen Dingen nicht sonderlich bewandert.

»Aber Frau Lessing. Schauen Sie doch mal hin! Die Kamera hing nicht sehr hoch. Die hätte er mit Leichtigkeit auch mit der Pistole oder was auch immer er benutzte, treffen können. Außerdem hat er vor seiner Flucht den Datenstick mit den Aufzeichnungen mitgenommen. Es hätte ihm völlig schnuppe sein können, ob Aufnahmen von ihm gefertigt wurden oder nicht.«

Grote nickte mehrfach und hätte jedes Wort von Wulf unterschrieben. »Mir kommt das Verhalten des Täters blendend vorbereitet, in der Ausführung aber zutiefst unprofessionell vor.«

»Stimmt alles, Stefan, aber andererseits ist in seinem Verhalten viel Zielstrebigkeit zu erkennen.« Stine erzählte Wulf von dem Mord an Weerts und den Schießübungen. »Schließlich hat er sehr überlegt gehandelt und in der Nacht die Autoreifen von Jessica Blohm aufgeschlitzt. So konnte er sicher sein, nur auf **einen** Angestellten der Bank zu treffen! Und die Flucht durch den Hinterausgang, von dem er gewusst haben muss, ist gut durchdacht. Schließlich musste er damit rechnen, dass seine Schüsse dazu führen, dass Nachbarn und Passanten auf die Bank aufmerksam werden. Da hat er sich elegant davongeschlichen und dabei noch davon profitiert, dass sich alle Aufmerksamkeit auf den verletzten Filialleiter richtete.«

»Was allerdings bedeutet, dass der Bursche über diese Filiale erstaunlich gut informiert war: Er wusste sogar, wo Frau Blohm wohnt und welches Auto sie fährt.« Wulf bewies erneut, dass ein Kriminalist an ihm verloren gegangen war. »Natürlich könnte er all das vorher ausspioniert haben. Der Umstand, dass am Donnerstag besonders viel Geld zu erbeuten war, könnte ein blanker Zufall sein.«

»Alles Gedanken, die auch mich umtreiben«, meinte Grote. »Aber an Zufall glaube ich nicht, und über die Sache mit den zwei Waffen komme ich nicht weg.« Grote stand auf und tat so, als hielte er eine Schrotflinte im Vorhalt und ging auf Wulf zu. »Sie sind jetzt der Filialleiter, Herr Wulf. Ich bedrohe Sie mit der Flinte. Habe ich dann gleichzeitig meinen Revolver, wir wissen, dass es sich um einen handelt, in der anderen Hand?« Grote schüttelte heftig den Kopf, und auch Wulf winkte ab. »Das wäre doch verrückt. Ich würde immer darauf achten, zumindest eine Hand frei zu haben.«

»Eben«, sagte Grote. »Und jetzt kommt die Situation, von der Herr Messmer sprach. Er versuchte, den Bankräuber anzugreifen. Der schoss dann mit dem Revolver auf ihn. Wie hat er das gemacht? In der einen Hand hielt er ja den Beutel mit dem Geld, in der anderen die Flinte. Wie bitte konnte er dann an den Revolver kommen und damit schießen?«

»Vielleicht haben wir es falsch verstanden, als wir den Filialleiter im Krankenwagen befragten«, warf Stine ein. »Der Mann wurde schließlich kurz zuvor angeschossen, hatte starke Schmerzen und stand unter Schock. Eine andere Sache aber würde mich interessieren. Dazu sollten wir den Überfall, so wie er sich im Moment darstellt, einmal nachstellen. Würden Sie, Herr Wulf, noch einmal die Rolle des Filialleiters übernehmen und sich an den Tresen stellen?«

Wulf war Feuer und Flamme. Dieses Spiel gefiel ihm gut. Als er seinen Platz eingenommen hatte, befahl Stine: »Und du, Chef, spielst natürlich den Räuber. Die Rolle sollte dir liegen!«

Der Sicherheitschef beobachtete amüsiert, dass Stine alle Fäden in die Hand nahm und den weiteren Verlauf wie eine Regisseurin dirigierte. Süffisant lächelnd sagte er zu Grote: »Auch als Chef muss man sich unterordnen können!« Der aber winkte ab. »Das bin ich mittlerweile gewohnt. Es ist das Geheimnis unseres Erfolges!«

»Schluss jetzt, Männer, die Rekonstruktion beginnt!« Stine klatschte in die Hände. »Du betrittst jetzt die Filiale, Stefan, die Flinte in der Hand. Dann drängst du den Filialleiter in die hinteren Räume und schießt auf dem Weg dahin die Kamera von der Decke. Hinterher lässt du dir das Geld und den Datenstick mit den Kamera-Aufzeichnungen geben und verlässt die Bank durch die Hintertür. Die Gegenwehr durch den Filialleiter und den Widerspruch, wie du dabei an deinen Revolver gekommen bist, ohne die Flinte aus der Hand zu legen, blenden wir mal aus. Kurzum, wir spielen die Version grob durch, die der Filialleiter uns geschildert hat.« Sie wartete, bis Grote die Eingangstür erreicht hatte, und rief dann filmreif: »Uuuund: Action!«

Wulf machte das von Stine initiierte Theaterspiel erkennbar Spaß. Er schlüpfte in seine Rolle und spielte sie so überzeugend, dass Hollywood auf ihn aufmerksam geworden wäre, hätte man seinen Auftritt denn dort sehen können. Mit weit aufgerissenen Augen rief er: »Nicht schießen, ich gebe Ihnen alles Geld!« Als Grote auf ihn zukam, riss er die Hände hoch und ließ sich vom ›Täter‹ zum Tresor bugsieren. Alle Handgriffe einschließlich der beiden Schüsse verrichtete Grote in realistischer Geschwindigkeit, und Wulf brüllte wie am Spieß, als der Zeitpunkt kam, an dem er angeschossen wurde.

»Das reicht, liebe Laienschauspieler, kommen wir nun zur Auswertung!« Stine setzte sich wieder an den Kaffeetisch und griff sich hemmungslos das letzte verbliebene Kuchenstück. Danach nahm sie einen herumliegenden Schreibblock und schrieb auf: »Gesamtzeit: 2:35 Minuten. Die Zeit zwischen dem ersten und dem zweiten Schuss betrug genau anderthalb Minuten.« Grote und Wulf blickten überrascht auf Stines Notizen, denn keiner von ihnen hatte bemerkt, dass die Regisseurin während ihrer Vorstellung ständig auf die Uhr geschaut hatte. Stine erfreute sich an der Unwissenheit der beiden, griff wortlos in ihre Ostfriesland-Tasche und holte den Laptop heraus. Sie suchte nach den Notizen, die sie sich in Cynthias Nagelstudio gemacht hatte und las deren Aussage laut vor:

»... als *kurz danach* der zweite Schuss fiel, wusste ich Bescheid. Dann habe ich den armen Mann gesehen, wie er auf die Straße taumelte und hab Erste Hilfe geleistet.«

Stine schob den Laptop beiseite und legte ihre Armbanduhr auf den Tisch. Dann sagte sie: »Jetzt bitte mal kein Wort« und starrte schweigend auf die Uhr. Die nun eintretende Stille zog sich wie ein zu lang benutztes Kaugummi. Grote und Wulf schauten sich fragend an, blieben aber still. Plötzlich ging ein Ruck durch Stine. »So! Das waren jetzt eine Minute und 30 Sekunden, der Zeitraum zwischen den beiden Schüssen, wenn es sich wirklich so abgespielt hat, wie der Filialleiter angab. Würde da jemand sagen: ›*Der zweite Schuss fiel kurz nach dem ersten?*‹ Ich kann es mir nicht vorstellen, aber genau das hat Cynthia gesagt.«

»Wer irrt sich, wer sagt bewusst die Unwahrheit?« Grote starrte nachdenklich auf die Straße, stand plötzlich auf, ging zum Fenster und kam enttäuscht wieder zurück. »Schade, in Cynthias Nagelstudio sind bereits alle Lichter gelöscht. Wir werden sie heute nicht mehr fragen können.« Dann wandte er sich an Stine. »Morgen kommen wir wieder und reden noch einmal mit ihr. Diese Frage muss geklärt werden, bevor wir uns ausführlich mit Tobias Messmer unterhalten.«

*

Als sie am späten Nachmittag wieder an der Dienststelle erschienen, riss Stine die Tür ihres Dienstzimmers auf und rief übermütig: »Es müffelt!« Skipper, der allein am Schreibtisch saß und bei einer Tasse Tee in seiner Seglerzeitung blätterte, schaute sie verwundert an.

»Wie das denn? Ich habe heute Morgen geduscht, und das Fenster steht sperrangelweit offen!«

»Da freue ich mich aber, dass ich dich erschreckt habe, aber es müffelt nicht in diesem Zimmer, sondern bei dem seltsamen Bankraub in Dornum«, sagte Stine. »Ich wollte nur Stefan vorgreifen. Der hätte sich anders ausgedrückt und gesagt: Die Sache stinkt zum Himmel!«

»Stimmt!«, sagte Grote, der gerade hereinkam und sofort begann, von den Ermittlungen des Tages zu berichten. Als er damit fertig war, schaute er seinen Freund und Kollegen erwartungsvoll an. Skipper war einige Jahre älter als er selbst und hatte es lediglich zum Oberkommissar gebracht, doch jeder, der ihn kannte, wusste, dass er ein exzellenter Kriminalist war und über eine feine Nase für Ungereimtheiten verfügte. Er hätte gewiss die Karriereleiter um einige weitere Stufen erklimmen können, doch seine Lebensphilosophie ›Ich liebe meinen Beruf, aber meine ›Antje D.‹ noch viel mehr!‹ stand ihm gelegentlich im Weg. Wenn, wie vor zwei Jahren geschehen, ein karrierefördernder Polizeilehrgang mit dem großen Helgoländer Seglertreffen, der ›Nordseewoche‹, kollidierte, entschied er sich lieber für Letzteres.

Nach Grotes Bericht schlug Skippers Nase tatsächlich Alarm. »Die Ausführung dieses Bankraubes kommt mir ziemlich aufgesetzt vor. Als habe der Täter den Raub bewusst so ausgeführt, damit wir mit dem Kopf darauf gestoßen werden, um festzustellen: ›Schaut alle her, ich war es, der Schrotflinten-Mörder vom Dreescher Forst, der böse Ballermann der Arler Wiesen!‹.«

So hatten es Grote und Stine noch gar nicht betrachtet. »Du meinst, der eigentlich überflüssige Schrotschuss sollte uns bewusst einen Hinweis geben?« Skipper zuckte mit den Schultern. »Man könnte fast den Eindruck gewinnen! Schließlich haben die Schutzpolizisten sofort, als die das Schrotloch in der Decke sahen, an uns und unseren Täter gedacht. Und wir sind prompt drauf angesprungen!«

»Aber warum macht der Täter das? Vielleicht, um von sich abzulenken?« Stine fand keine Erklärung und erhielt stattdessen Skippers Antwort: »Genau das werden wir herausfinden müssen!« Dabei tippte er auf einige Ausdrucke auf seinem Tisch. »Wir wissen nun, an welche Betriebe in letzter Zeit unser Reifentyp geliefert wurde. Wir konnten die Suche einengen, nun sind es gar nicht mehr so viele wie befürchtet. Frauke und Sören habe ich nach Hause geschickt. Heute konnten wir nichts mehr erreichen, denn die Werkstätten haben geschlossen. Morgen aber werden wir drei uns auf die Socken machen und die Betriebe abklappern.« Als Zeichen dafür, dass er sich nun auf den Weg nach Emden machen wollte, stand er auf, spülte noch einmal seine Teekanne mit heißem Wasser aus und schaute Stine ernst an. »Du weißt, Stine, niemals mit Geschirrspüler ran, nur ausspülen!«

Stine nickte ergeben. »Ich würde es nicht wagen, Skipper!« Dann verließ er sie mit den Worten: »Bis Morgen, ihr beiden! Ich gehe mit meiner ›Antje‹ noch zwei drei Stunden auf dem Dollart segeln, um den Sonnenuntergang zu genießen!«

UV-Licht

Grote und Stine hätten es an diesem Morgen ihren Kollegen gerne gleichgemacht und sich sofort auf ihre Ermittlungen gestürzt. Denn Skipper, Frauke und Sören waren bereits unterwegs, um die umliegenden Werkstätten abzuklappern. Stine hatte auch den Autoschlüssel bereits in der Hand, als jedoch Theda Siefken telefonisch zum Rapport bat. Ihre Stimme klang wieder einmal gereizt. »Sie sind für mein Gefühl ein wenig zu tief abgetaucht, Grote. Vermutlich wollen Sie sich meiner Aufsicht entziehen. Aber daraus wird nichts! In fünf Minuten bei mir!« Grote versuchte, noch etwas zu sagen, wurde jedoch abgewürgt. »Zeit läuft!« Mit diesen Worten legte sie auf. So laut Grote auch stöhnte, er musste sich auf den Weg machen, der in fünf Minuten ohnehin nicht zu schaffen war, das wusste auch die Siefken.

»Nimm es positiv, Chef! Es gibt noch eine Menge Schreibarbeit, die zu erledigen ist. Da hätten wir uns heute Nachmittag gemeinsam mit herumschlagen müssen, jetzt erledige ich das allein, während du weg bist.«

Grotes Gesichtszüge hellten sich schlagartig auf. Unter diesem Aspekt hatte er die Sache noch gar nicht betrachtet. Ein Termin bei der Siefken war gewiss, kein Zuckerschlecken, doch allemal attraktiver als Büroarbeit. Im Stillen beschloss er deshalb, sich Zeit zu lassen, um sicherzugehen, dass Stine bei seiner Rückkehr auch wirklich alle ungeliebten Arbeiten erledigt hätte. Tatsächlich ging seine Kalkulation auf, als er um elf Uhr die Dienststelle wieder betrat.

»Und, war es sehr schlimm?« Stine saß vor einem aufgeräumten Schreibtisch und schaute ihren Chef mitleidsvoll an.

»Wenn ich ehrlich bin, nein! Sie war mit unseren bisherigen Ermittlungserfolgen zwar nicht zufrieden, weil es ihr mal wieder alles zu langsam geht, hat mich aber nicht mit dem Tode bedroht. Von daher war alles entspannt. Die nächtlichen Streifenfahrten der Bereitschaftspolizei in den Wiesen rund um Arle müssen allerdings eingestellt werden. Die Bereitschaftspolizei wird am Wochenende auf einer Großdemo in Hannover eingesetzt. Ich glaube jedoch nicht, dass uns das schadet. Die Zeiten der Schießübungen dürften nach dem Bankraub erst einmal vorbei sein.« Während er das sagte, schaute er sich vorsichtig um und stellte erleichtert fest, dass tatsächlich keine Papiere mehr herumlagen und Stine die Fahrzeugschlüssel schon vor sich liegen hatte.

»Ich bin fertig. Von mir aus können wir gleich los«, sagte sie, stopfte ihren Laptop in die Ostfriesland-Tasche und hängte sie sich über die Schulter. »Alles, was von Bedeutung ist, hab ich gespeichert.«

*

Auf der Fahrt nach Dornum zu ›Cynthias Nagelstudio‹ erfuhr Grote, dass die Spurensicherung in der Wand der Bankfiliale wie erwartet ein Projektil vom Kaliber .357 Magnum gefunden hatte. »Dasselbe Kaliber, mit dem neben dem Schrot auch auf die Verkehrsschilder in den Wiesen geschossen wurde«, sagte Stine. »Außerdem stimmen die Reifenabdrücke, die wir an der Straße hinter dem Schlosspark gefunden haben, tatsächlich zu hundert Prozent mit denen überein, die aus den Wiesen rund um Arle stammen.«

»Das alles ist keine Überraschung mehr, festigt aber unsere Einschätzung«, stellte Grote zufrieden fest, während Stine wie üblich mit mäßiger Geschwindigkeit auf der Landstraße Richtung Dornum fuhr und dabei die in der Sonne radelnden Urlauber mit gehörigem Sicherheitsabstand passierte. Selbst ein rasant überholender Heißsporn, der mit nach hinten gedrehtem Base-Cap und verkniffenem Blick am Steuer eines aufgemotzten VW-Golf GTI saß und ihr wegen ihrer vermeintlichen Bummelei noch einen vorwurfsvollen Blick zuwarf, brachte sie nicht aus der Ruhe. »An der nächsten Fähre treffen wir uns wieder! Altes afrikanisches Sprichwort«, sagte sie lediglich und freute sich, als sie den Golf vor einer Ampel in Dornum wiedersahen. »Siehst du, Chef, was in Afrika die Fähre, ist bei uns die Ampel!«

Grote schüttelte still den Kopf und fragte sich mal wieder, woher Stine diese innere Ruhe nahm, die ihm total abging.

*

In ›Cynthias Nagelstudio‹ herrschte gähnende Leere. »Das ist einfach ärgerlich! Eine Kundin hat ihren Termin platzen lassen, nun sitze ich eine Stunde da und muss Däumchen drehen.« Christa

Scholz war böse, doch Grote und Stine kam diese Absage gerade recht.

»Wir kommen, um noch einmal über Ihre gestrigen Beobachtungen zu sprechen«, begann Grote. »Sie sagten aus, dass der zweite Schuss kurz nach dem ersten fiel. Können Sie das zeitlich etwas genauer eingrenzen?«

»Natürlich kann ich das: unter dreißig Sekunden!«

Ob dieser spontanen Antwort schaute Grote ebenso verblüfft wie zweifelnd drein. »Sie behaupten, dass zwischen dem ersten und dem zweiten Schuss weniger als dreißig Sekunden vergangen sind? Und das können Sie so genau sagen? Bitte denken Sie noch einmal nach. Diese Frage ist für uns unglaublich wichtig!«

Christa Scholz stemmte ihre Arme in die Hüften und blickte die beiden Polizisten beleidigt an. »Ich mache diesen Job schon einige Jahre, und ich behaupte, dass ich fast auf die Sekunde genau abschätzen kann, ob etwas 30, 60, 90 oder 120 Sekunden dauert.« Sie wartete gar nicht erst eine Antwort ab. »Kommen Sie mal mit, ich zeige Ihnen was!« Sie ging zu ihrem Behandlungstisch und deutete auf einen weißen Apparat, auf dem sich vier Tasten befanden. »Das ist ein UV-Gerät, mit dem ich Nagel-Gel aushärte. Je nach Bedarf stelle ich eine dieser vier Zeiten ein, und das Tag für Tag. Da sagen Sie mir bitte nicht, ich könnte die Zeit in diesen Bereichen nicht einschätzen.«

Grote und Stine schauten sich an. Was Christa Scholz da sagte, hatte Hand und Fuß.

»Für unser Protokoll«, wurde Stine nun formell, »Sie würden also unter Eid aussagen, dass die beiden Schüsse in einem Abstand von unter dreißig Sekunden fielen?«

Nun wurde Cynthia ungehalten. »Zum letzten Mal: Der Abstand zwischen dem ersten, leisen und dem zweiten, sehr lauten Schuss lag deutlich unter 30 Sekunden. Ich würde mich sogar auf 25 Sekunden festlegen!«

Jetzt schaute Stine völlig perplex drein. »Das mit der Zeit glauben wir Ihnen inzwischen, aber bei der Lautstärke der Schüsse müssen Sie sich irren. Der erste Schuss stammte nämlich aus einer Schrotflinte und war deshalb erheblich lauter als der zweite aus dem Revolver.« Sie machte eine kurze Pause und blickte Cynthia eindringlich an. »Bitte überlegen Sie noch einmal Frau Scholz, es ist absolut wichtig!«

»Halten Sie mich für senil?« Cynthia wurde nun richtig ärgerlich. »Ich bin mir Tausendprozent sicher, erst leise, *dann* laut!« Angesichts Stines zweifelnden Blickes hob Cynthia flehend die Hände zum Himmel und rief beschwörend: »Halleluja! Ist das denn alles so schwer zu verstehen? Ich weiß doch, was ich gehört habe! Aber wenn Sie mir nicht glauben …« Cynthia nahm ein Handy und wählte die Nummer des Botox-Gesichtes, das ihr am Vortag gegenübergesessen hatte. »Frau Büsselmann, ich bin es, Cynthia. Ich übergebe Sie mal eben an eine junge Kriminalkommissarin, die an meinem Hörvermögen zweifelt!« Die Sache war tatsächlich in wenigen Augenblicken geklärt. Auch Cynthias Kundin bestätigte, dass der zweite Schuss viel lauter gewesen sei als der erste und sprach ebenfalls von einer schnellen Abfolge der beiden Schüsse.

Als Grote und Stine wenig später vor dem Nagelstudio in der Sonne standen, waren zu ihren bisherigen Zweifeln am Ablauf des Überfalls noch zusätzliche, weitaus schwerwiegendere hinzugekommen. »Wir können es drehen und wenden, wie wir wollen, die Version des Filialleiters kann nicht stimmen. Ich glaube den beiden Frauen«, sagte Grote. Als er über die Straße hinweg zur Bankfiliale blickte, stand dort Bernhard Wulf auf dem Gehweg. Er war gerade damit beschäftigt, eine Handwerker-Kolonne einzuweisen. Als er die beiden Polizisten bemerkte, winkte er herüber und rief fragend: »Kaffee gefällig?«

Eine schlüssige Theorie

Wulf schloss die Tür des Sozialraumes hinter ihnen. »Die Handwerker machen reichlich Krach, ich denke, so können wir besser reden.« Der Kaffee war schnell zubereitet, und Wulf hörte sich interessiert an, worauf Cynthia gerade Stein und Bein geschworen hatte. »Wenn die beiden Schüsse tatsächlich in so kurzem Abstand und dazu noch in der Reihenfolge von leise zu laut fielen, dann muss Tobias Messmer *zuerst* mit dem Revolver verletzt worden sein, erst *danach* ist die Kamera mit der Flinte von der Decke geschossen worden«, dachte Grote laut. »Könnte Messmer den gesamten Überfall selbst vorgetäuscht haben?«, schob er noch hinterher, doch Stine hatte einen Einwand.

»Wenn Messmer der Mann wäre, den der Gärtner im Schlosspark gesehen hat, dann kann die Filiale aber nicht pünktlich um 9 Uhr geöffnet worden sein, denn der Gärtner hat den Mann kurz nach 9 Uhr gesehen.«

»Die Alarmanlage der Bank wurde um 08.55 Uhr durch das Öffnen der Eingangstür durch Messmer ausgeschaltet«, erklärte Wulf. »Das steht fest, denn nur er kann das durchführen. Es muss also einen zweiten Mann, den Räuber, geben. Der Überfallalarm wurde während der Tat nicht ausgelöst. Aber das kann man Messmer nicht vorwerfen. Es gehört schon eine Menge Mut dazu, im Angesicht einer Schusswaffe den Roten Knopf zu drücken.«

Stine hatte die ganze Zeit still zugehört und behauptete mit einem Mal. »Ich glaube, es gibt eine ganz logische Erklärung für alles!« Grote stellte seine Kaffeetasse, von der er gerade einen Schluck nehmen wollte, zurück auf den Tisch. »Da bin ich aber mal gespannt!«

Stine überlegte einen Moment, dann nickte sie kurz, als habe sie ihre Gedanken sortiert. »Ich bin sicher: Messmer und der Räuber stecken unter einer Decke. Sie sorgten durch den Anschlag auf Jessica Blohms Auto dafür, dass sie an diesem Morgen nicht in der Bank ist und ihre Pläne stören kann. Den Ablauf stelle ich mir dann so vor: Der ›Räuber‹ betritt die Bank, geht in aller Ruhe mit Messmer nach hinten, und die beiden räumen den Tresor aus. Dann übergibt Messmer den Datenstick der Kameraüberwachung an seinen Kumpanen, beißt die Zähne zusammen und lässt sich den Streifschuss am Oberschenkel verpassen, um den Überfall glaubwürdig aussehen zu lassen. Unmittelbar danach schießt der ›Bankräuber‹ mit der Schrotflinte in die Decke, zerlegt damit die Kamera und verabschiedet sich durch die Hintertür. Das alles war vorher so geplant und wirkt schlüssig und glaubhaft, wenn Messmer der Polizei gegenüber nun den zeitlichen Ablauf andersrum schildert. Dass sich auf der anderen Straßenseite eine Frau mit dem außergewöhnlichen Talent befindet, Zeiten und Geräusche exakt einzuschätzen, konnte er nicht ahnen.«

Bernhard Wulf schaute die Polizistin bewundernd an. »Das alles ergibt absolut Sinn. Es war Bestandteil des Plans, die beiden Schüsse möglichst schnell nacheinander und erst unmittelbar vor der Flucht des Täters abzugeben, damit die Nachbarn nicht zu früh aufmerksam werden. Unmittelbar nach den Schüssen war Messmers Komplize schon draußen und lief nicht Gefahr, gesehen zu werden. Zumal Messmer dann auf der Straße für Ablenkung sorgte.«

Wulf wandte sich Grote zu: »Wie hoch ist die Ablösesumme für Ihre schlaue Kollegin? In wenigen Jahren braucht meine Bank einen Nachfolger oder eine Nachfolgerin für mich. Ich könnte sie einarbeiten. Und, mit Verlaub, bei der ›Friesen-Bank‹ wird gewiss besser bezahlt als bei Vater Staat!«

Grote schüttelte ob des wohl auch nicht wirklich ernst gemeinten Angebots den Kopf. »Ich weiß, was ich an Stine habe. Ihr Vertrag bei mir sieht keine Ablöse vor, es sei denn, sie will unbedingt den Verein wechseln!«

»Will sie nicht! Geld ist nicht alles!«, lachte Stine. »Sie werden also ohne mich planen müssen, Herr Wulf.«

»Nehmen Sie Messmer jetzt fest?«, wollte Wulf wissen, doch Grote schüttelte den Kopf. »Ganz sicher nicht. Noch ist nicht alles beweisfest. Und Messmers Mittäter wollen wir keinesfalls vorwarnen. Bislang haben wir keine Ahnung, um wen es sich dabei handelt.«

Bereits im Gehen drehte Stine sich noch einmal um und sagte zu Bernhard Wulf: »Psst! Kein Wort zu niemandem!« Dabei deutete sie die Mahnung zur Verschwiegenheit mit einer Geste an, als würde sie ihren Mund zunähen, was den Sicherheitschef dazu veranlasste, eine zackige Haltung einzunehmen und »Aye, aye, Sir!« zu rufen.

Auf dem Weg zu ihrem Auto kam Grote ein Gedanke in den Kopf, der all ihre Vermutungen mit einem Schlag beweisen konnte. »Wir brauchen Messmers Hose, die er beim Überfall trug, und zwar schnellstens. Wenn sein Komplize ihm die Schussverletzung gezielt beigebracht hat, wird der gewiss nicht aus großer Entfernung geschossen haben. Das Risiko wäre viel zu groß, ungewollt eine schwerere Verletzung zu verursachen als geplant. Also musste dieser Schuss aus unmittelbarer Nähe, vielleicht sogar aufgesetzt abgegeben worden sein. Deshalb müssten sich an der Hose auffällig starke Schmauchspuren feststellen lassen.«

Ein Anruf in der Ubbo-Emmius-Klinik in Aurich ergab, dass Tobias Messmer noch am Abend nach dem Überfall das Krankenhaus auf eigenen Wunsch verlassen hatte, um seine kranke Frau pflegen zu können.

Grote war sichtlich enttäuscht, doch Stine flüsterte ihm zu: »Er ist doch bestimmt nicht mit einer zerrissenen, vollgebluteten Hose nach Hause gegangen. Vielleicht liegt sie noch im Krankenhausmüll!«

Das veranlasste Grote, sich so lange weiterverbinden zu lassen, bis er die Stationsschwester erreichte. Die konnte zwar nicht weiterhelfen, gab aber einen wichtigen Hinweis: »Der Patient wird sicherlich nicht mit der kompletten Hose hier eingeliefert worden sein. Die Rettungssanitäter machen in solchen Fällen kurzen Prozess, um die Wunde freizulegen. Sie werden ihm einfach das Hosenbein abgeschnitten haben. Ich würde es an der Station versuchen, die den Rettungswagen geschickt hat. Nach unseren Unterlagen war das die Station in Nesse.«

Nachdem das Gespräch beendet war, überzog ein Lächeln Grotes Gesicht. »Heute könnte unser Glückstag sein, Stine. Die Rettungsstation Nesse liegt nur vier Kilometer von hier entfernt.

*

In der Tat deutete sich an, dass Grote und Stine das Glück weiterhin hold sein würde, denn als sie auf den Hof der Rettungsstation in der Cankebeerstraße fuhren, die sich in einem unscheinbaren Gebäude befand, trafen sie auf genau die Rettungssanitäterin, mit der sie kurz nach dem Überfall gesprochen hatten. Die Frau saß mit geschlossenen Augen auf einer Bank, ließ sich von der Mittagssonne bräunen und hielt dabei in der Hand eine üppige Butterstulle. Die war mit einem Stück Schinken belegt, dessen Ausmaß nach Grotes Schätzung der Schuhgröße 46 entsprach. Beim Anblick der Stulle spürte er, dass sein Magen um Arbeit bettelte, und er hätte alles dafür gegeben, einmal abbeißen zu dürfen, doch es gab wichtige Fragen zu stellen.

»Die Hose? Natürlich haben wir das Bein abgeschnitten. Nachdem wir den armen Kerl in der Klinik abgegeben haben, mussten wir unseren Wagen gründlich vom Blut reinigen. Das Hosenbein müsste sich noch in einer der Mülltüten dort drüben befinden.« Sie zeigte auf drei blaue Beutel, die unter einem Holzvordach abgestellt worden waren. Stine schaute mit einem flauen Gefühl auf diese Tüten, was der Rettungssanitäterin nicht entging. »Ich glaube, es ist besser, wenn ich selbst suche. Diese Tüten bergen einige Überraschungen, die zarten Seelen nicht zuträglich sind.« Damit legte sie ihr Brot aus der Hand, stülpte sich Gummihandschuhe über und kippte den Inhalt der ersten Mülltüte einfach auf den Boden. Stine entschloss sich, nicht genauer hinzuschauen, und war froh, dass es nicht zur Öffnung weiterer Beutel kommen musste, denn wenig später hielt die Frau das abgeschnittene Hosenbein in die Luft. »Da haben wir ja das Prachtstück! Fast wie neu!«

Stine wollte sich bedanken, aber darauf legte die Sanitäterin keinen Wert. »Lass stecken! Hab ich gern gemacht. Schließlich sind wir doch alle im Grunde bei derselben Firma und müssen von Zeit zu Zeit in Blut und Dreck wühlen!«

Ein Daihatsu Cuore aus Arle

Skipper stellte sich am Morgen die Frage, welchen der beiden Orte er zuerst aufsuchen sollte, denn sowohl Holtriem als auch Großheide lagen nur wenige Kilometer von Arle entfernt. In beiden Orten gab es einen Reifendienst, was die Hoffnung begründete, dass in einem von beiden das gesuchte Auto vor kurzer Zeit neu bereift worden war. Er entschied sich für Holtriem und traf dort auf einen modernen Reifenhandel, an dem die Segnungen des Computerzeitalters nicht vorbeigegangen waren. Der Inhaber konnte innerhalb kurzer Zeit feststellen, dass er im Frühjahr an einem Fiat Panda genau diese Reifen montiert hatte. Mit dem Gefühl, einen Volltreffer gelandet zu haben, fragte Skipper nach der Adresse des Kunden, doch da hatte er sich zu früh gefreut. »Den Weg können Sie sich sparen!« Er winkte Skipper, ihm zu folgen, ging in das Lager und zeigte auf vier Reifen. »Das sind die Reifen, die ich beim Großhandel bestellt hatte. Im Frühjahr habe ich sie auf den Panda unserer betagten Pastorengattin aufgezogen. Ich hatte sie noch gewarnt, dass es für Sommerreifen noch zu früh sei, da immer noch mit Nachtfrösten zu rechnen sei. Ich weiß noch, dass sie mit den Worten: »Mit Gottes Hilfe wird mir nichts geschehen!«, darauf bestand, ihre alten Winterreifen sofort zu ersetzen.«

»Und?« Skipper war gespannt. »Konnte sie auf Gott vertrauen?«

»Unbedingt!« Der Händler klopfte ungerührt auf die Reifen, denen man ansah, dass sie lediglich eine kurze Zeit gelaufen waren. »Zumindest sie selbst, ihr Fiat Panda nicht. Wie befürchtet kam sie eines Morgens von der Fahrbahn ab. Den Raureif auf dem Kopfsteinpflaster hat sie nicht gesehen, weil sie aus Eitelkeit mal wieder keine Brille trug. Außerdem ist sie gerast wie der Teufel und hat dabei ihren kleinen Flitzer komplett am Straßenbaum zerlegt. Der alten Dame ist wie durch ein Wunder nichts geschehen, der Panda aber war ein Totalschaden. Die Reifen habe ich ihr für einen Appel und ein Ei abgekauft, an denen war nichts dran. Sowas wirft man nicht weg.«

Nur interessehalber fragte Skipper beim Gehen: »Ich hoffe, der Schreck steckt ihr in den Gliedern, und sie fährt nicht mehr Auto?«

»Leider nein!«, der Reifenhändler schüttelte grinsend den Kopf. »Die Vollkasko zahlte anstandslos. Nun hat sie sich einen gebrauchten Sportwagen gekauft. Seitdem geht hier die nackte Angst um.«

*

Nur selten war es Skipper vergönnt, innerhalb von zwei Stunden eine Zeitreise zu unternehmen. Heute war so ein Tag, denn als er neunzig Minuten später den ›Reifenhandel Großheide‹ betrat, kam es ihm vor wie ein Rückfall in die frühen achtziger Jahre. Der ›Reifenhandel‹ erwies sich als Ein-Mann-Betrieb im Holzschuppen und lag auf dem Hinterhof eines ehemaligen Bauernhofs. Auf den ersten Blick sah er, dass es einen Lagerraum in dem Sinne nicht gab. Überall lagen und standen Reifen herum, die meisten von ihnen bereits gebraucht und heruntergefahren. Der Inhaber, laut verrostetem Blechschild ein gewisser Hagen Huismann, kam erst nach dreimaligem Hupen über den Hof geschlurft und vermittelte den Eindruck eines tiefenentspannten Menschen, bei dem allein der Gedanke, einem potentiellen Kunden gegenüberzustehen, Zukunftsängste auslösen konnte. »Is im Moment gaanz schlecht!«, sagte er zur Begrüßung und strich seinen Vokuhila-Haarschnitt zurecht. Danach versenkte er seine Hände wieder in den Taschen seines Blaumanns, der bei jedem Schritt um seinen dürren Körper schlabberte. Je dichter Skipper ihm kam, umso deutlicher konnte er einen süßlich-würzigen Duft wahrnehmen, der den Mann einhüllte. All dies ließ die Vermutung aufkommen, dass die allseits herumliegenden Autoreifen einer Indoor-Grünplantage weichen mussten, die vermutlich nicht der Aufzucht von Salatgurken diente. Huismann starrte schläfrig vor sich hin, und als er den Eindruck gewann, den vermeintlichen Kunden noch nicht ausreichend abgeschreckt zu haben, fügte er hinzu: »Für die nächsten Wochen sieht es terminlich insgesamt schlecht aus, ich bin voll bis obenhin.« Das glaubte Skipper ihm gerne und wusste sofort, dass bei diesem Burschen andere Saiten aufgezogen werden mussten, um ihn auf Trab zu bringen.

»Ich will keine Reifen kaufen, ich will wissen, an wen die 155/65 R13er gegangen sind, die du im April beim Großhandel bestellt hast!« Bei diesen Worten hielt er Huismann seinen Dienstausweis dicht vor die Nase und wartete, bis dieser, um Durchblick ringend,

128

seine runde Nickelbrille zurechtgerückt hatte. Einen durchschlagenden Erfolg brachte das nicht, denn Huismann zuckte desinteressiert mit den Schultern. »Das weiß ich doch heute nicht mehr.«

Skipper begann sich zu ärgern, was bei ihm äußerst selten der Fall war, aber wenn es doch passierte, Konsequenzen hatte. Mit einem schnellen Schritt trat er nach vorne und packte Huismann am Revers. »Jetzt hör mal zu, du Hasch-Clown. Ab jetzt reden wir Seglersprache, das heißt: Klartext. Entweder du kommst sofort in die Hufe, oder ich sorge für eine Hausdurchsuchung in deinen heiligen Hallen, die sich gewaschen hat. Und eine Betriebsprüfung gibt's als ganz persönliches Giveaway von mir dazu. Dann kannst du nicht nur deine Plantage, sondern auch deinen Saftladen dicht machen. Also guck in deine Buchführung, die wird es ja wohl geben.«

Huismann wurde von einer Sekunde zur anderen wach und merkte, dass sein kleinbäuerlicher Nebenverdienst in Gefahr war. Dieser Polizist hatte eine andere, äußerst unangenehme Seite, die kennenzulernen er keine Lust hatte. »Buchhaltung? Na klar! Drinnen im Büro.« Was vollmundig als ›Buchhaltung‹ angekündigt war, entpuppte sich dann als ein mittelgroßer Pappkarton, in dem sich Papiere aller Art ohne jegliche Sortierung tummelten.

Es dauerte geschlagene zwei Stunden, bis sie den Inhalt des Kartons gesichtet hatten. Wie befürchtet, war kein Beleg zu finden, wann und für wen diese Reifen bestellt und montiert worden waren, und eine Rechnung über diese Arbeit gab es schon gar nicht. Das wunderte Skipper nicht, denn alles andere als Schwarzarbeit hätte ihn bei diesem Reifenhandel erstaunt. Doch das interessierte ihn nicht, nur der Name des Kunden musste gefunden werden. Allein schon deshalb, weil dieses seine letzte Chance war. Denn Frauke und Sören hatten ihm gerade mitgeteilt, dass sie bei den von ihnen überprüften Werkstätten auf keine weiterführenden Ansätze gestoßen waren.

Skipper hatte keine Ahnung, was letztendlich den Hobbygärtner bewog, sich seinem Wandkalender zu widmen. Es war wohl die Idee, dass die von ihm bestellten Reifen vermutlich kurz nach der Lieferung montiert worden sein mussten. Die Suche brachte Erfolg. »Da steht es doch! Freitag, 2. Mai. Hätte ich eher drauf kommen können. Die Reifen waren für einen Daihatsu Cuore, und jetzt erinnere ich mich auch. Der Kunde wohnt in Arle. Die Adresse müssen Sie allerdings selbst rausfinden.«

Schlachtplan

Am Nachmittag saßen sie alle wieder beieinander und stellten fest, dass sie an diesem Tag endlich entscheidend vorangekommen waren. Skipper hatte inzwischen den Halter des Daihatsu Cuore, Baujahr 2007, ermittelt. »Der Mann heißt Hanke Thran, ist 74 Jahre alt und wohnt in der Straße Zum Rendel 116 in Arle.«

Da Stine kein Bild von diesem Autotyp vor Augen hatte, suchte sie im Internet nach Fotos. Als sie fündig wurde, zeigte sie auf die markanten, langgezogenen Rücklichter. »Schaut euch das an! Willi Pötter sagte doch, dass er nach dem Schuss am Bahndamm markante Rücklichter gesehen hat, die sich in Richtung Arle entfernten. Das passt schon mal!«

Frauke und Sören waren vom Jagdfieber gepackt. »Dann lasst uns doch gleich losfahren und den Halter des Autos und den Filialleiter festnehmen. Dann kochen wir sie weich!«

Skipper aber zog die Bremse. »Nun mal ruhig Blut, ihr jugendlichen Heißsporne. Der Halter des Autos ist 74 Jahre alt. Für mich nicht unbedingt das Alter, in dem man sich auf einen getürkten Bankraub einlässt.«

»Stimmt, Skipper, sehe ich genauso. Wir haben einiges beieinander, aber es reicht noch nicht. Mal sehen, was Theda Siefken dazu sagt!« Grote blickte auf die Uhr und hatte in Anbetracht der fortgeschrittenen Zeit ein schlechtes Gewissen. Die Staatsanwältin unmittelbar vor dem Feierabend anzurufen, zumal vor dem Wochenende, war keine gute Idee, doch die Sache eilte. »Vermutlich sitzt sie schon mit geladenem Gewehr am Schreibtisch und scharrt mit den Hufen, um zur Jagd zu fahren«, befürchtete er.

Tatsächlich musste Grote sich erst einige wüste Beschimpfungen anhören, was für seine Kollegen dadurch zu erkennen war, dass er mit den Augen rollend den Telefonhörer einen halben Meter vom Ohr entfernt in die Luft hielt. Erst dann, als es leiser wurde, kam er zu Wort und konnte ein sachliches Gespräch mit der Staatsanwältin führen. Plötzlich war sie ganz ruhig, stellte präzise Gegenfragen und kam zu einem Entschluss. »Wir halten erst einmal die Füße still, bis das Untersuchungsergebnis des Hosenbeins vorliegt. Das soll am Montag der Fall sein, wie Sie sagen. Wenn auf dem Stoff tatsächlich auffällige Pulverspuren festgestellt werden, ist das zumindest ein Indiz dafür, dass der Raubüberfall inszeniert wurde. Vorher treten wir an den Halter des Autos heran und prüfen, ob er in der Sache drinhängt. Erst wenn wir eine Verbindung zwischen ihm und dem Filialleiter finden, schlagen wir auch bei ihm zu.« Sie horchte, ob es Gegenstimmen zu hören gab, was jedoch nicht der Fall war, und sagte dann vor dem Auflegen ihres Hörers: »Ich habe gesprochen, Weidmannsheil!« Dann herrschte Ruhe.

Grote nickte. »Wie immer, wenn sie sich erst einmal ausgegast hat, trifft sie vernünftige Entscheidungen. Wir dürfen nicht zu früh an Tobias Messmer rangehen, damit schrecken wir ihn nur auf. Und wir sollten nicht vergessen: Den Mord an Hinnerk Weerts wird Messmer nicht begangen haben, zumindest spricht im Moment nichts dafür.«

Der von Theda Siefken ausgegebene Zeitplan führte dazu, dass sie alle sich über ein freies Wochenende freuen konnten. Das hatten sie gar nicht erwartet, doch obwohl die Siefken mit ihrer vorsichtigen Vorgehensweise richtig lag, konnten sie sich nicht so recht darüber freuen. Besonders Stine hatte mit einer Vorahnung zu kämpfen, die sie selbst nicht genau begründen konnte. »Chef, ich habe ein ganz seltsames Gefühl im Bauch!«, sagte sie ernst zu Grote, als sie das Fenster schloss und den Computer runterfahren ließ. »Irgendetwas liegt in der Luft, aber ich weiß nicht was, und hätte auch keine Ahnung, was man tun könnte, aber es bedrückt mich.«

Selbst Grote, der Stines Sensibilität manchmal lachend als ›Spökenkiekerei‹ abtat, blieb ernst. »Ich weiß, was du meinst, Stine. Mir kommt es so vor, als wenn hinter dem Vorhang, den wir am Montag aufziehen wollen, Dinge passieren, die wir nicht sehen können. Aber es nützt nichts. Einige Details fehlen uns noch, bevor wir zuschlagen können, ob es uns nun gefällt oder nicht!«

Nächtlicher Feuerschein

»Die Frühfähre ist noch mal mein Tod!«, jammerte Mirco Jütten und gähnte ungeniert. Der Jungmatrose war ein erklärter Feind des Frühaufstehens, und immer dann, wenn er seinen Namen auf dem Dienstplan für die erste Überfahrt nach Norderney fand, Abfahrt 6.15 Uhr ab Norddeich, haderte er mit seinem Schicksal.

Mindestens zwei Stunden vor der Abfahrt hatte die Besatzung sich an Bord einzufinden. Es lag viel Arbeit vor ihnen, denn am Kai häuften sich Kisten und Kartons, praktisch der gesamte Proviant für einen langen Fährtag. Natürlich hätte er gestern nach Dienstende auch in Norddeich bleiben können, doch der Abend, den er mit seiner Freundin verbracht hatte, war diese Strapazen wert gewesen. Am Steuer des Autos saß sein Kollege, den alle nur ›Fietje‹ nannten. Er war 20 Jahre älter und sah die Sache wesentlich gelassener. »Irgendwann gewöhnt man sich dran! Vielleicht liegt es auch daran, dass du eine turbulente Nacht verbracht hast.« Bei diesen Worten grinste er Mirco ungeniert an und plinkerte ihm verständnisvoll zu. »Ich war auch mal jung, aber schau mich nun an! Ich habe gestern Abend unserer Kleinsten noch eine Gute-Nacht-Geschichte vorgelesen und war um 10 Uhr im Bett. Deshalb bin ich heute Morgen frisch und ausgeschlafen.«

»Wenn man so lange verheiratet ist wie du, werden die Nächte zwangsläufig ruhiger!«, sagte Mirco frech und lief dabei Gefahr, sich einen ruppigen Knuff einzufangen. Beide wohnten in Westochersum, nicht weit voneinander, und profitierten von der Fahrgemeinschaft, die sie bereits seit zwei Jahren unterhielten. Der kürzeste Weg nach Norddeich führte sie auf der Landstraße an Arle vorbei, quer durch die Wiesen. Verkehr war um diese Zeit nicht zu erwarten, so kamen sie gut voran. Sie hatten gerade Arle passiert, als Mirco sich zur Seite drehte. »Oh, sieht das toll aus!«, rief er begeistert. »Ein Polarlicht, das soll selten sein, und ich habe es noch nie gesehen!«

Fietje schüttelt fassungslos, von so viel Dummheit überwältigt, den Kopf. »Blödsinn! Polarlicht, mitten im Sommer an der Nordsee, und das bei dichter Bewölkung! Ich weiß nicht, was du da siehst, aber Polarlicht ist es ganz sicher nicht.«

Mirco lehnte sich zurück, um Fietje den Blick auf die Seite freizugeben. »Und was ist das dann bitte? Der ganze Himmel ist rot!

Ein Sonnenaufgang kann es ja wohl noch nicht sein.« Fietje bremste kräftig, hielt am Straßenrand an und stieg aus. »Weder Polarlicht noch Sonnenaufgang. Sieht fast so aus, als wenn es irgendwo dort draußen in den Wiesen brennt.« Sein erster Gedanke war, die Polizei anzurufen, doch die Angst, einen Fehlalarm auszulösen, ließ ihn zögern.« Er blickte auf die Uhr. »Wir haben noch etwas Zeit. Lass uns nachschauen, was dort los ist!«

Fietje bog von der Landstraße auf den Feldweg ab, der weit in die Wiesen hineinführte. Nach wenigen hundert Metern sog die Lüftung zum ersten Mal Brandgeruch ins Auto. Kurz darauf sahen sie das Flackern roter Flammen, die am Dreescher Forst aufstiegen. Zuerst glaubten die beiden, der Pferdehof Breger stünde in Flammen, doch der konnte es nicht sein, denn er befand sich auf der anderen Seite des Waldes. Je weiter sie fuhren, umso mehr verstärkte sich der Brandgeruch. Der aufsteigende Qualm wurde mit einem Mal pechschwarz und begann unerträglich zu stinken. Erst jetzt konnten sie erkennen, dass unmittelbar am Waldrand ein Auto lichterloh brannte. Die Flammen hatten inzwischen die Reifen erfasst und verbreiteten dadurch einen bestialischen Geruch, der in den Lungen biss. Da das Feuer sich zusehends in den Wald hinein ausbreitete, zögerte Fietje nicht lange, sondern griff sein Handy und wählte den Notruf. Dort wusste man allerdings schon Bescheid. Hannes Breger vom Pferdehof hatte ebenfalls angerufen und von einem Brand auf der anderen Seite des Waldes berichtet.

Genau um 03.56 Uhr am Sonntagmorgen riss das Heulen der Sirenen die Bewohner von Arle aus dem Tiefschlaf. Während die Mitglieder der Freiwilligen Feuerwehr zur Wache rasten, standen einige Anwohner im Schlafanzug am offenen Fenster und schnupperten in die kalte Nachtluft. Feueralarm ging meist mit Brandgeruch einher, der sich über den Ort legte, doch heute war nichts davon zu riechen. Im Dorf schien es jedenfalls nicht zu brennen, und der leichte Dunst, der die Häuser umgab, war die Folge eines warmen Regengusses, der am späten Abend niedergegangen war. Mit einem Brand hatte das nichts zu tun, verwehrte aber den Blick in die umliegenden Wiesen.

Zehn Minuten nach dem Heulen der Sirenen waren genug Feuerwehrleute eingetroffen, um den ersten Löschwagen zu besetzen. Wo genau der Brandort liegen sollte, wusste der Einsatzleiter noch nicht, doch die beiden Matrosen hatten mitgedacht und warteten mit eingeschalteter Warnblinkanlage und aufgeregt winkend an der Landstraße: »Hier müsst ihr rein, aber schnell! Ein Auto brennt und mittlerweile der halbe Wald!«

Noch während der Anfahrt zum Brandort war plötzlich eine laute Explosion zu hören, und ein Feuerball stieg in die Höhe. Zwar konnten Fietjes Worte, der halbe Wald brenne bereits, getrost als Seemannsgarn gewertet werden. Durch die Explosion des Benzintanks aber breiteten sich die Flammen rasend schnell aus, und einige Bäume in der Nähe gerieten in Brand. Mit dem einen Löschwagen, der sich vor Ort befand, konnte man diesem Feuer nicht beikommen, weshalb der Einsatzleiter froh war, als ein zweites Löschfahrzeug zur Verstärkung eintraf. Erst um halb sechs Uhr morgens wurde »Feuer aus!« gemeldet, und die Feuerwehrleute konnten sich dichter an das völlig ausgeglühte Auto wagen, um es näher in Augenschein zu nehmen. Hineingucken konnten sie noch nicht, denn zwei der in Brand geratenen Bäume waren umgekippt und lagen mit ihrem verkohlten Stamm auf dem Wrack. So dauerte es noch eine Weile, bis der Einsatzleiter mit einer Lampe den Innenraum des Autos ausleuchten konnte. Seine Männer standen erwartungsvoll um ihn herum, und die Mehrheit ging davon aus, dass jemand sich auf diese Weise illegal seines Autos hatte entledigen wollen, doch als der Einsatzleiter sich umdrehte und laut rief: »Ach du Scheiße!«, wussten sie, dass sie es nicht mit einem Umweltdelikt zu tun hatten. Die meisten von ihnen wandten sich ernst ab. Sie konnten sich vorstellen, was ihr Chef gerade gesehen hatte, und niemand war wild darauf, dieses Bild mit in den Tag zu nehmen. Nur einer von ihnen, ein junger, noch unerfahrener Feuerwehrmann, war neugierig. Er trat an das Auto heran und sah den völlig verkohlten Körper eines Menschen. Aus dem schwarzen Schädel, dessen Haut komplett abgebrannt war, starrten ihn leere Augenhöhlen an. Das Schlimmste an diesem Anblick aber waren die weißen Zähne, die im geöffneten Mund standen. So kam es ihm vor, als würde der Tote lachen. Der junge Mann riss sich von dem Anblick los, taumelte kreideweiß einige Meter weit in den Wald und stülpte das Innere seines Magens nach außen.

Fundsachen

Dieser Sonntagmorgen war keine Sternstunde polizeilicher Arbeit. Allein der Umstand, dass im Dreescher Forst im Wrack eines ausgebrannten Autos eine Leiche gefunden wurde, hätte in Anbetracht der Vorfälle der letzten Wochen dazu führen müssen, dass man Grote unverzüglich benachrichtigte. Erst ein Mitarbeiter der Spurensicherung, die diesmal aus Norden anreiste, zog angesichts eines besonderen Fundes die richtigen Schlüsse und veranlasste dieses. So trafen Grote und Stine erst am Vormittag am Brandort ein. Das, was ihren Chef erzürnte, löste bei Stine Erleichterung aus, denn bei ihrem Erscheinen lag die verkohlte Leiche bereits in einem Zinksarg. Wie immer legte Grote Wert darauf, selbst einen Blick auf das Opfer zu werfen, und ließ den Sarg noch einmal öffnen. Stine zog es vor, sich diesen Anblick zu ersparen. Vor einigen Jahren, bei einem ihrer ersten gemeinsamen Fälle, hatte man am Emsdeich zwei Brandleichen gefunden. Die Bilder aus den Akten sah sie noch vor sich, das reichte ihr. Stattdessen wollte sie sich lieber die beiden Fundstücke zeigen lassen, die den Ausschlag zu ihrer Alarmierung gegeben hatten.

Zögerlich, den Gestank von verbranntem Fleisch, Benzin und verschmortem Gummi in ihrer Nase verdrängend, ging sie zu einem der Kollegen im weißen Overall hinüber, der sie zu sich gewunken hatte. »Das wird euch interessieren! Guck mal, was wir im Auto gefunden haben!« Er streckte ihr einen durchsichtigen Kunststoffbeutel entgegen, in dem sich zwei verrußte, auf den ersten Blick undefinierbare Metallteile befanden.

»Ich habe nicht die geringste Ahnung, was das sein soll.« Selbst auf den zweiten Blick war kaum zu erkennen, was sich in dem Beutel befand. Der Kollege wollte ihr auf die Sprünge helfen. »Schau mal genau hin und bedenke dabei, dass das Holz, was sich einmal an den Gegenständen befand, verbrannt ist.«

»Ein Revolver und eine Flinte!«, sagte Stine überrascht und verstand, warum man sie geholt hatte. Der Kollege im weißen Overall war zufrieden. »Hab ich mir doch gedacht, dass ich euch damit eine Freude bereite. Die Flinte oder das, was davon übriggeblieben ist, lag auf dem Rücksitz. Den Revolver fanden wir neben dem Toten, seitlich des Fahrersitzes auf dem Fahrzeugboden.«

Der junge Kollege zog noch in Erwägung, die Kollegin aus Aurich um ein gelegentliches Date zu bitten, doch gerade erschien Grote gemeinsam mit dem Chef der Tatortgruppe auf der Bildfläche und ließ damit keinen Raum für Flirtversuche.

»Es gibt da noch eine kleine Sonntags-Überraschung, Stine!«, sagte Grote. »Der Tote hat sowohl in der linken als auch in der rechten Schläfe ein Loch. Es dürfte sich um ein Ein- und ein Ausschussloch handeln. Entweder hat er sich selbst in den Kopf geschossen, oder er wurde klassisch hingerichtet.« Grote wandte sich dem Plastikbeutel zu und erkannte im Gegensatz zu Stine sofort, was sich in der Tüte befand. »Es ist unfassbar! Egal was passiert, immer wieder stoßen wir auf diese beiden Waffen. Sie scheinen den gesamten Fall zu prägen«, sagte er nachdenklich. »Wenn wir nur die Zusammenhänge verstehen könnten!« Langsam ging er einmal um das Auto herum. »Konnten Sie schon feststellen, um was für einen Fahrzeugtyp es sich hier handelt?« Grote selbst war nicht in der Lage, dieses Wrack in irgendeiner Weise zuzuordnen, und selbst der Chef der Spurensicherung konnte da nicht helfen.

»Es handelt sich um einen Kleinwagen, das ist sicher. Aber mehr kann ich nicht sagen. Das Auto wurde mit einer großen Menge Benzin in Brand gesetzt. Man kann es noch riechen. Wir haben zwei verschmolzene Fünf-Liter-Kanister unterschiedlicher Bauart gefunden. Mit insgesamt 10 Litern Sprit lässt sich ein Feuerchen legen, das es in sich hat. Dann kam noch das Benzin des explodierten Tanks dazu. 20, 30, 40 Liter, keine Ahnung. Wir konnten bisher weder die Kennzeichen des Autos noch die Fahrgestellnummer identifizieren. Alles ist komplett ausgeglüht. Von der Gesamtgröße her handelt es sich um einen Kleinwagen, aber mehr kann man nicht sagen. Auch der Fahrzeuglack ist verbrannt, deshalb können wir nicht einmal mehr die Farbe bestimmen. Wir bringen das Auto zu den Kriminaltechnikern. Vielleicht haben die mehr Glück, aber das dürfte dauern! Der Tote hat zwar ein Loch im Kopf, das Projektil konnten wir allerdings nicht finden.«

Im Moment gab es hier nichts mehr zu tun. Es musste lediglich dafür gesorgt werden, dass der Tote nach Hannover zum Professor gebracht wurde. Ihre eigene Tatortgruppe aus Aurich hätte das schon von sich aus gemacht, die Kollegen aus Norden allerdings konnten nichts von der Vorliebe für Professor Hellinghaus wissen.

Froh, den Gerüchen entfliehen zu können, gingen Grote und Stine zu ihrem Auto. Stine fuhr ein Stück in Richtung Arle und suchte sich ein ruhiges Plätzchen am Wegesrand, um dort den Wagen bei geöffneten Türen auslüften zu lassen. »Ich weiß nicht, ob wir den Gestank jemals wieder rausbekommen!«, klagte sie und konnte kaum glauben, dass hier, einen Kilometer vom Brandort entfernt, tiefster Frieden herrschte. Das einzige Geräusch stammte von einer Feldlerche, die über den Wiesen ihre Runden drehte. Stines schweigende Nachdenklichkeit fiel Grote auf. »So ist das Leben nun mal. Starker Tobak für einen Sonntagmorgen. Ich wäre auch lieber mit den Jungs auf den Bolzplatz gegangen. Stattdessen dann sowas!«

Stine nickte und schwieg minutenlang. Dann, zur Überraschung Grotes, sagte sie plötzlich: »Es war keine geplante Tat, Stefan. Jemand hat zwei unterschiedliche Benzinkanister, wie man sie üblicherweise für den Notfall im Kofferraum mitführt, benutzt. Sie wurden nicht bewusst mitgenommen, sie lagen einfach nur zufällig in den Autos, wie das hier auf dem Lande so üblich ist.«

Grote schüttelte den Kopf. »Also ich fahre in meinem Auto keine Reservekanister spazieren. Sowas habe ich noch nie gebraucht.«

»Musst du auch nicht, Chef. Du hast immer in einer Großstadt gelebt, jetzt wohnen wir beide in Aurich oder zumindest am Stadtrand. Irgendwo in der Nähe hat immer eine Tankstelle geöffnet, wenn es mal knapp wird. Aber hier, weitab vom Schuss, sind Tankstellen rar. Und die meisten schließen bereits am frühen Abend, da muss man gewappnet sein!«

»Gut, da magst du recht haben. Aber was sagt uns das Mitführen von Reservekanistern über diese Tat?« Grote verstand immer noch nicht, wieso Stine darin ein Indiz für eine spontane Tat sah.

»Ich denke, der Entschluss, das Auto in Brand zu setzen, entstand aus der Situation heraus, um Täterspuren an der Leiche und im Auto zu beseitigen«, erklärte Stine. »Fünf Liter Sprit hätten vielleicht nicht genügt, um das zu erreichen. Darum nahm der Täter den Reservekanister aus dem Kleinwagen des Opfers und seinen eigenen dazu.« Sie wartete auf eine Reaktion Grotes, doch der sagte erst einmal gar nichts, darum spann sie ihre Theorie weiter: »Wenn ich mit meiner Vermutung recht habe, dann würde es bedeuten, dass auch der Mord an dem Fahrer nicht geplant war. Denn ansonsten hätte der Mörder sich vorher Gedanken über die Beseitigung der Leiche gemacht. Das Zusammentreffen von Täter und Opfer allerdings, so weit draußen, abseits jeglicher Bebauung, das war bestimmt kein Zufall. Ebenso war es kein Zufall, dass die beiden sich auf dieser Seite des Dreescher Forstes trafen, um den Kameras des Pferdehofs auf der anderen Seite des Waldes zu entgehen. Sie wussten genau, warum sie sich gerade an diesem Ort trafen.« Als Grote immer noch nichts sagte, fügte sie noch hinzu: »Tobias Messmer wohnt in Arle. Der kennt sich hier aus!«

Grote war noch nicht völlig von dieser Theorie überzeugt, räumte aber immerhin ein, dass es so gewesen sein könnte. »Warum lagen aber die beiden Waffen im Auto?« Er zögerte einen Sekundenbruchteil und gab dann selbst die Antwort: »Wenn der Tote in dem Auto allerdings Hinnerk Weerts' Mörder und zugleich der Bankräuber ist, dann hatte sein Mörder kein Interesse daran, diese Waffen zu besitzen. Schließlich sind sie höchst verräterisch!« Je länger Grote darüber nachdachte, umso überzeugter war er von Stines Sicht der Dinge. »Vielleicht hofft der Täter, dass wir von einem Selbstmord ausgehen. Dann wären für uns alle Fälle aufgeklärt und wir würden die Ermittlungen beenden!«

Stine nickte. »Ein recht naiver Plan, vermutlich aus der Not geboren. Aber da irrt der Täter.«

Doppelte Dosis

Als Tobias Messmer am frühen Sonntagmorgen nach Hause kam, schlich er zuerst in Ninas Zimmer und war beruhigt, dass er sie in tiefem Schlaf vorfand. Seit sie die starken Parkinson-Medikamente einnehmen musste, ging es ihr nicht besonders gut, denn die Nebenwirkungen machten ihr schwer zu schaffen. Der Arzt hatte sie damals darauf hingewiesen, dass die Tabletten ihr zwar helfen würden, die Krankheit im Zaume zu halten, sie aber gleichzeitig auch einschränken könnten. Der Beipackzettel war einen halben Meter lang, und der Trost des Arztes, dass es ja nicht sicher sei, ob sie die dort aufgeführten Nebenwirkungen überhaupt an sich feststellen würde, währte nur kurz. Übelkeit, Kopfschmerzen, Müdigkeit am Tage und Schlafstörungen bei Nacht, Ninas Körper reagierte heftig auf das Medikament. So war es nur eine Frage der Zeit gewesen, bis die beiden sich für getrennte Schlafzimmer entschieden, um zumindest ihm einen ruhigen Schlaf zu ermöglichen. Für den Fall, dass Nina überhaupt nicht zur Ruhe kam, hatte der Arzt ihr Schlaftabletten verschrieben. Eine davon hatte er ihr gestern Abend ohne ihr Wissen im Gute-Nacht-Tee aufgelöst und sich damit die Möglichkeit verschafft, das Haus in der Nacht unbemerkt verlassen zu können. Genau das hatte er bereits vor einigen Tagen schon einmal getan, als er sich am frühen Morgen mit einem Messer aus dem Haus schlich, um die Autoreifen seiner Kollegin zu zerstechen. Fast hätte ihn dabei eine alte Dame erwischt, die ihren inkontinenten Dackel schon zu früher Stunde Gassi führte, aber im letzten Moment hatte er sie noch bemerkt.

Traurig strich er Nina über das Gesicht und ging leise aus dem Zimmer, um zu duschen. Ohne diese schleichende, gnadenlose Krankheit wäre ihr Leben glücklich verlaufen, doch jetzt war alles anders. Messmer wurde von Stunde zu Stunde mehr bewusst, dass er mit seinem Versuch, wenigstens ihr gemeinsames Zuhause zu retten, eine Katastrophe ausgelöst hatte, die nun ihren Höhepunkt erreicht hatte. In dieser Nacht war er, ohne es zu wollen, zum Mörder geworden.

Bei aller Verzweiflung, die ihn anfiel, war er doch in der Lage, klare Entscheidungen zu treffen. Seine Kleider und die Handschuhe, die er vorsorglich bei dem nächtlichen Treffen getragen hatte, rochen nach Benzin, Qualm und Pulver. Deshalb zog er eine Reinigung gar nicht erst in Betracht, sondern stopfte alles zusammen in einen Plastikbeutel, den er in einem Altkleidercontainer entsorgte.

Am Vormittag schlug Nina Alldag die Augen auf und war überrascht, dass Tobias Messmer an ihrem Bett saß. »Nun wird es wirklich Zeit!«, lächelte er. »Ich sitze schon eine ganze Weile hier und warte, dass du aufwachst.« Er stand auf, öffnete die Rollläden und gab Nina damit den Blick auf die Schäfchenwolken frei, die von der Nordsee kommend in Richtung Festland drängten. Immer wenn Tobias das tat, bildete sie sich ein, das Salz des Meeres riechen zu können.

»Es ist schon so hell, wie spät ist es denn?« Sie hob den Oberkörper und stützte sich auf die Ellenbogen, um besser nach draußen schauen zu können.

»Gleich elf Uhr, du hast geschlafen wie ein Murmeltier!«

»Ich habe doch gestern gar keine Schlaftablette genommen, oder hast du mir eine gegeben?« Nina Alldag ließ sich wieder zurück in das Bett sinken. »Ich kann mich gar nicht erinnern.«

»Nein, natürlich nicht! Sonst hätte ich dir das gesagt. Vermutlich warst du nur sehr erschöpft«, antwortete Messmer, drehte sich um und wich ihrem Blick aus.

*

Am liebsten hätte Stine länger dem Gesang der Feldlerchen gelauscht, aber das Geräusch der abrückenden Feuerwehrwagen holte sie schnell wieder zurück in die Realität. »Wir müssen klären, ob es sich bei dem ausgebrannten Kleinwagen um das Auto von Hanke Thran handelt«, sagte Grote entschlossen. »Egal, ob es der Siefken nun gefällt oder nicht, wir müssen es jetzt und hier klären. Schließlich könnte es sich bei dem Toten um Thran handeln.« Grote musste sich keine Gedanken um die Anschrift des Halters machen, den Skipper noch am Freitag ermittelt hatte. Wie immer barg der Laptop in Stines Ostfriesland-Tasche alle Informationen, die sie benötigten.

»Hanke Thran, 74 Jahre alt!« Stine betonte das Alter mit Nachdruck. »Ich kann mir beim besten Willen nicht vorstellen, dass das unser Mann ist, aber abklären müssen wir es.« Sie tippte kurz auf dem Navi herum und stellte fest: »Ist gar nicht so weit von hier. ›Zum

Rendel‹ ist eine ellenlange Straße, die von der Ortsmitte aus weit nach Süden in die Wiesen führt.«

Der Weg zu dieser Straße führte dicht am Feuerwehrhaus vorbei, wo gerade die Löschfahrzeuge für den nächsten Einsatz klargemacht wurden. Auch am Dorfkrug fuhren sie vorbei, dann ging es rechts ab und danach stur geradeaus. Die Bebauung wurde immer karger, und Grote befürchtete schon, dass Skipper sich mit der Adresse geirrt hatte, doch dann tauchte tatsächlich ein Bauernhof auf. Er lag so weit abseits in den Wiesen, dass man ihn auf den ersten Blick gar nicht der Straße zugeordnet hätte, auf der sie sich befanden, doch ein Briefkasten am Rand eines mit schwarzer Schlacke bedeckten Weges trug die Aufschrift: *Thran, Zum Rendel 116/118!*

Bereits als sie den Weg befuhren, öffnete sich die Tür des aufwändig restaurierten Fachwerkhauses, und ein alter Mann trat heraus, der nicht dem Bild eines Landwirts entsprach. Unter langem, weißem Haar versteckte sich ein blasses Gesicht, das eher den Künstler als den Bauern verriet. Karierte Hose, karierte Strickjacke und ein blütenweißes Hemd passten weder zu Arle noch zu Ostfriesland.

»Herr Thran? Ich bin Stine Lessing, das ist mein Chef, Hauptkommissar Grote. Wir kommen von der Kripo Aurich und hätten einige Routinefragen bezüglich Ihres Autos.«

Der Mann schien verblüfft. »Mein Auto? Was gibt es da zu fragen? Aber bitte, kommen Sie herein!« Thran ging voran und führte die beiden Polizisten in ein riesiges Zimmer, das sie so nicht vermutet hätten. Jeder freie Raum zwischen dem Fachwerkgebälk war mit Regalen ausgefüllt, in denen sich hunderte Bücher aufreihten. Thran nahm an einem von Büchern und Aktenordnern überladenden Schreibtisch Platz und war dadurch hinter zwei gebogenen, miteinander verbundenen Monitoren kaum zu sehen. Seinen Besuchern wies er zwei Ledersessel an. Die erstaunten Blicke der beiden Polizisten blieben ihm nicht verborgen. »Ich weiß, Sie haben hier draußen eher Kordhose und Gummistiefel erwartet. Aber dies ist der Hof meiner verstorbenen Eltern. Ich bin studierter Designer und habe lange Jahre in Kanada als Professor gelehrt und gelebt. Nach meiner Emeritierung und dem Tod meiner Eltern bin ich hierher zurückgekehrt und habe mir mein eigenes Reich geschaffen. Dank der modernen Technik kann ich auch hier weiterarbeiten und bin mit der Welt verbunden.« Dann wurde sein Blick traurig. »Leider können all diese Kontakte nicht die Einsamkeit hier draußen mildern. Meine Frau hat mich viel zu früh verlassen, so lebe ich jetzt fast alleine hier draußen!«

Grote beugte sich unbewusst nach vorne, und auch Stine wurde hellhörig. »Wieso *fast* alleine?«

»Nun, mein Enkel Liam lebt bei mir. Liam Rösing. Wir haben ihm einen Teil der früheren Stallungen als Appartement umgebaut. Dort wohnt er, allerdings ohne sich sonderlich um mich zu kümmern!« Mit dem Unterton der Verbitterung fuhr er dann noch fort: »Ehrlich gesagt leben wir beide nebeneinander her, wir verstehen uns nicht besonders. Der Junge ist …«, der Professor rang nach Worten, »ich kann es nicht anders nennen, er ist nicht ganz einfach!«

Grote und Stine war sofort klar, dass die Person seines Neffen für sie bedeutsam sein konnte. Deshalb waren sie an Einzelheiten interessiert. »Inwiefern ist er schwierig?«

»Er hat im Leben eigentlich nichts hinbekommen. Seine Lehre als Anlagenbauer hat er mit Ach und Krach bestanden, doch ständig gab es in der Firma Ärger mit ihm. Er ist undiszipliniert, vorlaut und lässt keine Meinung neben seiner eigenen gelten. Darum wurde er auch nach dem Ende der Ausbildung nicht übernommen. Er fing an, mal hier und mal dort zu jobben. Mit seinen Eltern hat Liam sich zu guter Letzt auch noch überworfen und stand gewissermaßen auf der Straße. Meiner Frau tat der Junge leid, und sie meinte, jemand müsse sich seiner annehmen. So kam er zu uns.«

Stine kam der Name Liam Rösing sofort bekannt vor, und sie erinnerte sich, dass er auf der Liste der Feuerwehrleute stand, die sich am Abend vor dem Tode von Hinnerk Weerts im Dorfkrug aufgehalten hatten. »Liam ist, wenn ich mich nicht irre, Mitglied der Freiwilligen Feuerwehr Arle?« Sie hatte es kaum ausgesprochen, als sie ein böser Verdacht befiel, war aber bemüht, sich nichts anmerken zu lassen. »Ist Liam jetzt zu Hause?«

»Nein, im Moment nicht. Ich hatte die halbe Nacht mit Kollegen aus Vancouver eine Onlineschalte. Wegen der Zeitverschiebung muss ich oft nachts arbeiten. Ich hörte Liam gestern am späten Abend wegfahren. Das Auto steht nicht im Carport, vermutlich hat er den Feuerwehreinsatz in der Nacht mitgemacht und hält sich noch an der Wache auf. Seine Arbeit bei der Freiwilligen Feuerwehr scheint mir das Einzige zu sein, was ihn wirklich interessiert. Wenigstens dort geht er, soweit ich das beurteilen kann, regelmäßig hin.«

Die Fragen der Polizistin machten den Professor nun doch stutzig. »Sie sagten am Anfang, dass Sie Fragen bezüglich des Autos haben. Da wäre ich ohnehin der falsche Ansprechpartner. Das Auto läuft zwar auf meinen Namen, ich selbst aber fahre nicht mehr. Im Bedarfsfall rufe ich mir ein Taxi.« Wieder kam ein enttäuschter Nachsatz: »Auf Liam kann ich da nicht hoffen, der treibt sich herum, besonders abends und in der Nacht. In letzter Zeit ist es ganz besonders schlimm mit ihm geworden. Manchmal kam er gar nicht nach Hause, sondern blieb über Nacht weg. Vielleicht hat er endlich eine Freundin gefunden? Das täte ihm sicher gut! Er ist schon lange auf der Suche, aber meistens blitzt er bei den Mädels ab.« Er zögerte, dann schaute er erst Stine und dann Grote an. »Um wen geht es hier eigentlich? Um mein Auto oder um meinen Enkel?«

»Ihr Auto wurde kürzlich neu bereift?«, wich Gote der Nachfrage aus und wollte sichergehen, dass Skippers Informationen stimmten.

»Ja, im Frühjahr. Liam hatte Kontakt zu einer höchst obskuren Werkstatt in Großheide. Dort habe ich das machen lassen. Zu Hause habe ich vorsichtshalber die Radmuttern nachgezogen. Der Mechaniker machte mir einen wirren Eindruck.«

Stine wurde unsicher, welche Marschrichtung Grote nun einschlagen wollte. Dem Mann bereits zu diesem Zeitpunkt, an dem es noch keine absolute Gewissheit gab, zu sagen, dass sein Enkel unter Umständen in dieser Nacht ermordet und verbrannt in seinem Auto aufgefunden wurde? Was, wenn sie sich irrten? Stine lugte unauffällig zu Grote hinüber, der, wie so oft, in die Rolle des unbeteiligten Zuhörers geschlüpft war. Stine erwies sich meist als die bessere Gesprächsführerin, zudem gefiel es ihm, auf die Untertöne eines Gesprächs zu lauschen und in Ruhe nachdenken zu können. Inzwischen war er zu einem Ergebnis gekommen, schüttelte unmerklich mit dem Kopf, und Stine verstand und erhob sich.

»Dann danken wir Ihnen für Ihre Geduld, Herr Professor. Es ist besser, wir kommen noch einmal wieder, wenn Ihr Enkel zu Hause ist. Die Fragen, die wir zu diesem Auto haben, können wir dann mit ihm in Ruhe klären.« Als sie gingen, wunderte Stine sich, dass Thran sich mit dieser lapidaren Antwort zufriedengab und nicht an den wahren Hintergründen ihres Besuchs interessiert schien. Für schlau genug zu erkennen, dass die beiden Polizisten nicht mit offenen Karten gespielt hatten, und dass es hier gewiss nicht nur um das Auto

143

oder ein damit begangenes Verkehrsdelikt ging, hielt sie den Professor allemal.

Vor der Tür sagte er noch: »Machen Sie das! Und den Professor lassen Sie künftig weg! Das passt nicht hierher!« Dann schloss er die Tür.

Auf dem Rückweg nach Arle, erst weit außerhalb der Sichtweite des Hauses, fuhr Stine an den Straßenrand und blickte Grote an. »Er ahnt, dass etwas passiert ist, oder?«

Grote nickte. »Ja, den Eindruck hatte ich auch. Allerdings glaube ich nicht, dass er damit rechnet, dass Liam ermordet wurde. Vermutlich glaubt er, dass sein Enkel irgendwelche Dummheiten begangen hat. Wir fahren zur Feuerwehr. Die Löschmänner waren vorhin noch an der Wache. Vielleicht liegen wir ja auch total daneben, und Liam Rösing hat an dem Einsatz teilgenommen und erfreut sich bester Gesundheit. Unter Umständen sitzt er jetzt fröhlich mit seinen Leuten beim Feierabend-Bier.« Bevor Stine das Auto wieder startete, blickte sie zu Grote hinüber und sah ihm an, dass er selbst nicht daran glaubte.

Eine unmittelbare Verbindung

Zumindest soweit es das Feierabendbier betraf, war Grotes Vermutung richtig. Als die beiden an der Feuerwache eintrafen, standen bereits alle Einsatzfahrzeuge in ihren Garagen, und aus dem Gebäude klangen Stimmen. Sie waren nicht laut und aufgekratzt, als würde hier ein erfolgreicher Einsatz gefeiert. Eher gedämpft, geradezu nachdenklich, saßen die Männer in kleinen Gruppen zusammen und sprachen miteinander. Das Bild der verkohlten Leiche bekamen sie nicht mehr aus dem Kopf. Deshalb waren die vor ihnen stehenden Bierflaschen bisher auch nur halb geleert und verrieten, dass die richtige Stimmung nicht aufkommen wollte. Als der Einsatzleiter die beiden Polizisten bemerkte, stand er auf und kam ihnen entgegen. »Lassen Sie uns draußen reden. Hier herrscht im Moment keine besonders gute Stimmung. Einige meiner Leute haben noch nie eine Brandleiche gesehen. Die älteren, erfahreneren Kollegen müssen die jungen jetzt stützen und wieder aufbauen. Über eine solche Schwelle muss man ihnen hinweghelfen, sonst fahren sie nie wieder zu einem Einsatz raus.«

Grote nickte still. Dieses Problem kannte er. Die Hitze ließ die Leichen schrumpfen und sich unnatürlich verrenken. Und dann noch der Schädel, ein Bild des Schreckens. Da waren Polizisten, Feuerwehrleute und Rettungssanitäter, die bei ihren Einsätzen solche Bilder ertragen mussten, ganz dicht beieinander. Doch darüber lange nachzudenken, brachte niemanden weiter. »Wir sind gekommen, um uns nach Liam Rösing zu erkundigen. Sitzt er oben mit am Tisch? Hat er am Einsatz teilgenommen?«

Der Einsatzleiter schaute die Polizisten verblüfft an. »Wie kommen Sie auf Liam Rösing? Er war heute nicht dabei. Das hat uns allerdings gewundert, denn normalerweise ist er einer der ersten an der Wache, wenn die Sirenen ausgelöst werden. Hat er etwas angestellt?«

Wieder entschied sich Grote, nicht über ihre Befürchtungen zu sprechen. »Reine Routine lässt uns fragen. Doch warum vermuten Sie, dass er etwas angestellt haben könnte?«

Dem Einsatzleiter war sein Unbehagen anzumerken. Er sträubte sich, über einen Kameraden schlecht zu sprechen. »Bewerten Sie meine Worte nicht über. Es ist nur so, dass Liam für einen jungen Mann von über zwanzig noch etwas unreif ist. Zu meiner Jugend nannte man solche Burschen ›Heißsporne‹. Er macht häufiger mal Blödsinn und hat eine große Klappe. Deshalb muss er von Zeit zu Zeit zurechtgestutzt werden, dann geht es wieder für eine Weile.«

»Trotz dieser Probleme haben Sie ihn in Ihrer Truppe behalten und nicht ausgeschlossen?«, wunderte sich Grote.

Wieder merkte man dem Einsatzleiter sein Widerstreben an. »Es ist hier draußen so, wie es ist. Die jungen Menschen wollen sich nicht mehr engagieren, doch der Ort braucht eine funktionierende Feuerwehr. Vor zehn Jahren hätten wir einen wie ihn nicht genommen, doch wir haben kaum noch eine Wahl.« Der Einsatzleiter schien über das, was er gesagt hatte, nicht glücklich und schaute zu Boden. Dann fügte er hinzu: »Er ist im Grunde ein armer Kerl. Mit allen hat er Ärger, und letztlich bekommt er nichts auf die Reihe. Seinen Großvater, den Professor, kenne ich seit meiner Jugend. Nur ihm zuliebe schleppe ich Liam bei uns mit durch!«

Weitere Fragen würden sie im Moment nicht voranbringen. Grote spürte, dass der Einsatzleiter für sein Gefühl schon zu viel gesagt hatte und, ohne es wohl selbst zu merken, nun fest die Lippen zusammenpresste, als ärgere er sich über seine Geschwätzigkeit.

Stine war dem Gespräch der beiden Männer gefolgt und hatte sich dabei so ihre Gedanken gemacht. Allein der Umstand, dass Liam nicht am Einsatz teilgenommen hatte, verstärkte den Verdacht, dass es sich bei dem Toten im Auto um ihn handelte. Doch ein Verdacht genügte nicht, um dem Großvater erneut gegenübertreten zu können. Es musste Sicherheit geschaffen werden, und zwar schnell. Die aber konnte nur ein DNA-Test schaffen. Schon vorhin, im Hause des Professors, hatte sie daran gedacht, aber nicht den Mut gehabt, ihn um ein Kleidungsstück oder Ähnliches für einen DNA-Abgleich zu bitten. Wie auch hätte sie das begründen sollen? Das ließ sich jetzt unverfänglich nachholen.

»Wäre es wohl möglich, einen Blick in Liams Spind zu werfen? Den wird es hier doch geben, oder?« Stine lächelte dabei so charmant, dass dem Einsatzleiter gar nichts anderes übrigblieb, als ihren Wunsch zu erfüllen. Er führte sie in einen Raum neben den Garagen und zeigte auf einen Spind. »Dort hinten in der Ecke, Liams Name steht dran. Er ist unverschlossen. Einen Schlüssel brauchen Sie nicht. Wir schließen die Spinde nicht ab, damit es im Einsatzfall keine Verzögerungen wegen vergessener Schlüssel geben kann. Es befinden sich ohnehin keine privaten Dinge im Spind, lediglich

Einsatzkleidung und Ausrüstung.« Bevor er den Raum verließ, um die Polizisten allein zu lassen, fragte er nach, ohne ernsthaft eine Antwort zu erwarten: »Ich denke, den Grund für Ihr Interesse an Liam werden Sie mir nicht verraten, oder?«

Stine schaute den Einsatzleiter verschwörerisch an und flüsterte: »Ich würde ja, aber ...«, sie zeigte auf Grote, der schon einige Schritte voraus war, »... mein Chef ist da sehr streng.«

Natürlich hatte Grote das mitbekommen, ließ sich aber nichts anmerken. Erst als sie wieder allein waren, beschwerte er sich: »Immer wenn es kritisch wird, schiebst du deinen bösen Chef vor!«

»Der kann das ab!«, antwortete Stine kess und zog die Spindtür auf. »Erstens dient es der Sache, und außerdem liegt er einige Besoldungsgruppen über mir. Das ist genug Schmerzensgeld!«

Wie vorausgesagt fanden sich keine persönlichen Gegenstände, doch ein rauchig riechendes Halstuch, an dem sich deutliche Schweißränder abzeichneten, war genau das, wonach sie suchten. »Damit sollte es dem Professor leichtfallen, den DNA-Abgleich durchzuführen.« Noch während Stine sprach, suchte sie nach der Telefonnummer des Beerdigungsunternehmens, deren Fahrzeug die Brandleiche nach Hannover bringen sollte und hatte Glück. »Die Fahrer sind noch in der Nähe. Sie kommen gleich hier vorbei und nehmen unser Halstuch mit. Dann kann Professor Hellinghaus gleich morgen mit seiner Untersuchung beginnen«, informierte sie Grote. Sie stopfte das Halstuch in eine Plastiktüte und beschriftete sie sorgfältig. Eine halbe Stunde später war das Tuch gemeinsam mit dem Zinksarg unterwegs zum LKA.

*

Stines knurrender Magen gab den Ausschlag. »Wir können jetzt sofort zurück nach Aurich fahren, dann aber besteht die Gefahr, Chef, dass ich unterwegs den Hungertod erleide und du dir eine neue Kollegin suchen musst. Entscheide selbst, ob du das wirklich willst!«

Grote wiegte den Kopf und machte sich einen Spaß daraus, als müsse er lange über eine Antwort nachdenken. »Na gut, dann lass uns in den Dorfkrug fahren! Der Wirtin sollte es gelingen, dein Leben zu retten. Zudem ist es immer ein Risiko, sich eine neue Partnerin zu suchen. Da kommt man schnell vom Regen in die Traufe!«

»Was für ein Kompliment, lieber Stefan, mich mit einem warmen, erfrischenden Sommerregen zu vergleichen!«

»Regen hat viele Gesichter, liebe Stine, auch Wolkenbrüche gehören dazu!« Grote lehnte sich zufrieden zurück. Es kam nicht oft vor, dass er das letzte Wort behielt.

Im Arler Dorfkrug hielten sich zu diesem Zeitpunkt nur zwei alte Männer auf. Sie saßen in der Ecke, waren erfreut über jede Abwechslung und beobachteten die beiden Neuankömmlinge mit Interesse. »Gesche! Kundschaft!« rief einer der beiden und lockte damit die Wirtin aus der Küche.

»Ach, Sie sind es! Ich dachte, dass die Jungs von der Feuerwehr noch zu mir rüberkommen, wie nach jedem Einsatz. Aber heute scheinen sie keine Lust zu haben! Es muss etwas Außergewöhnliches passiert sein, wenn sie auf ihr Einsatzbier verzichten.« Gesche Büddelmann wischte sich die vom Abwasch nassen Hände an der Schürze ab. »Sind Sie wieder dienstlich hier?«

»Halb und halb!«, sagte Grote. »Meine junge Kollegin hat ihr spontanes Ableben angekündigt, wenn sie nicht sofort etwas zum Kauen bekommt! Aber stellen Sie sich das nicht so einfach vor, die Dame isst nämlich kein Fleisch!«

»Oh!« Die Wirtin schaute Stine abschätzend an. »Vegetarisches Essen, hier im Dorfkrug? Seitdem ich hier hinter der Theke stehe, ist sowas noch nicht verlangt worden. Ein ordentliches Schweinekotelett hätte ich da.« Dass sie damit keinen Erfolg haben würde, verriet ein Blick in Stines entsetzte Augen. »Na gut! Bratkartoffeln mit Champignons in Butterschmalz angebraten, darüber Spiegelei? Wäre das vegetarisch genug?«

»Genau das Richtige, um mein Leben zu retten!«, seufzte Stine zufrieden, verzog aber das Gesicht, als Grote dasselbe bestellte. »Aber für mich die Bratkartoffeln bitte mit viel Speck! Das Kotelett können sie oben drauflegen!«

Nach einer Dreiviertelstunde war Stines Leben gerettet, und die beiden fanden Zeit, in Ruhe die Lage zu besprechen. Dabei mussten sie sich leise unterhalten, denn die beiden Alten waren unauffällig näher gerückt und darauf erpicht, möglichst kein Wort zu verpassen.

»Es ist wirklich seltsam, dass der Fall zwar seine Kreise zieht, aber am Ende alle Fäden immer wieder zurück nach Arle führen«, meinte Stine und holte ihr Laptop hervor. »Hinnerk Weerts, Tobias Messmer, Liam Rösing. Sie alle haben enge Beziehungen zu diesem

Ort. Was uns fehlt, ist allerdings eine Verbindung zwischen den dreien. Liam Rösing und Weerts kannten sich. Sie waren ja auch an dem Abend vor Weerts' Tod gemeinsam hier im Dorfkrug. Tobias Messmer allerdings hat damit nichts zu tun. Sein Name taucht weder auf der Mitgliederliste der Feuerwehr noch der des Schützenvereins auf. Fast sieht es so aus, als hätte er keine sozialen Kontakte in Arle.«

Gerade erschien Gesche Büddelmann, um die leeren Teller abzuräumen, da bat Grote sie, bei ihnen Platz zu nehmen. »Sagt Ihnen der Name Tobias Messmer irgendwas?«

»Selbstverständlich! Tobi ist hier im Ort aufgewachsen und zur Schule gegangen, und nun ist er Filialleiter bei der Bank. Er wohnt mit seiner Nina am Ortsausgang Richtung Menstede. Die beiden haben sich ein hübsches Häuschen gekauft. Leider musste Nina ihre Physio-Praxis wegen einer Parkinson-Erkrankung aufgeben. Ihr soll es nicht gutgehen, hört man. Ist momentan bestimmt nicht leicht für die beiden!«

Die Wirtin war, genau wie von Grote erwartet, voll im Bilde. »Wir wundern uns nur, dass er auf keiner der Vereinslisten auftaucht, die Sie uns vor einigen Tagen gegeben haben.«

»Nee, das muss er auch nicht. Tobi war lange in der Freiwilligen Feuerwehr aktiv. Als er vor einigen Jahren in Dornum die Filiale übernahm, quittierte er den aktiven Dienst aus Zeitmangel. Angehöriger der Feuerwehr ist er immer noch, allerdings nur als Fördermitglied. Deshalb steht sein Name auch nicht auf der Liste.«

Ganz spontan, aus einer Eingebung heraus, stellte Stine eine Frage, die dem Blick auf den gesamten Fall mit einem Mal eine unerwartete Richtung gab. »Tobias Messmer und Liam Rösing, kannten die beiden sich eigentlich? Zusammen bei der Feuerwehr können sie nicht gewesen sein, dafür ist der Altersunterschied zwischen den beiden zu groß.«

Gesche schüttelte den Kopf. »Und ob die beiden sich kennen! Ich habe Ihnen doch bei Ihrem letzten Besuch von der Schlägerei auf dem Feuerwehrball erzählt. Liam wollte im Suff dem Vorsitzenden des Schützenvereins an den Kragen. Tobi ist sofort dazwischengegangen und hat Liam zurückgehalten. Er war für Liam immer eine Art Respektsperson, denn als Junge war Liam bei der Jugendfeuerwehr und Messmer war sein Einweiser, bis er als Aktiver ausschied.«

Es dauerte einen Augenblick, bis Grote und Stine ihre Überraschung überwunden hatten. Der Umstand, dass die beiden Männer eine so enge Verbindung zueinander hatten, lenkte den gesamten Fall in eine neue Richtung, die durch die Antwort auf die nächste Frage noch bestärkt wurde. »Worum ging es bei dem Streit zwischen Liam und dem Vorsitzenden des Schützenvereins? Um Frauen, wie so oft?«

Gesche Büddelmann fing laut an zu lachen. »Liam und Frauen? Der hat zwar eine große Klappe, aber wenn es ernst wird mit den Mädels, zieht er den Schwanz ein!« Gesche hielt sich erschrocken die Hand vor den Mund. »Das habe ich jetzt nur als Redewendung gesagt. Ich meine damit, dass Liam ein komischer Vogel ist. Tut so, als würde er sich alles zutrauen, in Wirklichkeit steckt er voller Minderwertigkeitskomplexe und bekommt nichts richtig auf die Kette. Seine Komplexe will er wohl mit einem Schießeisen kompensieren. Deshalb haben sie sich an dem Abend auch in die Wolle gekriegt. Liam möchte unbedingt in den Schützenverein und über diesen Umweg an Waffen kommen. Dort will ihn aber niemand haben, weil er unbeherrscht und unberechenbar ist! Der Vorsitzende des Vereins hat Liam an dem Abend gesagt, dass er sich die Mitgliedschaft abschminken kann, solange er im Amt ist.«

Ein Geräusch machte die Wirtin aufmerksam, und sie wandte sich einem der beiden alten Männer zu. Er hatte sich noch weiter mit seinem Stuhl herangeschoben als sein Zechgenosse und nun so weit vorgebeugt, dass er vom Stuhl zu fallen drohte. »Opa Willi! Du hast schon Ohren so groß wie Rhabarberblätter. Vor lauter Angst, etwas zu verpassen, findest du dich gleich auf dem Fußboden wieder.«

Dem so Angesprochenen schien seine Neugierde nicht peinlich. Grinsend lehnte er sich zurück, strich seine grün-graue Rentnerweste wieder glatt und sagte süffisant: » Vertell den beden Gendarmen doch mol, wat Liam dormals op den Scheetstand daan hett. De Keerl is doch nich ganz richtig in'n Kopp!«

»Ja, ja!« Gesche Büddelmann drehte sich wieder zurück. »Liam war vor einigen Monaten beim Schützenverein zu einem Probetag eingeladen. Anfangs ging alles gut, doch dann hat er eine geladene Pistole auf einige Vereinsmitglieder gerichtet und ›Peng! Peng! Peng!‹ gerufen. Er fand das lustig, die anderen nicht. Da ist er natürlich mit Pauken und Trompeten rausgeflogen!«

»Kennt Liam sich auch mit Schrotflinten aus?«

150

»Bestimmt! Beim ›Schnupperschießen‹ wird auch mit Schrot geschossen.«

Grote fand, dass es Zeit war, ans Eingemachte zu gehen. »So, Opa Willi, jetzt rückst du mit deinem Kumpel wieder fix in die Ecke, aus der du gekommen bist! Wenn du das nicht tust, nehme ich euch beide fest und lasse euch bei Wasser und Brot einsperren, bis wir hier fertig sind. Was wir zu besprechen haben, ist nicht für eure Ohren bestimmt.«

Natürlich hatte Grote nicht ernsthaft erwartet, die Alten einschüchtern zu können. Dafür waren die beiden viel zu abgebrüht. Trotzdem erreichte er, dass sie wenigstens ein Stück weit wegrückten. Nun wandte er sich wieder der Wirtin zu. »Sie sprechen bitte mit niemandem darüber, was ich Sie jetzt frage: Halten Sie Liam Rösing für fähig, Hinnerk Weerts ermordet zu haben, um an dessen Waffen zu gelangen?«

Zuerst wollte Gesche spontan antworten, dann aber zögerte sie, um nachzudenken. Erst nach reiflicher Überlegung sagte sie, mit Rücksicht auf die beiden Geheimagenten in der Ecke der Gaststube, mit gesenkter Stimme: »Im ersten Moment hätte ich ›Nein, niemals!‹ gesagt. Liam ist ein Spinner und ein Feigling, aber kein Mörder. Wenn allerdings etwas schiefläuft, ist er impulsiv. Man weiß nie, wie er dann reagiert. Von daher würde ich nicht ausschließen, dass er Dinge tut, die er eigentlich nicht tun wollte.« Gesche vergewisserte sich, dass die beiden Alten nicht wieder herangerückt waren, und sagte dann noch eine Nuance leiser: »Es gab in seiner frühen Jugend zum Beispiel einen Vorfall, der einiges über ihn aussagt. Er soll damals Tiere auf der Weide mit einem Messer gequält haben. Die Angelegenheit ist schnell rausgekommen und vermutlich hat er sowas nie wieder gemacht, aber den Ruf, ein seltsamer Kauz zu sein, hatte er weg. Deshalb hat er bis heute auch keine Freundin gefunden.«

Die Einschätzung, auf Gesches Diskretion vertrauen zu können, ließ Stine ein Risiko eingehen und die Karten auf den Tisch legen. »Wir gehen davon aus, dass jemand Hinnerk Weerts mit einem Knüppel niedergeschlagen hat, um ihm seine Flinte abzunehmen. Das hat nicht geklappt, weil Weerts einen Revolver dabei hatte und sich wehrte. Erst daraufhin wurde er vom Räuber erschossen. Passt das zu Liam?«

151

Diesmal kam Gesches Antwort schnell und entschlossen. »Ja, das würde ich ihm zutrauen. Ein Angriff von hinten in dunkler Nacht? Das wäre genau sein Ding. Und um endlich an eine Waffe zu kommen, würde er alles tun.«

Stine hätte nun auch noch fragen können, ob sie ihm auch den Raubüberfall auf die ›Friesen-Bank‹ in Dornum zutraute, doch das schien ihr im Moment zu gewagt.

Ein Tag mit Höhen und Tiefen

An diesem Montagmorgen zog Grote trotz des herrlichen Wetters gar nicht erst in Erwägung, mit dem Fahrrad zum Dienst zu fahren oder gar zu joggen. Das ausgebrannte Auto am Dreescher Forst, die verkohlte Leiche und die Erkenntnisse, die sie aus den weiteren Gesprächen des Tages gewonnen hatten, mussten bewertet werden. Zudem standen wichtige Untersuchungsergebnisse an, die erwartet wurden. Wenn alles wie erhofft lief, konnte es ein guter Tag werden. Für seine Verhältnisse sehr früh am Morgen betrat er gut gelaunt das Dienstzimmer und musste doch feststellen, dass er das letzte Mitglied der Mini-Soko ›Eule‹ war, das eintraf. Stine hatte wie üblich die Morgenroutine erledigt und saß mit Skipper, Frauke und Sören am Tisch. »Ich habe den dreien gerade erzählt, wie wir beide den gestrigen Sonntag verbracht haben.«

»Hört sich nicht so richtig lecker an, was Stine berichtete!«, sagte Frauke in ihrer flapsigen Art. »Da bin ich froh, dass ich den ganzen Sonntag auf dem Trecker sitzen durfte, auch wenn der Gülleanhänger hintendran hing. Alles ist besser als eine verkohlte Leiche!«

Skipper nickte. »Ja, keine Frage. Stine sagte uns, dass ihr inzwischen sicher seid, wie der Fall abgelaufen ist? Demnach hat Liam Rösing Hinnerk Weerts bei dem Raub am Hochsitz im Affekt getötet, später bei seinen Schießübungen, ohne es zu wollen, das Liebespaar am Bahndamm beschossen und die Bank in Dornum überfallen.«

Grote nickte. »So in etwa. Und gestern wurde er bis zur Unkenntlichkeit verkohlt in seinem ausgebrannten Auto gefunden. Und genau da beginnen die Probleme: Was ist passiert? Gab es die ganze Zeit einen Mittäter, der im Dunkeln blieb und von dem wir keine Ahnung haben? Steckt womöglich Tobias Messmer mit in der Sache drin?« Ein Blick in die Augen seiner Kollegen verriet ihm, dass im Moment niemand diese Fragen beantworten konnte.

»Wir wissen momentan noch nicht einmal zu hundert Prozent, dass es wirklich Liam Rösing war, der in dem Auto verbrannte. Da müssen wir auf den Professor und seinen DNA-Abgleich hoffen. Wie ich ihn kenne, wird er sich noch am Vormittag melden. Danach können wir entscheiden, wie wir weiterarbeiten.« Stine sagte das voller Hoffnung auf eine schnelle Klärung, doch ihr Wunsch ging nicht in Erfüllung. Selbst zur Mittagszeit war noch kein Anruf aus

Hannover eingegangen, stattdessen erhielten sie den ersten Stimmungsdämpfer des Tages in Gestalt eines Kollegen der Kriminaltechnik. Er stand unvermittelt in der Tür und hielt eine Plastiktüte in der Hand. »Ihr habt uns die Hose des überfallenen Filialleiters aus Dornum zur Untersuchung gegeben. Wenn ich euch richtig verstanden habe, ging es um die Frage, ob sich auf der Hose Schmauchspuren befinden, die auf einen Nahschuss deuten. Da muss ich euch leider enttäuschen. Wir haben praktisch keine Pulverspuren gefunden. Der Schuss auf den Banker muss also aus einer Entfernung von mehreren Metern abgegeben worden sein.«

Mit den Worten »Den schriftlichen Bericht hast du in zwei Minuten auf deinem Computer!«, war er aus der Tür und hinterließ ratlose Gesichter. Die These, der Filialleiter habe sich den Schuss aus kurzer Distanz beibringen lassen, um sich als Mittäter aus dem Spiel zu nehmen, war nicht mehr haltbar. Stine brachte es auf den Punkt. »Dieses Ergebnis bedeutet, dass der Bankräuber geschossen haben muss. Aus mehreren Metern Entfernung kann er jedoch niemals so genau getroffen haben, dass es bei Messmer nur zu einem oberflächlichen Streifschuss kam. Ein oder zwei Zentimeter weiter in die falsche Richtung, dann wäre er schwer verletzt worden. Darauf hätte der sich bestimmt nicht eingelassen!«

»Damit ist Messmer für mich als Mittäter erst mal raus. Unser Verdacht, der Bankraub könnte komplett inszeniert sein, ist nach diesem Untersuchungsergebnis nicht mehr haltbar!«, sagte Skipper und goss sich zum Trost einen Tee ein. Unter den Ermittlern begann sich gerade Trübnis auszubreiten, da gab Stines Computer ein Signal. »Endlich, Professor Hellinghaus ist in der Leitung!« Es bedurfte nur weniger Klicks, da erschien der Professor auf dem Bildschirm und begann sofort, mit Stine seine Spielchen zu treiben. »Frau Lessing, Frau Lessing! Wie lange muss ich noch warten, bis Sie mir mal eine ganz normale Leiche schicken, an der sich auch mein Youngster versuchen kann? Eigentlich wollte ich diesen gut durchgegrillten Leichnam Lüttjens überlassen, doch dann habe ich ihn lieber selbst in meine Obhut genommen.« Der Professor hätte jetzt wie üblich einen kessen Spruch von Stine erwartet, doch die blieb diesmal still. »Was ist los bei Ihnen in Aurich?« Er spürte, dass die Stimmung am Boden lag. »Geht es nicht voran mit Ihrem Fall?« Grote beugte sich nach vorn, so dass Hellinghaus ihn sehen konnte. »Ganz ehrlich gesagt: nicht wirklich, Herr Professor. Soeben ist unsere schöne Indizienkette krachend zusammengebrochen!«

»Nun, Herr Hauptkommissar, dann werde ich versuchen, Ihre Stimmung zu heben!« Grote horchte auf. Wenn Hellinghaus ihn förmlich als ›Herr Hauptkommissar‹ ansprach, war das ein Hinweis darauf, dass er etwas zu bieten hatte.

»Fangen wir von vorne an«, begann Hellinghaus. »Der DNA-Abgleich hat bestätigt, dass es sich bei dem Toten um den Mann handelt, der zu Lebzeiten das von Ihnen beigelegte Schweißtuch trug.«

»Liam Rösing!« Stine sagte das ohne jeden Anflug von Überraschung, denn damit hatten sie fest gerechnet.

»Wenn Sie das sagen, Frau Lessing, wird es stimmen. Ein Name stand auf der Leiche jedenfalls nicht drauf.« So ganz ohne Frotzelei ging es bei ihm nicht. »Wie Sie ja selbst gesehen haben, ist dem armen Liam ein Projektil in die Schläfe gefahren. Falls Sie dachten, es sei auf der anderen Schädelseite wieder ausgetreten und irgendwo im Nirwana gelandet, so liegen Sie falsch.« Triumphierend schwenkte er einen Plastikbeutel vor dem Bildschirm. »Hier habe ich den kleinen Schlingel: Ein Geschoss des Kalibers .357 Magnum. Es hat den Kopf zwar durchschlagen, ist danach aber am Metall des Fahrzeugs, vermutlich am Mittelholm, abgeprallt und in der Hüfte des Mannes gelandet. Somit hatte ich die Möglichkeit, das Projektil an unsere BKA-Kriminaltechniker geben zu können. Die haben sich mit den Kollegen aus Ihrem Hause ausgetauscht und siehe da: Unser Freund dort hinten auf dem Seziertisch wurde mit genau dem Revolver getötet, der einmal Hinnerk Weerts, dem Jagdfreund unserer verehrten Frau Staatsanwältin gehörte. Falls Sie das aber noch nicht in Hochstimmung versetzen sollte: Dieses Projektil stammt somit auch aus derselben Waffe, mit der auf den Filialleiter in Dornum geschossen wurde. Der Befund liegt seit heute Morgen vor. Und auch in den Wiesen zwischen Arle und Nesse wurde mit einer solchen Waffe herumgeballert.« Der Professor machte eine Kunstpause, um seinen Worten Wirkung zu verschaffen. Dann hatte er weitere Neuigkeiten.

»Ich kann übrigens einen Selbstmord bei Liam Rösing definitiv ausschließen. Der Schusskanal gibt das nicht her. Wer sich aus diesem Winkel selbst in den Kopf schießen will, renkt sich dabei fast die Schulter aus. Dem jungen Mann wurde mit Sicherheit von einem neben dem Auto stehenden Täter von schräg oben in die Schläfe geschossen. Das Opfer selbst saß in diesem Moment dort, wo es später verbrannt ist. Da ich in den Knochen keine Glaspartikel entdecken konnte, dürfte der Schuss durch die herabgelassene Seitenscheibe oder die geöffnete Tür abgegeben worden sein. Nach dem Schuss hat der Täter die Waffe vermutlich neben dem Toten auf den Wagenboden gelegt, um uns irrezuführen. Eine ganz billige Finte!«, sagte er und schnaufte verächtlich.

Die Freude, die Hellinghaus auszulösen gehofft hatte, fiel nur verhalten aus. »Das sind gute Ergebnisse, Herr Professor! Sie bestätigen zwar unsere Annahmen, doch vieles bleibt im Dunkeln. Und, ganz ehrlich, einiges verwirrt uns sogar. Alles wäre einfacher, wenn wir heute Morgen ein anderes Ergebnis bezüglich der Schmauchspuren an der Hose des Filialleiters erhalten hätten!«

Hellinghaus verstand nicht, wovon Stine sprach, und ließ es sich erklären. »Jetzt verstehe ich Ihre Enttäuschung. Sie sollten aber, um beim Fall zu bleiben, die Flinte nicht gleich ins Korn werfen!« Er lachte polternd. »Nur weil an der Hose des Filialleiters keine Schmauchspuren gefunden wurden, gehen Ihre Techniker davon aus, der Schuss sei aus größerer Entfernung abgegeben worden? Ich bitte Sie!« Das Genie des Professors ließ in seinen Worten eine Spur von Überheblichkeit aufkommen. »Was ist denn, wenn der Herr Filialleiter ein gewieftes Kerlchen ist, der sich ein Tuch oder irgendetwas anderes auf den Oberschenkel gelegt hat, und erst dann seinen Kumpan den entlastenden Schuss ausführen ließ? Sie würden bei dieser Vorgehensweise keine Schmauchspuren finden. So einen Fall hatte ich vor einigen Jahren. Da hat sich jemand selbst angeschossen, und zuvor ein Handtuch über das Bein gelegt. Damals waren auch keine Schmauchspuren zu finden.« Er beugte sich gespannt nach vorn. »Lesen Sie doch mal vor, was Ihre Techniker geschrieben haben!«

Stine las aus dem Gutachten vor, doch der Professor unterbrach sie immer wieder: »Überspringen, uninteressant!« Erst bei einer bestimmten Passage wurde er hellhörig. »Jetzt wird es spannend! So etwas Ähnliches habe ich erwartet, Frau Lessing, da müssen Sie nachhaken. Die Hose besteht aus Mischgewebe, Baumwolle und Kunststoff. Die Techniker haben verschmolzene Kunststoffpartikel gefunden. Das ist normal. Beim Eintritt des Geschosses in das Textilgewebe wird dieses verbrannt, und die Kunststofffasern verschmelzen. Die Frage ist aber, um was für Kunststoffe handelt es sich? Das ist nicht weiter untersucht worden, wenn ich es richtig verstehe. Also: Nichts wie los, und das klären lassen! Sie sind jung und fit, da sind Sie in einer Minute im Keller, wo Ihre Techniker ihr Dasein fristen.«

Mit den Worten: »Mach ich! Danke für den Tipp!«, schnappte Stine sich die Tüte mit der Hose und war auch schon unterwegs.

Bis zu ihrer Rückkehr dauerte es eine geschlagene Stunde. Als die Tür aufgerissen wurde, erschien eine Stine Lessing, deren Kopf fast dieselbe rote Farbe hatte wie ihre Haare. »Ich wollte nicht auf den Fahrstuhl warten, das dauerte mir zu lange. Da bin ich die Treppen im Laufschritt raufgesaust!«

»Mit diesen Schuhen?« Grote und Skipper sagten es gleichzeitig, während Frauke und Sören respektvoll nickten: »Das muss dir erstmal einer nachmachen!«

Stine ließ sich dadurch nicht beirren. »Ich wollte euch so schnell wie möglich berichten, was bei meinem Besuch im Keller herausgekommen ist. Nur so viel: Unser Professor ist ein Genie!« Sie tippte auf das Einschussloch in Messmers Hose. »Die Analyse hat ergeben, dass es sich bei den verschmolzenen Kunststoffpartikeln überwiegend um Elastan handelt. Das wird häufig in Textilien verwendet, zum Beispiel um Hosen elastisch und komfortabler machen. Aber bei einer Feinanalyse stellte sich heraus, dass einige dieser Partikel aus Polyäthylen bestehen. Dieser Kunststoff hat in Textilien jedoch nichts zu suchen, wird aber zur Herstellung von Einkaufstüten oder Verpackungsfolien benutzt.«

»Also doch!« Grote ballte die Faust. »Tobias Messmer hat tatsächlich eine Tüte oder Folie über das Hosenbein gelegt und sich dann anschießen lassen. Der Raub ist *doch* inszeniert!«

»Das sieht so aus!«, nickte Stine. »Aber ist Messmer auch der Mörder von Hinnerk Weerts? Schließlich ist seine Frau schwer krank, sagte die Wirtin des Dorfkrugs. Da kann ich mir kaum vorstellen, dass er die Zeit findet, nächtens im Wald auf Jäger zu lauern und danach mit den erbeuteten Waffen wild in den Wiesen herumzuballern. Ich denke, das passt eher zu Liam Rösing. Da liegt die Wirtin sicher richtig.«

»So! Jetzt machen wir Nägel mit Köpfen!« Grote sprang auf und gab Stine ein Zeichen. »Wir gehen sofort rüber zur Siefken und besorgen uns einen Durchsuchungsbeschluss für Liam Rösings

Wohnung und das Haus des Professors. Ihr haltet euch bereit! Sobald wir grünes Licht haben, verlegen wir nach Arle.«

Voller Zuversicht machten die beiden sich auf den Weg, doch ganz so einfach, wie Grote sich das vorstellte, verlief das Gespräch mit der Staatsanwältin dann doch nicht. Zwar war sie ob der Ermittlungserfolge milde gestimmt, doch einen Wunsch konnte sie der ›Soko Eule‹ nicht erfüllen:»Die Durchsuchung bei Liam Rösing geht klar. Den Beschluss bekommen Sie in einer halben Stunde auf den Laptop von Frau Lessing. Von mir aus können Sie schon losfahren. Aber mit der Durchsuchung beim Großvater wird es nichts. Er wohnt nicht mit seinem Enkel in Hausgemeinschaft und steht nicht im Verdacht der Mittäterschaft. Da kann ich nichts machen.«

Mit dieser Auskunft musste Grote sich zufriedengeben, deshalb versuchte Stine, wenigstens bei Tobias Messmer weiterzukommen. »Wie schaut es denn mit Messmer aus? Bei dem würden wir auch gerne durchsuchen.«

Die Siefken schob nachdenklich diverse Packungen mit Munition auf dem Tisch hin und her, die sie am Morgen gekauft hatte, um den Waffenschrank nach einem ausgiebigen Jagdwochenende wieder aufzufüllen. »Ich bin wie Sie fest davon überzeugt, dass der Filialleiter den Überfall mit Liam Rösings Hilfe inszeniert hat. Aber seine Täterschaft allein auf die Plastikpartikel am Einschussloch seiner Hose zu stützen, ist mir zu dünn. Das haut mir ein Rechtsanwalt vor Gericht um die Ohren. Und eine aktuelle Verbindung zwischen Messmer und Liam Rösing ist auch noch nicht gerichtsfest bewiesen.« Sie begann, mit den Schachteln Türmchen zu bauen. »Die Reifenspuren, die Sie in der Nähe der Bank gefunden haben, werden sicherlich von Liam Rösings Auto stammen. Aber der hundertprozentige Beweis, der Abgleich mit seinem Auto, ist nicht möglich. Reifen und Auto sind ja verbrannt.« Der Turm wuchs und wuchs. »Was sagt denn die Funkzellenauswertung? Besitzt Liam Rösing ein Handy? War es zur Zeit des Überfalls in Dornum eingeloggt? Gab es andere Handyortungen, die uns weiterbringen? Oder gibt es Zeugen, die Rösing in der Nähe der Bank gesehen haben?«

Kleinlaut musste Stine zugeben: »Nein, alles negativ. Es gab weder von Rösing noch von Messmer Handyortungen, die für uns interessant sind. Wäre ja auch ein Wunder! Welcher Verbrecher ist heute noch so dumm und nimmt sein Handy mit zum Tatort?«

»Na dann …!« Die Siefken brachte den Turm, der inzwischen eine ansehnliche Höhe erreicht hatte und etwas über ihren Munitionsverbrauch aussagte, polternd zum Einsturz. »Dann fangen Sie erst einmal mit Rösings Wohnung an! Danach sehen wir weiter.«

Ballerspiele

Professor Thran saß, wie so oft, an seinem Schreibtisch, als sich zwei Autos seinem Haus näherten. Eines davon gehörte den beiden Polizisten aus Aurich, die ihn gestern besucht hatten. Das andere kannte er ebenso wenig wie die drei Insassen, die vorerst im Auto sitzen blieben. Die Auricher jedoch stiegen aus.

Mit den Worten: »Sie haben offensichtlich Verstärkung mitgebracht«, stand der Professor auf, ging zur Haustür und wartete, bis die beiden vor ihm standen. Grote hatte vor der Abfahrt festgelegt, dass die geplante Durchsuchung erst einmal in den Hintergrund treten sollte, denn ihnen fiel die schwere Aufgabe zu, Hanke Thran zuvor den Tod seines Enkels zu eröffnen. Diese Aufgabe übernahm selbstverständlich Stine.

Der Professor winkte die beiden wortlos herein, setzte sich diesmal aber nicht hinter seinen Schreibtisch, sondern nahm gemeinsam mit ihnen im Wohnzimmer Platz.

»Herr Professor!« Zwar hatte Thran darauf hingewiesen, dass er auf diese Anrede keinen Wert legte, doch Stine fühlte sich wohler dabei, sie zu benutzen. »Ich muss zugeben, dass wir gestern nicht ganz ehrlich zu Ihnen waren. Wir wollten Liam nicht nur wegen seines Autos sprechen. Wir hatten einen schrecklichen Verdacht, der sich aber erst heute Mittag bestätigt hat!«

Der Professor schaute die beiden Polizisten ernst an. »Liam ist tot, richtig?« Er wartete gar nicht erst auf eine Antwort. »Ich lebe hier draußen zwar gewissermaßen am Rande der Welt, aber einige Kontakte ins Dorf habe ich schon. Kurz nachdem Sie gestern fort waren, hat mir ein Freund von dem Feuerwehreinsatz am Morgen erzählt. Als ich hörte, ein Kleinwagen sei in Flammen aufgegangen und ein Toter gefunden worden, habe ich eins und eins zusammengezählt. Spätestens heute Morgen, als Liams Auto wieder nicht im Carport stand, wurde meine Vermutung zur Gewissheit.«

Hanke Thran stand auf, ging zu einer Vitrine und holte eine Flasche samt Glas heraus. »Canadian Whisky! Eine alte Gewohnheit aus Vancouver. Ich denke, Sie dürfen mir dabei keine Gesellschaft leisten«, sagte er und schenkte sich ein.

»Leider haben sich Ihre Befürchtungen bestätigt, Herr Professor. Es gibt keinen Zweifel. Liam ist in seinem Auto verbrannt.« Stine fiel es schwer, nun weiterzusprechen, und der Professor sah ihr das an.

»Nun drucksen Sie nicht herum, junge Frau!« Er nahm einen großen Schluck. »Sie sehen mich gefasst. Liam und ich, das war kein klassisches Enkel-Opa-Verhältnis, wie ich Ihnen gestern schon sagte. Also heraus mit der ganzen Wahrheit!«

»Als das Auto in Flammen aufging, war Liam bereits tot. Jemand hatte ihm in den Kopf geschossen.«

Zum ersten Mal zeigte der Professor eine Regung: »Erschossen? Wer sollte denn so etwas tun? Liam war bestimmt nicht einfach, aber ein Grund ihn zu erschießen??« Er nahm sein Glas und starrte nach draußen und ahnte nicht, dass es für ihn noch schlimmer kommen würde.

»Da ist noch etwas, was wir Ihnen sagen müssen: Wir ...« Stine wand sich, und Grote bemerkte, dass es ihr schwerfiel weiterzusprechen. Deshalb griff er ihren Satz auf: »Wir vermuten, dass Liam den alten Hinnerk Weerts an seinem Hochsitz erschossen hat.«

Der Professor zuckte zusammen, und sein Kopf flog herum. »Den alten Schulmeister? Niemals! Ich halte nicht viel von Liam, aber ein eiskalter Mörder ist er gewiss nicht!«

»Genau um das abzuklären, müssen wir Liams Wohnung durchsuchen. Meine Kollegin kann Ihnen den Durchsuchungsbeschluss zeigen.«

Thran schüttelte unwillig den Kopf. »Ich glaube Ihnen auch so, dass Sie ihre Arbeit korrekt ausüben. Kommen Sie mit über den Hof. Ich öffne Ihnen Liams Wohnung. Auch mein Haus steht Ihnen selbstverständlich offen. Sie können sich nach Belieben bei mir umschauen. Finden aber werden Sie nichts. Liam war schon seit einem Jahr nicht mehr bei mir zu Hause. Ich allerdings in seiner Wohnung auch nicht.«

Liam Rösings Wohnung machte auf den ersten Blick einen guten Eindruck, wenn man aber genauer hinsah, bemerkte man, dass sie heruntergekommen war. Der Boden war seit langem nicht mehr gereinigt worden, und auf den Tischen stand benutztes Geschirr herum. Überhaupt schien sich das Leben des jungen Mannes überwiegend im Schlafzimmer abgespielt zu haben. Auf einem Tisch mit einer Play-Station befand sich ein überdimensionaler Bildschirm, rundherum standen und lagen leere Dosen mit Energie-Drinks und zerknüllte Chips-Packungen. An der Wand hingen Kinoplakate zweitklassiger Action-Filme. Sie waren ein klares Indiz dafür, wo Liams Interessen lagen. Auf grellen Bildern war viel Blut zu sehen, und schwerbewaffnete, muskelbepackte Einzelkämpfer in Tarnanzügen waren damit beschäftigt, die Welt zu retten.

»Ich wette, dass in diesem Zimmer nur Ballerspiele gespielt wurden!«, sagte Grote kopfschüttelnd. »Hoffentlich kommen meine Jungs später nicht auch auf diese Idee!« Grote merkte gar nicht, dass er inzwischen allein in dem Zimmer stand, denn alle anderen waren ausgeschwärmt und begannen, Zimmer für Zimmer, Schrank für Schrank und Schublade für Schublade zu durchsuchen. Die Hausdurchsuchung zog sich zwei Stunden hin und brachte, abgesehen von tiefen Einblicken in das Seelenleben seines Bewohners, keine besonderen Erkenntnisse. Die Hoffnung, wenigstens einen Teil der Beute des Dornumer Bankraubs zu finden, erfüllte sich nicht.

Fischblut

Sören Gueres wusste inzwischen nicht mehr, wo er noch suchen sollte. Als er vor das Haus trat, fiel ihm ein Holzschuppen ins Auge, der sich zwischen dem Haus des Professors und der Wohnung seines Enkels befand. »Wird der Schuppen von Ihnen genutzt?« Seine Frage richtete sich an den Professor, der vor seiner Haustür stand und das Treiben der Polizisten aus der Distanz beobachtete. »Nein, Liam lagert dort sein Angelzubehör. Der Schlüssel muss sich irgendwo bei ihm im Haus befinden. Ich selbst habe mit der Angelei nichts am Hut.«

Das verrostete Vorhängeschloss, das den Zugang zum Schuppen verwehrte, schien ebenso alt wie der Schuppen selbst zu sein, und der dazugehörige Schlüssel war schnell gefunden. Wenig später betrat Sören den Raum und rümpfte die Nase. Es roch modrig, leicht schimmelig und penetrant nach Fisch. Einen Lichtschalter suchte er vergeblich, und erst als Skipper mit einer Taschenlampe erschien, erklärte sich der unangenehme Geruch. Im Lichtkegel tauchten Gummistiefel auf, die mit schwarzem Schlamm überzogen waren. Angeln verschiedener Art standen in der Ecke, und eine Tasche mit Ködern, Schnüren und Angelhaken stand auf dem Tisch. Als Sören den Deckel einer blauen Tonne öffnete, trat er angewidert einen Schritt zurück. Ekelerregender Fischgestank sprang ihn an und zwang ihn, sich die Nase zuzuhalten. Skipper war diesbezüglich weniger zimperlich. »Das sind Fischreste, Innereien und Schuppen!«, sagte er ungerührt nach einem Blick in die Tonne. »Liam hat dort drüben auf dem Tisch seine Fische verarbeitet. Es wäre vielleicht besser gewesen, die Abfälle zu entsorgen!« Er legte den Deckel gerade wieder auf die Tonne, als Sören auf ihn zukam und fragte: »Und was ist das?«

In seinen Händen hielt er einen Knüppel aus Hartholz. Er mochte eine Länge von 40 Zentimetern haben, und Sören schätzte seinen Durchmesser auf vier Zentimeter. Dabei war es nicht der Stock an sich, der sein Interesse geweckt hatte, sondern die Blutanhaftungen darauf, die nur oberflächlich mit einem Tuch abgewischt worden waren.

»Das ist ein Fischtöter, du Landratte! Sowas benutzt man, um gefangene Fische mit einem Schlag zu betäuben, bevor man sie tötet. So ein ähnliches Teil befindet sich auch an Bord meiner ›Antje D.‹. Damit habe ich so manche Makrele gemeuchelt, wenn ich mir draußen auf See mein Abendbrot aus dem Meer holte!«

»Wen hast du gemeuchelt, Skipper?« Stine war eingetreten, ging aber wegen des Geruchs sofort wieder einige Schritte in Richtung Tür. »Unser Freund Skipper hat gerade ein Mordgeständnis abgelegt. Er killt mit so einem Werkzeug die armen Fische und trägt zur Verödung der Weltmeere bei.« Dabei schwang Sören den Fischtöter wie einen Schlagstock und erweckte damit Stines Interesse. »Moment mal, Sören!«, sagte Stine und zog sich ihre Gummihandschuhe wieder über, die sie bereits abgelegt hatte. Mit den Fingerspitzen griff sie sich den Stock, ging mit ihm ans Tageslicht und beäugte ihn gründlich. Grote und Frauke, inzwischen auch aufmerksam geworden, kamen heran und wunderten sich über Stines Interesse an Angelzubehör.

»Könnte es sich hier um Buchenholz handeln? Splitter davon wurden doch in Hinnerk Weerts' Kopfwunde gefunden.« Stine schaute sich fragend um und erhielt die Antwort, was niemanden verwunderte, von Frauke. »Das würde ich dringend vermuten. Die Stiele der Gartengeräte auf unserem Bauernhof sehen genauso aus.«

»Ich brauche sofort meine Ostfriesland-Tasche! Sie liegt drüben auf dem Tisch«, sagte Stine und ging mit schnellen Schritten zurück in Liam Rösings Wohnung. Ihre drei Kollegen folgten im Gänsemarsch, und als die kleine Prozession die Küche erreicht hatte, legte Stine den Fischtöter auf den Tisch. »Wie hatte Lüttjens, der Assistent von Professor Hellinghaus noch den Knüppel beschrieben, mit dem Hinnerk Weerts niedergeschlagen wurde?« Sie murmelte leise vor sich hin, während sie ihren Laptop hochfuhr und gespannt in den gespeicherten Dateien suchte. »Da steht es! Er hat in Weerts' Kopfwunde einen winzigen Holzsplitter gefunden. Der stammt von glattem Buchenholz, das mit einer dunklen Lackschicht überzogen wurde!« Sie suchte eine andere Stelle in dem Gutachten des LKA. »Und hier heißt es: Die Wunde weist auf ein Schlagwerkzeug hin, welches etwas dicker ist als ein üblicher Besenstiel, eher so dick wie ein Stück vom Stiel eines Spatens oder einer Schneeschaufel!« Stine schob den Laptop zur Seite. »Seht ihr? Passt! Das eine Ende des Knüppels ist oben abgerundet, das andere wurde abgesägt.«

164

Nun kam wieder die Polizistin mit landwirtschaftlichem Hintergrund zu Wort: »Stine hat recht, das ist der obere Teil des Stiels eines Schneeschiebers. Vermutlich war der Stiel zerbrochen, und Liam Rösing hat daraus ein brauchbares Werkzeug für seine Angelei hergestellt.«

Stine war zufrieden, aber noch nicht am Ende ihrer Untersuchungen. »Jetzt wird es richtig spannend!«, sagte sie und holte eine Schachtel heraus. »Im Gegensatz zu meinem gelegentlich etwas eigenbrötlerischen Chef bin ich nämlich kontaktfreudig und gehe ab und zu bei den Kollegen der Tatortgruppe einen Kaffee trinken. Dabei ist mir dieses hier untergekommen, und es ist mir gelungen, den Jungs ein Exemplar aus dem Kreuz zu leiern. Seit Monaten trage ich es mit mir herum, jetzt endlich kann ich es ausprobieren!«

Sie öffnete die Schachtel und entnahm ein kleines Fläschchen sowie eine Testkassette. »Willst du jetzt einen Corona-Test veranstalten?« Skipper schaute skeptisch drein. Das Equipment, das vor ihm auf dem Tisch lag, sah exakt danach aus, doch Stine schüttelte den Kopf. »Das ist ein Hämoglobin-Schnelltest. In wenigen Minuten wissen wir, ob das Blut auf diesem Holz von einem Fisch oder von einem Menschen stammt.« Sie kratzte mit einem Messer einen Teil der Blutreste vom Holz ab und löste sie in der Flüssigkeit des Fläschchens auf. Dann träufelte sie die Lösung auf die Testkassette und beugte sich nach vorne. »Die Spannung steigt!«, sagte sie mit weihevoller Stimme und blies sich die Haare aus dem Gesicht. Drei Minuten warteten sie schweigend, dann lag das Testergebnis vor. »Es handelt sich tatsächlich um menschliches Blut!«, sagte Stine und war stolz, dass sie mit diesem Test so schnell für Klarheit sorgen konnte. »Auch ohne Blutgruppenbestimmung ist für mich klar: Mit diesem Holz hat Liam Rösing Hinnerk Weerts niedergeschlagen!«

Grote starrte fasziniert auf die Testkassette. »Ich bin beeindruckt, Stine! Da verzeihe ich dir sogar den Eigenbrötler.«

»Danke, Chef! Es ist nicht so, dass ich mich gut finde, aber es könnte schlimmer sein!« Als sie Grotes zusammengekniffene Augen sah, hob sie lachend die Hand. »Das habe nicht ich gesagt, sondern Karl Lagerfeld! Ich habe ihn lediglich zitiert.«

Das Auffinden der Tatwaffe führte dazu, dass Grote noch an diesem Nachmittag die Spurensicherung alarmierte. Eine Stunde später trafen sechs Kollegen ein. Wie sie selbst zu sagen pflegten, zogen sie Liam Rösings Haus ›auf links‹ und wurden dabei fündig. Hinter einem Schrank im Schuppen stießen sie auf ein Versteck, in dem sich Schachteln mit Munition fanden.

»4 mm Schrot und Patronen vom Kaliber .357 Magnum. Genau das, was ihr sucht!«, sagte der Kollege im weißen Overall. »Außerdem haben wir noch eine Angeltasche gefunden!« Sie entsprach in Farbe und Größe der, die der Gärtner im Schlosspark Dornum bei dem verdächtigen Mann gesehen hatte. Obwohl in dieser Tasche sicher einmal Angelruten transportiert worden waren, konnte man in der frischen Luft, außerhalb des Schuppens, deutlich Pulvergeruch darin wahrnehmen. Das ließ darauf schließen, dass vor kurzer Zeit frisch abgefeuerte Waffen darin transportiert wurden.

»Ziemlich clever!«, stellte Skipper fest. »Wenn er in den Wiesen unterwegs war, um herumzuballern, musste er stets befürchten, zufällig in eine Polizeikontrolle zu geraten. Jeder hätte ihm dann abgenommen, dass er gerade vom Angeln in einem der Kanäle kommt.«

In kurzer Zeit reihte sich so ein Erfolg an den anderen, denn im Carport fand man Reifenabdrücke von Liams Auto, die exakt die charakteristischen Merkmale aufwiesen, die man an allen bisher gesicherten Reifenspuren entdeckt hatte. So vieles fügte sich an diesem Nachmittag zusammen, doch Grote war noch nicht zufrieden. Wenn er schon mal das volle Programm abrief, dann umfasste das in diesem Falle sogar die Anforderung eines speziell ausgebildeten Bargeld-Spürhundes. »Als Tüpfelchen auf dem i fehlt uns nur noch die Beute!«, sagte Grote und beschloss, auf das Eintreffen des Hundes zu warten. Es würde dauern, denn ein eigens alarmierter Hundeführer musste erst über die Polizeidirektion Oldenburg angefordert werden. Mit seiner Ankunft war erst am Abend zu rechnen.

Da es im Moment nichts Weiteres zu tun gab, entließ Grote Skipper, Frauke und Sören aus dem Einsatz. Gleichzeitig verkündete er das Ende der ›Soko Eule‹. »Dieser Fall ist rund, der Rest Routine. Das schaffen Stine und ich allein.« Er schüttelte jedem der drei die Hand und erklärte: »Ich habe euch zu danken! Es ist gut zu wissen, dass wir auf euch bauen können, wenn wir Hilfe brauchen.«

Skipper nahm das Lob dankbar an, war aber noch nicht ganz zufrieden. Auffordernd blickte er Grote an und sagte: »Deine Rede ist noch nicht zu Ende, Stefan. Da fehlt noch etwas!« Grote war irritiert, deshalb half Skipper ihm auf die Sprünge und führte Grotes Satz weiter: »... deshalb werde ich bei unserem nächsten Darts-Treff ...« Er schaute Grote fest in die Augen, trotzdem dauerte es einen Moment, bis der endlich verstand. »Genau, das habe ich natürlich vergessen zu sagen: Bei unserem nächsten Darts-Treff gebe ich die erste Runde aus!«

»Siehste, so wird ein Schuh draus!«, sagte Skipper zufrieden und tippte sich zum Abschied mit dem Zeigefinger an die nicht vorhandene Mütze, drückte Stine und verschwand mit Frauke und Sören in der Dämmerung.

Eine halbe Stunde später waren auch die Kollegen der Spurensicherung abgerückt. Es wurde ruhig auf dem Anwesen des Professors, und aus der Dämmerung wurde Dunkelheit. Grote und Stine saßen in ihrem Auto und warteten, als der Professor irgendwann vor das Haus trat. »Kommen Sie rüber, Sie müssen nicht draußen warten.« Hanke Thran erwies sich als fürsorglich. »Sie werden Hunger haben, doch das Kochen zählt nicht zu meinen Kernkompetenzen, und auf Besuch war ich nicht eingestellt. Zumindest kann ich Ihnen einen Kaffee und Toast mit Butter anbieten. Besser als nichts!« Er deckte den Küchentisch und forderte die beiden Polizisten auf, sich zu bedienen.» Mir selbst ist der Appetit vergangen!«, sagte er und beließ es bei Kaffee.

Das Angebot des Professors, auch sein Haus zu durchsuchen, zog Grote nach der erfolgreichen Durchsuchung nicht mehr ernsthaft in Erwägung. Hanke Thran war ein ehrenwerter Mann und schien noch gar nicht realisiert zu haben, was die Funde im Haus seines Enkels bedeuteten. Stine fühlte sich in dieser Situation nicht wohl und bedauerte, nicht doch im Auto geblieben zu sein. Trotz ihres Hungers griff sie kaum zu, sondern hörte dabei zu, wie Grote dem Professor erklärte, was nun beweiskräftig war. Der lauschte mit versteinerter Miene und zeigte, dass die Worte des Polizisten ihn tiefer trafen, als er sich selbst zugeben wollte.

»Mein Enkelsohn ein Mörder, Waffenfetischist und Bankräuber. Das ist ziemlich viel für einen einzigen Tag!« Er ging zum Schrank, um sich einen Whiskey zu holen, doch auch darauf war ihm der Appetit vergangen, also kehrte er um und setzte sich wieder an den Tisch. »Wie gut, dass meine Frau all das nicht mehr erleben muss. Ich weiß gar nicht, wie ich das Liams Eltern erklären soll. Auch wenn sie miteinander gebrochen haben, er ist nun mal ihr Sohn!« Der Professor schüttelte traurig den Kopf. »Doch wer hat Liam getötet?«, fragte er plötzlich. »Diese Frage werden sie mir stellen.«

Grote hatte vorhin im Auto genügend Zeit gehabt, um sich mit genau dieser Frage zu beschäftigen, und war mit Stine einer Meinung. »Ihr Enkel hat den Bankraub nicht allein begangen, es gab einen Mittäter. Wir vermuten, dass dieser Mittäter Ihren Enkel beseitigt hat, warum auch immer. Vielleicht zweifelte er an Liams Verschwiegenheit, oder es gab einen Streit um die Beute. Das wissen wir im Moment noch nicht. Das Geld aus dem Bankraub, oder wenigstens einen Teil davon, haben wir bisher nicht gefunden. Deshalb warten wir auf den Geldspürhund.«

Es ging schon auf 22 Uhr, als endlich der Hundeführer eintraf. »War in der Dunkelheit gar nicht so einfach, euch zu finden!«, meinte er zur Begrüßung und ließ seinen Belgischen Schäferhund aus dem Transportkäfig im Heck seines Kombis. »Das Haus dort drüben?« Der Hundeführer war bereits im Bilde. »Ja, Haus, Carport und Angelschuppen! Und wenn dein Hund es schafft, auch noch die Umgebung des Hauses«, sagte Stine.

Im Stillen hatte Grote es schon geahnt: Dieser Tag, der mit einer enttäuschenden Nachricht begonnen hatte und dann so positiv verlaufen war, konnte nicht glückhaft zu Ende gehen. Der Hundeführer überreichte ihm nach getaner Arbeit nur einige Geldscheine, die sein Hund in der Küche hinter der Abdeckung der Mikrowelle erschnüffelt hatte. »Insgesamt 195 Euro«, sagte er und überreichte Grote einen Plastikbeutel mit den Scheinen. »Wer sein Geld so gut versteckt, hat etwas zu verbergen!«

Stine stand daneben. Auch ihr war die Enttäuschung anzumerken. »Das bringt uns nicht weiter. Wir werden nicht feststellen können, ob dieses Geld aus dem Bankraub stammt, denn die Scheine waren nicht registriert. Und wenn ich mir das Geld und die Stückelung der zerknitterten Scheine ansehe, tippe ich eher auf Drogengeschäfte.«

Der Hundeführer nickte. »Da könntest du richtig liegen. Das wäre typisch. War es das, oder soll ich mit dem Hund auch noch durch das andere Gebäude gehen?« Er zeigte auf das Haus des Professors. Im warmen Lichtschein der Küche war Hanke Thran zu erkennen, der zusammengesunken auf einem der Stühle hockte und auf die Wand starrte. Bevor Grote antworten konnte, tat Stine das. »Nein, das ist nicht erforderlich«, sagte sie mit leiser Stimme, als befürchtete sie, der Professor könnte sie hören.

Mangel an Beweisen

Nach den Tagen der Enge empfand Stine es an diesem Morgen als wohltuend, endlich einmal allein im Büro zu sein. Sie waren erst um Mitternacht wieder an der Dienststelle angekommen, und Grote hatte ihr angeboten, in Ruhe auszuschlafen und etwas später zum Dienst zu kommen, doch in der Nacht war sie nicht in den Schlaf gekommen. Das Schicksal des jungen Liam Rösing begann, sie zu beschäftigen. Seine Kindheit, sein Leben, alles war gewiss nicht so verlaufen, wie er es sich einmal gewünscht hatte, und es gab auch keinen Zweifel daran, dass er selbst daran nicht unschuldig war. Gewiss, Liam war der Mörder von Hinnerk Weerts, das war schlimm genug. Andererseits bewies der Fund des selbstgebauten Fischtöters, dass er nicht von vornherein vorgehabt hatte, Hinnerk Weerts zu töten. Die Sache war Liam aus dem Ruder gelaufen. Die Schüsse auf das Liebespaar am Bahndamm konnte man ihm vorwerfen, weil er fahrlässig in der Dunkelheit herumgeschossen hatte, aber auch in diesem Fall ließ sich Absicht nicht unterstellen. Und dann dieser Bankraub.

»Die Idee ist gewiss nicht auf deinem Mist gewachsen, Liam, das passt nicht zu dir!«, sagte Stine zu sich selbst, während sie auf dem Computer das Ergebnis der Spurensuche in seinem Haus überflog. »Die Blutgruppe auf dem Holzknüppel ist mit der von Weerts identisch. DNA ist in Arbeit!«, stand darunter, war aber nur noch eine Formsache. Es gab an dem Verhalten von Liam Rösing nichts schönzureden, aber die Art seines Todes machte sie wütend. »Kopfschuss und dann verbrannt, das ist eine andere Hausnummer!«, murmelte sie vor sich hin.

»Seit wann hältst du Selbstgespräche?« Grote stand plötzlich in der Tür und überraschte Stine mit seinem unerwartet frühen Auftauchen. »Moin, Chef! Ich bin einfach nur unzufrieden, weil wir den letzten Schritt noch nicht machen konnten. Die Frage, warum Liam so eiskalt getötet wurde, quält mich! Irgendwie fühle ich mich verpflichtet, dem Professor so schnell wie möglich eine Antwort darauf geben zu können.«

»Genau das hat auch mir keine Ruhe gelassen«, nickte Grote. Wir müssen unbedingt an Tobias Messmer ran. Er ist der Einzige, bei dem ich ein Motiv für diese Tat sehe.« Er griff sich das Telefon, um einen Termin mit Theda Siefken abzusprechen, erfuhr aber, dass diese bereits auf dem Weg zu ihnen sei. »Schnall dich an, Stine, die Frau Staatsanwältin ist im Anmarsch!«

Eine Viertelstunde später flog die Tür mit einem solchen Knall auf, dass sich die Frage stellte, ob sie nur mit Wucht aufgerissen oder aber eingetreten worden war. Die Siefken schleuderte ihren grünen Filzhut, wie einst James Bond seinen ›Trilby‹, an den Garderobenhaken und ließ sich grußlos auf einem Stuhl nieder. Den Lodenmantel behielt sie an. »Ich bin auf dem Durchmarsch. Der Oberstaatsanwalt nervt und hat mich zum Rapport gebeten. Was also soll ich ihm berichten? Ich hoffe, Sie haben sich gestern nicht erfolglos in Arle herumgetrieben!«

Dank Stines perfekter Aktenführung war sie in der Lage, die Staatsanwältin aus dem Stand heraus ins Bild zu setzen, und schloss mit den Worten: »Mein Chef und ich wollen jetzt an Tobias Messmer ran. Ihn festnehmen, dann weichkochen!«

Die Siefken nickte, und Grote erwartete, dass sie grünes Licht geben würde, doch dann stand sie auf und begann, nachdenklich im Zimmer auf und ab zu gehen. »Ich verstehe, dass Sie jetzt mit voller Kraft auf ihn losdampfen wollen, doch ich muss Sie bremsen!«

Grote starrte die Siefken entgeistert an. »Wie bitte? Messmer hängt voll in der Sache drin. Wir haben starke Indizien für seine Beteiligung an dem Raub, und nur er hat ein Motiv, Liam Rösing zu töten!«

Es wäre zu erwarten gewesen, dass die Staatsanwältin Grote nun mit einer markigen Antwort in die Schranken weisen würde, doch sie blieb moderat. »Sie haben ja recht, Grote! Auch ich habe keine Zweifel an Ihrer Theorie, doch wir haben letztlich nur Indizien, wie Sie selbst sagen. Und die sind, gelinde gesagt, ein wenig kümmerlich. Was ich von den Plastikspuren am Einschussloch der Hose halte, habe ich Ihnen schon gesagt. Nun bleibt noch das Zeitempfinden einer Dame, die ihren Lebensinhalt darin sieht, anderen Frauen neue Fingernägel aufzukleben. Das soll genügen, um Messmer zu beweisen, er habe gemeinsam mit Rösing einen Raubüberfall auf sich selbst durchgeführt? Also wirklich, damit komme ich vor keinem Gericht durch!«

»Dann lassen Sie uns wenigstens jetzt eine Durchsuchung bei Messmer starten, vielleicht finden wir die Beute bei ihm!« Grotes Erregung steigerte sich von Minute zu Minute, und Stine hatte schon Sorgen, dass ihr Chef die Contenance verlieren könnte, als Theda

Siefken auch dieses Anliegen ablehnte. »Mit demselben Erfolg wie bei Liam Rösing? Wollen Sie danach mit ein paar nicht zuzuordnenden Geldscheinen wedeln und sagen: ›Das ist der Täter!‹?« Sie stellte sich vor Grote, stemmte ihre Hände in die Hüften, so dass sich die beiden wie zwei Boxer vor dem Kampf gegenüberstanden.

Stine sah den Zeitpunkt gekommen zu schlichten. »Käffchen, Frau Siefken?« Sie schob sich zwischen die beiden. »Und du, Stefan, kann ich dir einen Schoko-Keks anbieten?«

Theda Siefken und Grote waren durch Stines Einmischung völlig aus dem Konzept geraten, guckten sich verblüfft in die Augen und begannen im selben Moment zu lächeln. »Scheint so, als ob wir beide heute Morgen eine Menge Adrenalin gefrühstückt haben«, meinte die Staatsanwältin, klopfte Grote versöhnlich auf die Schulter und nahm dankend den Kaffee an. Auch Grote fuhr seinen Erregungspegel herunter. »Tut mir leid, aber ich werde immer ungeduldig, wenn ich einen Fall nicht abschließen kann! Zumal, wenn ich genau weiß, wer der Täter ist.«

»Geht mir doch auch so, Grote. Aber wir müssen uns im Rahmen der Gesetze bewegen, und noch ist Tobias Messmer für mich nur Zeuge, kein Beschuldigter. Was das in Bezug auf meine rechtlichen Möglichkeiten bedeutet, muss ich Ihnen doch nicht erklären!«

Vielleicht trug tatsächlich einer der Schoko-Kekse, die Stine großzügig verteilte, dazu bei, dass Grote klar wurde, dass er einer Fehleinschätzung aufgesessen war. Die Beweislage gegenüber dem Filialleiter war nach wie vor zu dürftig. »Aber Ihre Genehmigung, uns Auskünfte über Messmers Lebens- und Vermögensverhältnisse zu beschaffen, haben wir, oder?«

Die Siefken nickte salbungsvoll, während sie sich ihren Filzhut überstülpte. »Die haben Sie! Ansonsten: Seien Sie kreativ! Ihnen wird schon was einfallen, den Burschen aufs Kreuz zu legen. Wenn es so weit ist, bin ich zur Stelle. Legen Sie ihn vor meine Tür, und ich gebe ihm den Fangschuss!«

Ein teures Haus

Theda Siefkens Erlaubnis, sich ganz offiziell Hintergrund-
informationen zu beschaffen, veranlasste Stine, bei dem
›Hilfspolizisten‹ Bernhard Wulf anzurufen. »Wer könnte uns besser
und schneller Auskunft geben, als der Sicherheitschef und Revisor
der Friesen-Bank?« Sie wartete Grotes Zustimmung gar nicht erst ab,
sondern hatte Wulf sofort am Apparat. Dessen Misstrauen gegenüber
Messmer war inzwischen so groß, dass er sofort anfing zu berichten:
»Ich habe mich sowohl mit der finanziellen Situation von Tobias
Messmer, als auch mit der seiner Lebensgefährtin Nina Alldag
beschäftigt. Frau Alldag ist zwar nicht Kundin in unserem Hause,
aber ...«, er räusperte sich gekünstelt, »... man hat so seine Kontakte.
Um es auf den Punkt zu bringen: Die beiden leben von der Hand in
den Mund. Die Einnahmeverluste durch den Wegfall der Physio-
Praxis konnten sie nicht ausgleichen. Es kann sich nur noch um
wenige Monate handeln, dann wird das Haus ein Fall für die
Zwangsversteigerung. Die Kreditkarten von Frau Alldag sind bereits
gesperrt, und Herr Messmer schrammt auf seinem Girokonto hart an
der Dispogrenze entlang. Mit seinem nächsten Gehalt kann er nur
noch die gröbsten Schulden begleichen, dann ist Schluss. Wir haben
unseren Filialleiter bis auf Weiteres beurlaubt. Offiziell, um sich von
dem Überfall zu erholen, inoffiziell, weil wir ihn inzwischen als ein
Sicherheitsrisiko einstufen.«
Stine spürte, dass Wulf einen Augenblick zögerte. Dann fuhr er
fort: »Unter uns Gebetsschwestern, Frau Lessing: Als
Sicherheitschef dürfte ich das gar nicht sagen, aber realistisch
gesehen hatte Messmer gar keine andere Chance aus dem
Schlamassel herauszukommen, als sich aus dem Tresor seiner
eigenen Bank zu bedienen. Ich drücke Ihnen die Daumen, dass Sie
ihm das beweisen können. Ansonsten: stets gerne wieder im Namen
der Gerechtigkeit zu Ihren Diensten!«
Nachdem Stine aufgelegt hatte, stellte Grote fest: »An dem Mann
ist wirklich ein Kriminalbeamter verloren gegangen! Wir werden
jetzt mit Messmer sprechen!«, entschloss sich Grote. »Wir dürfen ihn
zwar nicht festnehmen, aber ein Sprachverbot hat uns die Siefken
nicht erteilt.«
Um nun nicht vergebens nach Arle zu fahren, überlegte er, zuvor
bei Tobias Messmer anzurufen, unterließ es dann aber. Wenigstens

das Überraschungsmoment wollte er auf seiner Seite haben, und die Information, dass Messmer momentan beurlaubt sei, ließ erwarten, dass man ihn mit hoher Wahrscheinlichkeit zu Hause antreffen würde.

*

Entgegen Grotes Hoffnung war Tobias Messmer nicht überrascht, als er sah, wer dort aus dem Auto stieg und auf das Haus zukam. Die junge Polizistin erkannte er sofort wieder. Sie hatte ihm im Rettungswagen seine blutverschmierte Brille gereinigt und war sehr einfühlsam mit ihm umgegangen. Trotzdem empfand er keine Sympathie, weder für sie, noch für ihren Kollegen. Die beiden waren hier, um Fragen zu stellen, die ihm gefährlich werden konnten. Zwar hatte er sich innerlich auf diesen Moment vorbereitet, der irgendwann kommen musste, doch ein Restrisiko blieb. Außerdem machte ihm die Ungewissheit Sorge. Ging es den beiden Polizisten nur um den Raubüberfall? Da fühlte er sich gut präpariert. Wenn sie allerdings Fragen zum Tod von Liam Rösing hatten, sah das schon anders aus.

Den Raub hatte er bis ins Detail planen können. Schon lange hatte er überlegt, wie er es einfädeln konnte, an Geld zu gelangen. Ein schlichter Griff in den Tresor verbot sich von allein, und auch den Gedanken, sich durch eine Unterschlagung aus seiner finanziellen Umklammerung zu befreien, verwarf er. Die Sicherheitssysteme seiner Bank waren kaum zu umgehen, denn jede ungewöhnliche Transaktion wurde von den Kontrollmechanismen der Finanzüberwachung erkannt.

Doch dann, als er in der Zeitung von dem Anschlag auf das Liebespaar am Bahndamm las, erinnerte er sich, dass er an genau diesem Abend auf der Rückkehr von einer Kundenveranstaltung Liam Rösings Auto gesehen hatte. Es war damals mit hoher Geschwindigkeit aus den Wiesen zwischen Arle und Nesse herangerast und direkt vor ihm auf die Landstraße eingebogen. Nach diesem Artikel wusste er nun Bescheid und schmiedete daraufhin einen Plan. Natürlich kannte er Liams unerfüllte Sehnsucht nach Waffen und seine spinnerten Gewaltfantasien. Diese, und der Umstand, dass Liam zunehmend Drogen konsumierte, hatten dazu

174

geführt, dass sich ihre einstmals freundschaftliche Verbindung nach und nach gelöst hatte.

Mit dem Mord an Hinnerk Weerts hatte er Liam bis dahin allerdings nicht in Verbindung gebracht, doch dass es einen Zusammenhang zwischen den Bahndammschüssen und diesem Mord gab, stand seit dem Abend für ihn fest. Nachdem er nun ahnte, was Liam getan hatte, entstand der Plan, ihn als Werkzeug bei einem fingierten Bankraub zu benutzen. Tobias Messmer lächelte bitter. Anfänglich wollte er Liam zur Teilnahme überreden, doch der wollte nicht mitspielen. So wurde aus dem Überreden eine eiskalte Erpressung mit der Drohung, ihn bei der Polizei anzuzeigen. Liam hatte ihm gegenüber sogar zugegeben, Hinnerk Weerts erschossen zu haben. Er beteuerte dabei, in Panik geraten zu sein und sich lediglich verteidigt zu haben. Obwohl Liam über den zweiten Schuss auf den wehrlos am Boden liegenden Weerts kein Wort verlor, schon gar nicht darüber, dass er dabei ein Gefühl von Macht und Befriedigung empfunden hatte, spürte Messmer, das Liam nur die halbe Wahrheit sagte – und es beunruhigte ihn. Lediglich seine Beteuerung, dass die folgenreichen Schüsse am Bahndamm ein Versehen gewesen seien, glaubte Tobias Messmer ihm. Letztlich aber waren ihm Liams Taten und seine Motive völlig egal. Entscheidend war, dass er ihn dank seines Geständnisses in der Hand hatte.

Nachdem die Machtverhältnisse geklärt waren, erwies sich Liam wie Wachs in seinen Händen und tat, was ihm gesagt wurde, ohne es zu hinterfragen. Sogar der Aufforderung, mit beiden Waffen in der Bank zu erscheinen und bei dem Überfall auch von beiden Gebrauch zu machen, kam er nach. Dass Liam damit unter Umständen eine Spur zu sich selbst legte, die so breit war wie eine Autobahn, begriff er nicht. Messmer hielt dies für einen genialen Plan. Bisher war man Liam nicht auf die Schliche gekommen. Wenn das so blieb, war alles gut. Falls man Liam aber doch irgendwann den Mord und danach den Raub auf die Bank nachweisen konnte, würde es ein Leichtes sein, ihm diese Tat als Alleintäter in die Schuhe zu schieben. Niemand würde Liam glauben, dass er beim Raub lediglich willenloser Gehilfe des Filialleiters gewesen war. Am Ende stand Aussage gegen Aussage, und dass Liam auf ihn geschossen hatte, sprach eindeutig gegen ihn. Ganz tief in seinem Hinterkopf dachte er noch an eine andere Möglichkeit, dieses Problem im Notfall zu lösen, doch das wollte Messmer sich nicht eingestehen.

Die Polizisten hatten das Haus inzwischen fast erreicht.

»Was aber, wenn sie Fragen zu Liams Tod stellen?«, dachte er sich. In jener Nacht war etwas geschehen, was er weder geplant noch gewollt hatte. 20.000 Euro für Liam, der Rest für ihn. Das war der Deal, von dem Liam plötzlich nichts mehr wissen wollte. Statt mit der gesamten Beute am Treffpunkt in den Wiesen am Dreescher Forst zu erscheinen, um wie abgesprochen zu teilen, wollte er plötzlich ›nachverhandeln‹, wie er es nannte.

»Fifty-fifty! Schließlich habe ich das größere Risiko getragen. Da ist es nur fair, wenn ich einen angemessenen Anteil von der Beute bekomme.« Das hatte Liam gesagt und auf die Rückbank des Autos gezeigt. »In der Tasche dort befindet sich dein Anteil. 100.000 Euro, kein Cent mehr.« Neben der Tasche lag zur Bekräftigung seiner Forderung die Schrotflinte, und in der Hand hielt er den Revolver. »Ich bin nicht allein gekommen. Nur für den Fall, dass du mein großzügiges Angebot nicht annehmen willst!«, hatte Liam dann noch gesagt und dabei mit der Waffe herumgefuchtelt.

Vielleicht spürte Liam in dem Moment gar nicht, dass er Tobias Messmer mit seiner Forderung zu sehr in die Enge trieb. Es könnte aber auch das kalte Leuchten in seinen Augen gewesen sein, das Messmer noch niemals bei Liam beobachtet hatte und das ihm nun Angst bereitete. Beides zusammen führte jedenfalls dazu, dass er Liams Gehabe als Drohung empfand. Warum die Situation plötzlich derartig eskalierte, wusste Messmer hinterher selbst nicht mehr zu sagen. Es mag auch die Erkenntnis gewesen sein, dass 100.000 Euro beileibe nicht ausreichten, um alle Schulden zu begleichen. Aus dem anfänglich mit Worten ausgetragenen Streit wurde so unvermutet eine Rangelei. Zwar war es ihm dabei gelungen, Liam den Revolver aus der Hand zu winden, doch der schien nicht davon auszugehen, dass der Mann, den er in seiner Jugend bei der Feuerwehr bewundert hatte, wirklich schießen würde. Als Liam sich mit den Worten: »Wer nicht will, der hat schon!«, ins Auto setzte und Messmer begriff, dass Liam sich nun auch noch seinen Anteil unter den Nagel reißen wollte, fiel der Schuss.

Tobias Messmer spürte noch heute den Schock, der ihn befiel, als der Knall verklungen war. Dass er fähig gewesen war abzudrücken, konnte er bis heute nicht verstehen, aber es war zu spät. Nichts, was in jener Nacht geschehen war, konnte wieder rückgängig gemacht werden. Noch jetzt wunderte er sich darüber, dass er trotz der Panik, die ihn umklammerte, in der Lage gewesen war, überlegt zu handeln. Die Spuren seiner Tat mussten beseitigt werden, und das war nur mit Feuer möglich. Um einen Selbstmord vorzutäuschen, hatte er den Revolver neben den toten Liam gelegt und die Tasche mit dem Geld im Wald vergraben. Das Risiko, mit der Beute im Kofferraum der Polizei oder der Feuerwehr zu begegnen, war ihm zu groß erschienen. Außerdem wollte er das Geld nicht im Haus haben, zumindest jetzt noch nicht. Dann schellte die Türglocke.

*

Man musste kein Fachmann sein, um zu erkennen, dass Tobias Messmer und Nina Alldag sich ein Heim geschaffen hatten, das einer höchst optimistischen Lebensplanung entsprang. Es lag am Ende einer Sackgasse, die vor einigen Jahren von der Gemeinde weit in die Wiesen hineingetrieben wurde, um Bauland für junge Familien zu schaffen. Keines der ansehnlichen Häuser war älter als 20 Jahre, und nur wenige davon erinnerten an die klassisch-schlichten, in Ostfriesland weit verbreiteten Rotklinkerhäuser. Das letzte Haus in der Reihe stellte alle anderen in den Schatten. Grober Kalksandstein-Klinker in leuchtendem Weiß hob sich von einem flach ansteigenden Dach ab, dessen grüne Pfannen in der Sonne glänzten. Die L-Form des Gebäudes verriet, dass es einmal durch einen Anbau vergrößert wurde.

»Ich möchte nicht wissen, wie viel Geld die beiden in dieses Projekt versenkt haben. Und nun hat die Krankheit der Frau alles ins Wanken gebracht!« Dabei zeigt Stine auf zwei gemauerte Steinpfosten, die an den beiden Enden des Zaunes standen, der das Grundstück umgab, und so den Zugang auf das Gelände bildeten. Am rechten Pfosten war noch ein grauer Rand zu erkennen, der verriet, dass an dieser Stelle einmal ein Praxis-Schild befestigt gewesen war. Das Gartentor stand offen, so konnten sie direkt auf die Haustür zugehen. »Wir werden erwartet«, flüsterte Grote und spielte damit auf das rechte Fenster an, dessen Gardine sich fast unmerklich bewegte. Das verwunderte nicht, denn im Carport am Rande des Grundstücks stand ein hellweißer BMW, dessen Lackfarbe im Wettstreit mit den Wänden des Gebäudes lag. Messmer war zu Hause.

Ein Flackern in den Augen

Die Begrüßung durch Tobias Messmer empfand Stine als aufgesetzt freundlich. Der Mann hatte erkennbar Probleme, seine Anspannung zu überspielen. Deshalb versuchte er davon abzulenken, indem er Stine mit Freundlichkeit überschüttete. »Ich bin Ihnen sehr dankbar, dass Sie sich so rührend um mich gekümmert haben, als ich im Krankenwagen lag.« Er wollte weiterreden, doch Stine unterbrach ihn. Sie hatte keine Lust, auf dieses Verzögerungsspiel einzugehen. »Lassen Sie es gut sein! Was macht Ihr Bein?«

Messmer verzog das Gesicht. »Ich habe immer noch Schmerzen, besonders beim Laufen.« Das wunderte die beiden Ermittler, denn beim Gang ins Wohnzimmer waren ihnen keine Einschränkungen aufgefallen. Sie hatten gerade Platz genommen und den angebotenen Tee abgelehnt, als sich eine Schiebetür öffnete und Nina Alldag eintrat. Sie mochte in Messmers Alter sein, und die Figur ließ ahnen, dass sie einmal intensiv Sport getrieben hatte. Nun war sie auf Gehhilfen angewiesen, und jeder Schritt fiel ihr schwer. Stine wollte spontan aufstehen und ihr Hilfe anbieten, doch die Frau schüttelte so energisch den Kopf, dass ihre schwarzen Haare hin und her flogen. »Danke, aber ich muss allein klarkommen. Wenn ich zu viel Hilfe annehme, habe ich mich schon fast aufgegeben.«

Die Stimme der Frau klang schleppend, und im blassen Gesicht war kaum Mimik zu erkennen. »Sie muss einmal sehr schön gewesen sein«, dachte Stine und kämpfte darum, ihre Bestürzung nicht offen zu zeigen. Trotz ihres Bemühens fiel Nina Alldag der Blick der Polizistin auf. Diese Art mühsam unterdrückten Mitleids war ihr nicht fremd. »Ich leide unter dem atypischen Verlauf einer Parkinson-Erkrankung. Eigentlich eine Alte-Leute-Krankheit, doch mich hat es in den besten Jahren erwischt. Die Schübe folgen dicht auf dicht, und die Krankheit schreitet rasant voran. Alt werde ich wohl nicht werden, aber im Moment geht es.« Inzwischen hatte sie das Zimmer durchquert und nahm auf dem Stuhl neben ihrem Partner Platz.

Messmer war anzumerken, dass er sich in Ninas Gegenwart unwohl fühlte. Mit ihrem Erscheinen hatte er offenkundig nicht gerechnet. »Du solltest dich lieber wieder hinlegen, Schatz!« Mit dieser in Fürsorglichkeit verpackten Aufforderung, seine Kreise nicht zu stören, versuchte er sie fortzuschicken, hatte jedoch keinen Erfolg damit. »Nein, ich möchte doch wissen, ob man dem Verbrecher, der dir das angetan hat, endlich auf der Spur ist!« Dabei streichelte sie Messmer vorsichtig über den Oberschenkel.

Stine spürte instinktiv, dass zwischen diesen beiden Menschen einige Dinge standen, die nicht ausgesprochen waren, deshalb überraschte sie Grote, indem sie sich unerwartet selbst aus der Gesprächsführung nahm. »Mein Chef hat einige Fragen an Sie, Herr Messmer.« Dabei drehte sie ihren Stuhl ein wenig zur Seite, damit sie Nina Alldag besser im Blick hatte und schwieg.

Grote war verblüfft, dass Stine ihm, anders als gewöhnlich, den Ball zuspielte, um selbst in die Rolle der stillen Beobachterin schlüpfen zu können. »Sie wird ihre Gründe haben«, dachte er sich und begann: »Sie haben uns damals den Ablauf des Überfalls geschildert. Es gibt einige Dinge, die uns irritieren. So zum Beispiel der Umstand, dass der Täter sich in Ihrem Gebäude gut ausgekannt haben muss, und dass er in der Lage war, die Autoreifen Ihrer Angestellten zu zerstören. Folglich muss er auch sie gekannt und gewusst haben, wo sie wohnt.«

»Da haben Sie völlig recht, Herr Grote! Diese Fragen habe ich mir auch schon gestellt. Ich hoffte, dass *Sie* eine Antwort darauf gefunden haben.« Messmer spielte seine Rolle gut und entzog sich damit einer Beantwortung.

Grote wurde in diesem Moment klar, dass Messmer eine harte Nuss war, die sich nicht so einfach knacken ließ. Dieser Mann würde sich immer wieder auf eine Position zurückziehen, die im Grunde lautete: »Wenn Sie Beweise gegen mich haben, dann legen Sie sie auf den Tisch!« Grote versuchte es mit einem anderen Aspekt: »Wir wundern uns auch über das Verhalten des Räubers. Er hat sich mit Revolver und Schrotflinte bewaffnet. Das macht wenig Sinn, weil es ihn in seinen Bewegungsmöglichkeiten einschränkte.«

Wieder spielte Messmer die Rolle des erstaunten, unwissenden Opfers. »Stimmt! Ich kann mir nur vorstellen, dass er sich von der Schrotflinte ein besonders hohes Drohpotential versprach. Wenn Sie den Burschen hoffentlich bald erwischt haben, bin ich gespannt, was er dazu sagt.« Nun lehnte er sich sogar entspannt zurück und schien sich in seiner Rolle zu gefallen.

Stine ließ Nina Alldag während des Gesprächs keine Sekunde aus den Augen. Es war leicht zu erkennen, dass sie die Antworten ihres Partners nachvollziehbar fand und stolz darauf war, wie ruhig und gelassen er auf die Fragen des Polizisten antwortete. Zweifel an dem, was er sagte, waren in ihrem Gesicht nicht abzulesen.

Grote überlegte kurz, ob er von der Diskrepanz zwischen dem von Messmer geschilderten zeitlichen Ablauf und Cynthias Wahrnehmung aus dem Nagelstudio auf der anderen Seite der Straße sprechen sollte, doch er unterließ es. Theda Siefken hatte recht, dieses war ein Indiz, aber kein ernsthafter Beweis. Aber seine Aussage dazu wollte er noch einmal hören. »Sie sagten, der Räuber schoss kurz nach dem Betreten der Bank mit einer Schrotflinte auf die Kamera, richtig?«

Messmer nickte. »Ja, so war es!«

Grote beließ es bei einem als Zustimmung zu verstehenden »Hmm!« und fragte weiter. »Ihre Schusswunde allerdings stammt von einem Revolver. Wie ist das genau abgelaufen? Hat der Räuber zuvor seine Schrotflinte aus der Hand gelegt?«

Messmer blieb unerschütterlich. »Das kann ich nicht sagen, ich war ja damit beschäftigt, das Geld aus dem Tresor zu holen, und hatte mich abgewandt. Als ich mich wieder umdrehte, hatte der Räuber einen Revolver in der Hand und ich kam auf die dumme Idee, ihn überwältigen zu wollen. Ich kam aber nicht schnell genug an ihn heran, da schoss er. Was danach geschah, weiß ich selbst nicht so genau.«

Auch dieser Vorstoß war gescheitert, aber eine Trumpfkarte hatte Grote noch: »Wir sind bei der Untersuchung Ihrer Hose, die sie bei dem Überfall trugen, auf eine Merkwürdigkeit gestoßen. Vielleicht könnten Sie uns sagen, wie das zustande gekommen ist? Wir fanden nämlich am Rand des Einschusslochs Kunststoffpartikel einer Plastiktüte.«

Zum ersten Mal zögerte Messmer, und sein Gesicht verspannte sich. Mit dieser Frage hatte er nicht gerechnet, deshalb beugte er sich langsam nach vorne, tat so, als suche er nach Worten und verschaffte sich so die Zeit, um nachdenken zu können. Auf die Idee, sich eine Plastiktüte über das Bein zu ziehen, um nach einem aufgesetzten Schuss keine Schmauchspuren zu hinterlassen, hatte ihn ein Kriminalfilm gebracht. Was in dem Film geklappt hatte, schien in der Praxis nicht zu funktionieren. Doch er fand eine Ausrede: »Die Sache ist ganz simpel zu erklären: Ich habe unmittelbar vor dem Überfall Plastiktüten mit Infomaterial aus dem Lager geholt, weil ich die Werbeständer mit den Prospekten neu bestücken wollte. Dabei hat sich vermutlich Plastikmaterial an meiner Hose abgesetzt, welches Sie später gefunden haben.«

Diese Antwort war gelogen! Das wussten in dem Moment, als sie ausgesprochen wurde, nicht nur Grote und Stine, sondern auch Nina Alldag. Stine konnte es nicht an ihrer Mimik erkennen, die auf Grund ihrer Erkrankung wie versteinert wirkte, sondern an einem kurzen Flackern in ihren Augen. Zur gleichen Zeit krampften sich ihre Hände für einen Augenblick zusammen. Das sagte zwar viel, half ihnen aber im Moment nicht weiter. Spätestens jetzt musste Grote sich eingestehen, dass Theda Siefken mit ihrer Einschätzung richtig lag. Auch dieser Beweis war zu schwach, um in einem Prozess bestehen zu können. Ein Richter würde Messmers Ausrede gelten lassen. Nicht, weil sie überzeugte, sondern weil ein Gegenbeweis kaum zu erbringen war.

Es gab für Grote jetzt nur noch die Möglichkeit, den Schauplatz zu wechseln. »Sie wissen, dass Liam Rösings Leiche am Sonntag in den Arler Wiesen, dicht beim Dreescher Forst, gefunden wurde? Er hatte eine Schusswunde im Kopf und ist in seinem Auto bis zu Unkenntlichkeit verbrannt.«

Messmer hatte wieder Selbstvertrauen gewonnen. »Nein, das wusste ich nicht. Ich hörte nur von einem Brand. Nina und ich verlassen das Haus selten, deshalb kennen wir keine Details.« Gekonnt legte er sein Gesicht in Schmerzensfalten. »Der arme Liam! Ich kenne ihn seit vielen Jahren. Bei der Jugendfeuerwehr hatte ich ihn damals unter meinen Fittichen. Ein schrecklicher Tod, aber was hat das mit dem Überfall zu tun?«

»Wir vermuten, dass Liam Rösing der Mann war, der Sie in der Bank überfallen hat.« Grote hoffte, in Messmer eine spontane Reaktion auszulösen, doch der spielte weiter Theater. »Liam? Das kann ich nicht glauben!« Er sprang auf und tat so, als befiele ihn starke Erregung. »Nein, das kann nicht sein, unmöglich!« Er lief hektisch hin und her, als zermartere er sich das Gehirn. Erst als Grote zum Schein auf seine theatralische Vorstellung einging und fragte: »Was kann nicht sein?«, ließ er die Katze aus dem Sack.

»Mit einem Mal wird mir alles klar und Ihre Fragen sind beantwortet, Herr Grote!« Messmer tat so, als habe ihm eine plötzliche Eingebung die Augen geöffnet. »So muss es gewesen sein: Liam kannte sich in meiner Bank tatsächlich gut aus. Er hat mich gelegentlich auf einen Kaffee besucht, dabei habe ich ihm die

Räumlichkeiten gezeigt. Für die Kameraüberwachung hat er sich besonders interessiert. Ich konnte ja nicht ahnen, was für einen bösen Plan er hat. Natürlich kannte er auch Frau Blohm, meine Kollegin. Mit ihr hat er geflirtet und wusste bestimmt, wo sie wohnt!«

Nun begann er fast zu übertreiben und hob seine Hände zum Himmel. »Sie glauben ja gar nicht, wie enttäuscht ich von Liam bin. Ich habe den Jungen wirklich gemocht. Nach unserer gemeinsamen Feuerwehrzeit hielten wir immer Kontakt, gingen gelegentlich gemeinsam angeln und zum Fußball. Zum Dank hat er eiskalt auf mich geschossen! Ich hätte tot sein können!« Nun schaute er Grote betrübt an. »Kann es sein, dass er mit seiner Schuld nicht leben konnte und sich selbst erschossen hat?«

Auf diese Frage ging Grote überhaupt nicht ein. »Wenn Sie Liam Rösing so gut kennen, wieso haben Sie dann seine Stimme nicht erkannt?« Grote versuchte alles, wusste aber, dass dieses keine Frage war, die Messmer gefährlich werden konnte. »Wie sollte ich? Er hatte sich ein Tuch über den Mund gezogen und sprach kaum mit mir. Seine Anweisungen bestanden immer nur aus wenigen Worten und Gesten. Zudem war ich in Panik, da hätten Sie auch niemanden erkannt!«

Stine sah Grote an, dass der mit dem Verlauf des Gesprächs unzufrieden war und mit sich haderte. Offenkundig hatte er Tobias Messmer unterschätzt und sein gesamtes Pulver gleich beim ersten Angriff verschossen. »Hast du noch was?« Grotes Frage an Stine war zugleich ein Hinweis darauf, dass er im Moment keine Möglichkeit sah, Messmer in die Enge zu treiben.

Stine sah die von allen Ermittlern dieser Welt so häufig gestellte Frage nach dem Alibi nicht ganz so kritisch wie ihr Chef, aber tatsächlich hatte sie sie nur selten gestellt. Nun tat sie es jedoch aus gutem Grund und behielt Nina Alldag dabei fest im Blick. »Wir müssen Sie das fragen, Herr Messmer. Reine Routine. Wo waren Sie in der Nacht von Samstag auf Sonntag?«

Dass sie mit einer solchen Frage Messmer nicht gefährlich wurde, war ihr klar. Seine Antwort: »Natürlich zu Hause, im Bett!« hätte sie voraussagen können. Doch darum ging es ihr nicht, denn nun passierte etwas, worauf sie gehofft hatte. Nina Alldag war die Bedeutung dieser Frage bewusst, sie wähnte ihren Lebenspartner in Gefahr und fühlte sich genötigt, ihm ein falsches Alibi zu verschaffen. »Ich kann das bezeugen!«, sagte sie mit schleppender

Stimme. »Er war die ganze Nacht bei mir.« Da war wieder dieses Flackern in den Augen der Frau, das Stine nicht entging. Doch viel verräterischer empfand sie das grenzenlose Erstaunen, das sich für eine Sekunde in Messmers Gesicht abzeichnete.

Tobias Messmer und Nina Alldag schliefen seit Jahren getrennt. Außerdem hatte er in dieser Nacht mit Schlaftabletten dafür gesorgt, dass sie sein Verschwinden nicht bemerken konnte. Nun log sie – und was das bedeutete, war ihm klar. Die Fragen der Polizisten hatten bei Nina Zweifel gesät. Dass bereits seine spontane, ziemlich dürftige Plastiktüten-Ausrede bei Nina Skepsis ausgelöst hatte, war ihm nicht entgangen. Trotzdem stellte sie sich nun hinter ihn und deckte ihn. Sie konnte nicht ahnen, dass sie genau dadurch ihren Partner verriet.

Tobias Messmer überspielte seine Überraschung, stand auf und ging langsam zur Tür. »Sie haben gehört, was meine Lebensgefährtin gesagt hat. Ich denke, damit sollte es für heute genug sein. Außerdem haben wir am späten Nachmittag einen Termin beim Facharzt in Emden. Es wird also langsam Zeit!«

Seien Sie kreativ

Obwohl die Sonne nicht mehr hoch am Himmel stand, war es immer noch sehr warm. Grote riss missgelaunt die Beifahrertür des Autos auf, um die aufgeheizte Luft entweichen zu lassen. »Wenn ich jetzt einsteige, ersticke ich!«

»Wegen der Wärme oder wegen der Wut, die sich in dir angestaut hat?« Stine wusste genau, wie es jetzt in Grote aussah. Statt einer Antwort gab der nur einen undefinierbaren, grummelnden Ton von sich. Er hatte Messmer unterschätzt. Das ärgerte ihren Chef mächtig, und es würde Zeit brauchen, um ihn wieder von seiner Palme herunterzuholen, auf die ihn Messmer getrieben hatte. »Was soll's Stefan, es ist nicht deine persönliche Niederlage, sondern unsere gemeinsame. Wir hatten wenig in der Hand, das wussten wir. Aber den Versuch war es wert. Nun ist es schiefgelaufen.« Dann, für Grote unerwartet, wechselte sie das Thema. »Sag mal, Chef, hast du heute Abend noch Zeit, oder zieht es dich nach Hause?«

»Wieso?« Grote blickte Stine fragend an. »Hast du noch was vor?«

»Ich würde gerne Skipper auf seiner ›Antje D.‹ besuchen. Da können wir gemeinsam ein Feierabendbier oder, wenn dir mehr danach ist, ein Wutbier trinken und gemeinsam überlegen. Ich habe da eine noch etwas unausgereifte Idee, die ich trotzdem gerne in aller Ruhe mit euch beiden besprechen würde!«

»An mir soll es nicht scheitern. Anna ist mit den Jungs in Oldenburg. Die beiden wachsen wie verrückt und müssen neu eingekleidet werden. Anschließend wollten sie gemeinsam Pizza essen gehen. Ich denke, sie werden mich nicht vermissen.«

*

Als Skipper Stines Anruf entgegennahm, saß er an Deck seiner Jacht, ließ sich vom Wellenschlag der ein- und auslaufenden Schiffe durchschaukeln und genoss den Tagesausklang. »Kommt nur an Bord, ein Bier liegt bei mir immer im Kühlschrank, sogar ein alkoholfreies! Extra für junge Damen, die wenig trinkfest sind.« Tatsächlich lehnte Skipper aus Prinzip alkoholfreies Bier ab und machte dabei nur für Stine eine Ausnahme. Das war er ihr schuldig, schließlich hielt sie extra für ihn in ihrem Büro Ostfriesentee der besten Sorte bereit.

Eine Stunde später kam Stine fröhlich winkend über den wackeligen Steg. Grote folgte ihr in einigem Abstand und erweckte nicht den Eindruck, als würde er sich auf einen gemütlichen Abend freuen. »Fröhlich sieht anders aus, mein Freund!«, sagte Skipper und erhielt nur ein schmallippiges: »Was für ein Wunder!« als Antwort.

Grote überließ es Stine, über den Verlauf der letzten Stunden zu berichten, und interessierte sich selbst dabei mehr für die Möwen, die aus großer Höhe auf das Wasser herabstürzten und sich gelegentlich mit einem zappelnden Fisch im Schnabel wieder in die Lüfte erhoben.

»Jetzt verstehe ich auch, warum Stefan mit diesem Weltuntergangsgesicht herumläuft!«, sagte Skipper mitfühlend, leerte mit einem großen Schluck seine Bierflasche und sorgte für Nachschub. »Da hat der Bursche euch klassisch auflaufen lassen und nun kommt ihr nicht an ihn heran!«

»Genauso ist es! Besonders schwer wird es, weil seine Partnerin ihn deckt, obwohl sie, das konnte man deutlich merken, nichts von den Machenschaften Messmers wusste.« Stine starrte in die untergehende Sonne. »Aber kann man ihr das vorwerfen? In ihrer Situation bleibt ihr gar nichts anderes übrig. Sie tut mir ehrlich leid!«

»Leid hin oder her!« Grote löste sich von den Möwen. »Du sagtest vorhin, dass du einen Plan hast, Stine. Also raus damit, vielleicht ist er geeignet, meine Stimmung wieder zu heben.«

»Also, da muss ich jetzt etwas weiter ausholen. Rückt mal ran, dann zeige ich euch etwas!« Stine holte ihren Laptop hervor und rief einige Dateien auf. »Bernhard Wulf, der Sicherheitschef der ›Friesen-Bank‹, sagte, dass Messmer genau wie Nina Alldag pleite ist. Hier ist eine Liste seiner letzten Kontobewegungen. Schaut mal hier: Sein Dispolimit ist inzwischen überschritten. Gestern konnte er noch einmal eine kleine Summe abheben, beim nächsten Mal wird seine Geldkarte eingezogen. Dann ist endgültig Feierabend!«

»Das dürfte aber kein Problem für ihn darstellen«, meinte Skipper. »Schließlich hat er genug Geld bei dem Überfall erbeutet.«

»Ja, er hat es erbeutet!«, bestätigte Stine und schaute ihre beiden Kollegen bedeutungsvoll an. »Aber es scheint, als habe er noch gar keinen Zugriff darauf. Wenn er an sein Geld herankommen könnte, müsste er doch nicht sein Konto bis an den Rand des Zusammenbruchs ausschöpfen!«

Für eine Sekunde herrschte Schweigen. Dann hellte sich Grotes Gesicht plötzlich auf. »Natürlich, Stine hat recht! Wir haben doch selbst erleben müssen, wie durchtrieben Messmer ist und wie überlegt er handelt. Er würde niemals so dumm sein, die Beute in seinem Haus zu verstecken, schließlich musste er damit rechnen, dass wir unerwartet vor der Tür stehen und bei ihm durchsuchen.«

Stine nickte. »Richtig, Chef, und genau da müssen wir den Hebel ansetzen. Messmer muss in eine Situation gebracht werden, in der er sich finanziell nicht mehr über Wasser halten kann, und ich weiß auch schon, wie wir das machen.«

»Da bin ich aber gespannt!«, sagte Grote und lehnte sich erwartungsvoll zurück.

»Die Siefken hat mich darauf gebracht!«, lachte Stine. »Was hat sie heute Morgen zu uns gesagt? ›*Seien Sie kreativ!* Ihnen wird schon was einfallen, den Burschen aufs Kreuz zu legen!‹ Und genau das werden wir jetzt tun!« Bei einem Blick in die Augen ihrer beiden Kollegen sah sie nur Fragezeichen. »Also: Was kann einen Menschen schnell finanziell in die Enge treiben?«

»Frauen!« Die Antwort kam wie aus der Pistole geschossen von Skipper und brachte Stine zum Lachen. »Natürlich, du alter Seebär, du musst es ja wissen! Aber was kommt an zweiter Stelle?« Diesmal gab Grote die Antwort: »Autos?«

»Ganz genau, Chef! Darauf spiele ich an. Messmer ist auf sein Auto angewiesen. Er sagte selbst, dass er häufig mit Nina zum Arzt nach Emden fahren muss. Und egal, wo er mit seiner Partnerin hin will, du hast ihren Zustand gesehen, ohne ein Auto wird es nicht gehen.« Noch immer verstanden Grote und Skipper nicht. »Du willst ihm sein Auto wegnehmen? Das kapiere ich nicht!«, sagte Skipper und schüttelte den Kopf.

»Nicht wegnehmen. Ihr beide kennt doch den Begriff ›Potemkin'sche Dörfer‹? Er steht für etwas Vorgetäuschtes, Trugbild oder Schein. So ein Dorf bauen wir jetzt und setzen Messmers Auto außer Betrieb!« Stine sah, dass es bei den beiden dämmerte. »Wir spielen ihm vor, dass sein Auto einen Schaden hat. Das zwingt ihn, es in die Werkstatt zu bringen. Dann sorgen wir mit einer hohen, fingierten Rechnung dafür, dass er sich Geld beschaffen muss, um sein Auto von der Werkstatt zurückzubekommen. Also muss er an die Beute ran. Eine andere Wahl bleibt ihm nicht, denn seine Barmittel sind erschöpft, wie wir wissen.«

186

Skipper begann zu grinsen. »Das ist eine geniale Idee, Stine! Wie stellst du dir die Umsetzung vor?«

»Du bist der Techniker unter uns, Skipper. Wie kann ich ein Auto lahmlegen, ohne es ernsthaft zu beschädigen?« Stine schaute Skipper gespannt an und beobachtete, dass ein verschmitztes Lächeln sein Gesicht überzog. »Nichts leichter als das. Es war zu meiner Schulzeit ein beliebter Streich, die Autos von Lehrern, die zu streng waren, aus dem Verkehr zu ziehen. Man musste nur einen Lappen fest in den Auspuff pressen. Dann läuft der Motor völlig unruhig, bleibt immer wieder stehen oder springt gar nicht mehr an. Ob Messmer diesen Trick kennt, bezweifle ich. Wenn man den Lappen nur weit genug reinschiebt, ist das von außen auch kaum zu entdecken.«

»Das ist genau das, was mir vorschwebte«, sagte Stine und scrollte durch die Informationen, die sie über Messmer gesammelt hatten. Wenig später wusste sie mehr. »Messmers Auto ist vor vier Jahren von einem BMW-Händler in Esens auf seinen Namen als Neuwagen zugelassen worden. Es gibt keine Garantie mehr auf das Fahrzeug. Also muss er einen eventuellen Schaden selbst tragen.«

Allmählich dämmerte es Grote. »Ich verstehe. Du willst erreichen, dass Messmer den Wagen nach Esens zum Händler schleppen lässt. Von dort bekommt er dann einen Anruf, dass die Reparatur sehr teuer wird. Das bringt ihn in Zugzwang.«

»Stimmt!«, Stine lief förmlich zur Hochform auf. »Steht schließlich unter jedem Reparaturauftrag: ›Herausgabe des Fahrzeugs nur nach Bezahlung‹. Und das wird ihm Probleme bereiten.« Stine sprühte nun vor Eifer. »Doch das ist noch nicht alles! Mein Plan geht weiter. Der BMW-Händler wird Messmer einen Ersatzwagen anbieten, den er natürlich akzeptiert. Und in dem Wagen verstecken wir einen GPS-Sender. Dann wissen wir genau, wann und wohin Messmer sich bewegt. Wenn er an sein Geld geht, schlagen wir zu!« Sie schaute Grote und Skipper mit vor Unternehmungslust funkelnden Augen an. »Meine Kontakte in unseren Keller sind so gut, dass die Technik-Kollegen uns bestimmt mit einem Sender aushelfen können.«

»Das glaube ich dir gerne! Du bist ja oft genug unten«, nickte Grote. »Ich denke, es ist eine Art Glückspiel, auf das wir uns einlassen. Vielleicht klappt es, vielleicht auch nicht. Aber ich denke, es ist den Versuch wert. Wenn wir morgen Früh alle Vorbereitungen treffen, kann die Sache schon in der Nacht starten. Dann müsste die

›Aktion Auspuff‹ durchgeführt werden.« Stine schaute Skipper an. »Da können wir doch auf dich bauen, oder?«

»Du weißt doch Stine, wenn du so guckst, kann ich dir nichts abschlagen!«, gab Skipper zu und ging noch einmal zum Kühlschrank. »Ihr müsst allerdings dafür sorgen, dass Messmer am Morgen nach meinem Anschlag auch sein Auto benutzt. Sonst warten wir vergeblich.«

»Das ist kein Problem«, sagte Grote, nun von Stines Zuversicht angesteckt. »Ich rufe ihn morgen an und lade ihn für Donnerstagmittag vor. Dann braucht er sein Auto!«

Erst viel später, das letzte Bier war getrunken, wurde Grote noch einmal sehr ernst. »Wollen wir das wirklich machen? Wenn die Aktion schiefgeht, reißen sie uns den Kopf ab. Noch können wir es sein lassen!« Doch als er zuerst Stine und danach Skipper fest in die Augen schaute, wusste er Bescheid. Ihrer Antwort »Wir ziehen das durch!« hätte es nicht bedurft.

Die Falle wird ausgelegt

Schon beim Jogginglauf zum Dienst machte Grote sich am nächsten Morgen Gedanken über die Umsetzung des Plans, den Stine am Vorabend ausgeheckt hatte. So genial er auch war, eine Schwachstelle hatte er. Kaum der Dusche entflohen, trug er Stine seine Bedenken vor. »Wenn wir alles so machen wollen wie geplant, müssen wir vorher mit dem BMW-Händler in Esens sprechen und ihn einweihen. Das bereitet mir Kopfschmerzen. Schließlich wissen wir nicht, mit wem wir es da zu tun haben.«

»Hm!« Stine kaute gerade einen Apfel und saß mal wieder auf der Fensterbank. »Daran hab ich auch schon gedacht.«

Während Grote sich einen Kaffee eingoss, fiel sein Blick auf das Paket mit dem guten Ostfriesentee, den Stine für Skipper bereithielt. Dabei kam ihm eine Idee. »Du erinnerst dich doch an unseren ersten gemeinsamen Fall, den Dünenhausmord auf Juist?«

»Natürlich!« Stine zuckte kurz zusammen, war aber bemüht, sich das nicht anmerken zu lassen. Ihr Juist-Trauma hatte sie zwar überwunden, doch allein der Begriff ›Dünenhausmord‹ löste bei ihr immer noch Unbehagen aus.

Grote hatte das nicht bemerkt und sprach ungerührt weiter: »Da gab es doch diesen urigen Polizisten in Esens, der uns in seiner Wache eine vollendete Teezeremonie geboten hat.«

»Du meinst Polizeihauptmeister Pannebacker? Ja, das war ein netter Kollege, einer vom alten Schlag. Der müsste sich inzwischen allerdings schon im Ruhestand befinden.«

»Das macht ja nichts. Ich erinnere mich noch daran, dass er wirklich Gott und die Welt kannte, zumindest in Esens. Vielleicht kann Pannebacker uns etwas über den BMW-Händler sagen. Ich würde mich wohler fühlen, wenn ich wüsste, mit wem man sich einlässt.«

»Gute Idee!« Wie ein geölter Blitz sprang sie von der Fensterbank, nahm ihren Laptop und hatte auch schon Pannebackers Privatnummer gefunden »Da siehst du mal wieder, Stefan, dass es sich lohnt, brav die Akten zu führen und immer alles zu speichern, auch wenn es Arbeit macht! Man weiß nie, wozu das einmal gut ist.« Kurz darauf hatte sie Pannebacker am Apparat. Gleich zu Anfang des Gesprächs entschuldigte sie sich dafür, dass sie den Pensionär mit polizeilichen Dingen belästigte, doch der wollte davon nichts wissen.

»Einmal Polizist, immer Polizist! Sie sind doch die junge Kriminalassistentin mit den knallroten Haaren, oder?« Pannebacker erinnerte sich noch genau und hörte sich dann aufmerksam Stines Plan an. »Also müssen Sie an den alten Bohljahn ran, den Senior-Chef der BMW-Niederlassung!«

»Kennen Sie den zufällig? Haben Sie einen guten Draht zu ihm?« Stine war gespannt, doch sie erlebte erst einmal eine Enttäuschung.

»Natürlich kenn ich den! Und ich habe einen Draht, aber einen ganz schlechten!« Gleichzeitig begann Pannebacker laut zu lachen und löste nach dem ersten Schreck Erleichterung bei Stine aus. »Bohljahn und ich spielen seit ewigen Jahren gemeinsam Skat. Unser Verhältnis ist deshalb schlecht, weil er meistens verliert.« Wieder lachte er, wurde dann aber ernst. »Fritz Bohljahn ist ein rundum honoriger Typ. Einer der wenigen ehrlichen Autohändler.« Erneut war dröhnendes Lachen zu vernehmen. »Dem können Sie blind vertrauen. Wenn Sie wollen, rufe ich ihn gleich an und kündige Ihr Erscheinen an.«

*

Noch am Vormittag machten die beiden sich auf den Weg nach Esens. Pannebacker hatte inzwischen zurückgerufen und bestätigt, dass Tobias Messmer, genau wie vermutet, Kunde im Autohaus Bohljahn war. Dort wurden sie bereits erwartet. Der Chef selbst nahm sie in Empfang, und nach einer halben Stunde war Fritz Bohljahn eingeweiht. Er hatte sich zwar eifrig Notizen gemacht, sagte am Ende jedoch mit ernstem Blick: »Ist das nicht illegal, was wir da tun?«

»Nicht direkt illegal, wir bewegen uns gewissermaßen in einer Grauzone. Aber dies ist vielleicht unsere einzige Chance, einen Mörder zu fassen.« Stine wusste, dass ihr Plan auf des Messers Schneide stand. Ohne Bohljahns Hilfe war er nicht umsetzbar, deshalb fügte sie fast flehentlich hinzu: »Sollen wir Messmer etwa davonkommen lassen?«

Bohljahn schwieg nachdenklich und sah Stine dabei fest in die Augen. Erst ihr letzter Satz hatte ihn überzeugt mitzuspielen. »Nein, ihn davonkommen zu lassen wäre keine Alternative.« Mit diesen Worten griff er sich seinen Notizzettel und sagte entschlossen: »Ich fasse noch einmal zusammen, damit auch nichts schiefläuft. Wenn

Herr Messmer sich bei uns meldet, schicke ich ihm einen Abschleppwagen und bringe ihm gleich ein Ersatzfahrzeug für die Dauer der Reparatur mit. Wenn das Auto bei uns eingetroffen ist, warte ich ein oder zwei Stunden ab.«

Bohljahn war ein penibler Mann und hatte sich eine Checkliste angefertigt, die er mit seinem Zeigefinger Position für Position abarbeitete.

»Dann rufe ich ihn an und teile ihm mit, dass es sich um einen Schaden an Auspuff und Katalysator handelt. Die Reparatur würde mit allem Pipapo bei ungefähr 2000 Euro liegen, und er könnte sein Fahrzeug am Sonnabendvormittag wieder abholen.« Bohljahn war fertig, schaute die beiden Polizisten an und fragte: »Ist das alles so richtig?«

»Sehr gut!«, sagte Grote. »Bis auf eine winzige Kleinigkeit: Meine Kollegin hat da noch etwas, was Sie bitte in dem Leihwagen, den Sie Messmer anbieten, gut verstecken!«

Es war ein schwarzer Metallwürfel in der Größe einer Streichholzschachtel, den Stine von den Kollegen der Kriminaltechnik erhalten hatte. »Dies ist ein kleiner GPS-Sender. Er ist magnetisch und haftet unter dem Fahrzeug. Auf meinem Laptop ist ein Programm installiert, mit dem wir dann Ihr Fahrzeug verfolgen können«, erklärte Stine nun.

Bohljahn beugte sich nach vorn und sah auf Stines Laptop eine Landkarte. In der Ortsmitte von Esens, genau dort, wo sich sein Autohaus befand, bemerkte er ein ständig blinkendes Symbol. »Was es alles gibt!«, meinte er beeindruckt. »Aber egal, ich mache es genauso, wie Sie es sagen.«

*

Skipper bekam am frühen Nachmittag den erwarteten Anruf von Grote, dass alles vorbereitet sei. Es bedeutete für ihn das ›Go‹ für seine nächtliche Auspuff-Aktion. Um ganz sicher zu sein, dass er unbeobachtet agieren konnte, fuhr er erst kurz vor Mitternacht in Emden los und traf eine Dreiviertelstunde später in Arle ein. Sein Auto stellte er an der Hauptstraße ab, ging bis zum Ende der Sackgasse und versteckte sich im Schatten eines Gebüschs. Sein Ziel war nicht zu verfehlen, denn der weiße Klinker des Hauses wurde vom Mond angeschienen und leuchtete so hell, als seien im Garten

Lampen aufgestellt. Auch den BMW konnte er gut erkennen, obwohl er unter dem Dach des Carports im Dunkeln stand. Fast eine Viertelstunde ließ er sich Zeit, bis auch das letzte Licht in einem der Nachbarhäuser verlosch, dann schlich er voran, stieg über den flachen Zaun und näherte sich dem Carport. Kurz bevor er das Auto erreichte, den Stofflappen hatte er bereits in der Hand, flammte mit einem kaum hörbaren ›Klick‹ ein LED-Strahler auf und tauchte ihn in kalkweißes Licht. Mit einem Sprung entkam er dem Lichtkegel und drückte sich seitlich an die Hauswand. Dort wartete er ab, ob aus dem Haus heraus eine Reaktion erfolgte, doch nichts geschah. Also startete er einen zweiten Versuch, näherte sich dieses Mal dem Auto von der Rückseite her und hatte damit Erfolg. Es war nur eine Sache von Sekunden, dann hatte Skipper den Lappen in den Auspuff gesteckt und mit einem Stock so lange nachgedrückt, bis der Lappen fest zusammengestaucht war und sich nicht mehr rührte. »Gute Fahrt!«, flüsterte er leise, dann verschwand er in der Dunkelheit. Kaum wieder im Auto, schickte er seine Nachricht auf Grotes und Stines Handys: »Aktion Auspuff erfolgreich ausgeführt!«

Motorschaden

Schon als Stine am frühen Morgen aus dem Bett stieg, ging ihr erster Blick zum Handy. Skippers Meldung ließ sie zu zufrieden nicken. Der erste Schritt war getan, nun mussten sie nur noch auf einen Anruf von Fritz Bohljahn warten. Der hatte versprochen, sich sofort zu melden, sobald Messmer wie erhofft bei ihm um Hilfe bat.

Auch Grote kam an diesem Morgen wieder früher zum Dienst und war nicht weniger gespannt als Stine. Noch vor einem »Guten Morgen« kam seine Frage: »Funktioniert die Technik?« Stine zeigte auf ihren Laptop. »Alles okay. Der Lappen steckt im Auspuff, der präparierte Leihwagen steht noch beim Händler.«

*

»Ich fahre nach Aurich zur Polizei. Die haben noch einige Fragen an mich!« Tobias Messmer griff sich die Autoschlüssel. »Wird sicher nicht lange dauern. In zwei Stunden bin ich bestimmt wieder zurück.« Eigentlich war er immer froh, ab und zu das Haus wenigstens für kurze Zeit verlassen zu können, doch die Ungewissheit über den Grund der polizeilichen Vorladung lag ihm im Magen. Ohnehin ging es ihm im Moment nicht besonders gut, denn seit dem Besuch der beiden Polizisten ließ Nina keine Ruhe mehr, sondern stellte immer wieder unbequeme Fragen. Die konnte er nicht zu ihrer Zufriedenheit beantworten, ohne sich dabei allmählich in einem Gestrüpp von Lügen und Halbwahrheiten zu verfangen. Bei jedem Satz von ihr achtete er auf die Zwischentöne und versuchte herauszuhören, ob Nina nur ahnte oder wusste, was er getan hatte. Schon gar nicht konnte er einschätzen, ob sie in ihm nur den Drahtzieher des Bankraubs, sondern auch Liams Mörder sah. Heute Morgen war der Streit wieder besonders heftig gewesen, dadurch war seine Stimmung auf dem Tiefpunkt. So tief, dass es ihm fast egal war, ob sie ihn mittlerweile vollends durchschaut hatte oder nicht. Es war nicht so, dass er sie nicht mehr liebte, aber die Krankheit begann allmählich, ihre Beziehung zu belasten.

Mit den Worten: »Bloß weg von hier und tief durchatmen!«, drehte er den Zündschlüssel und wusste schon nach der ersten Sekunde, dass etwas nicht stimmte. Zuerst schien es ihm, als wollte der Motor überhaupt nicht anspringen, dann begann er zu spucken und schon nach wenigen Metern blieb sein Auto in der Einfahrt stehen. Beim zweiten Versuch ließ sich der Motor gar nicht mehr starten. Mit Tobias Messmer konnte man über Aktien, Hypotheken und Sparpläne sprechen, nicht jedoch über Technik.

»Na, Tobi? Will er nicht?« Den dummen Spruch seines Nachbarn, der genauso wenig Ahnung hatte wie er, beantwortete er mit einem Schulterzucken. Um Sachverstand vorzuspielen, der nicht vorhanden war, öffnete er die Motorhaube, tat so, als würde er einem Fehler auf der Spur sein und startete erneut, natürlich ohne Erfolg. Nun griff Messmer zum Handy und sagte als Erstes seinen Termin bei der Polizei Aurich ab. Damit gab er, ohne es zu ahnen, Grote und Stine das Signal, dass ihr Plan aufging.

Gleich danach wählte er eine andere Nummer, und gegen 13 Uhr nahm die Telefonistin beim BMW-Händler seinen Anruf entgegen. Der Chef hatte sie vorbereitet und so tat sie, wie man ihr gesagt hatte: »Ich stelle Sie zu Herrn Bohljahn durch!« Messmer war ungehalten und begann das Gespräch so, wie Grote und Stine es sich erhofft hatten. »Mein Auto ist gerade aus der Garantie raus, und nun so ein Theater! Sie wissen, Herr Bohljahn, dass ich eine schwerkranke Frau zu Hause habe. Ich bin auf mein Auto angewiesen!«

»Das ist überhaupt kein Problem, Herr Messmer! Das Autohaus Bohljahn hilft, wo es kann. Bitte versuchen Sie gar nicht erst, mit dem Auto zu fahren. Sie könnten damit größeren Schaden anrichten. In spätestens einer Stunde ist unser Abschleppwagen bei Ihnen, holt Ihren BMW ab und bringt Ihnen ein Leihfahrzeug. Das nutzen Sie so lange, bis Ihr Auto repariert ist. Natürlich kostenlos! Noch heute geht Ihr Auto auf die Hebebühne, und ich melde mich, was wir festgestellt haben. Ist das für Sie okay?«

Vielleicht wäre Messmer unter anderen Umständen bei so viel Entgegenkommen und Kulanz misstrauisch geworden, doch das Wort ›kostenlos‹ und die Notlage, in der er sich befand, gaben ihm keine Chance zu ahnen, dass er in diesem Augenblick in eine raffiniert gestellte Falle tappte.

*

»Wir haben Messmers Auto abgeholt. Der Ersatzwagen mitsamt dem verborgenen Peilsender steht wie abgesprochen bei ihm vor der Tür!« Grote konnte Fritz Bohljahns Stimme entnehmen, dass er stolz

194

war. »Um 16 Uhr rufe ich ihn an und übermittele die schlechte Nachricht, dass die Reparatur 2000 Euro kostet. Mal sehen, wie er reagiert!«

»Es ist ja prima gelaufen, Herr Bohljahn. Wir können das Signal des Leihwagens empfangen. Er steht immer noch bei Messmer vor der Tür. Ab 16 Uhr wird es dann für uns spannend. Frau Lessing und ich haben uns jedenfalls auf eine lange Nacht eingerichtet. Falls bis morgen früh nichts passiert, steht Ablösung bereit!« Grote dankte Bohljahn für seine Hilfe und bat Stine, bei Frauke und Sören anzurufen und ihnen mitzuteilen, dass der Köder ausgelegt war. Sollte es in dieser Nacht nicht zu einer Entscheidung kommen, würden die beiden um sechs Uhr in der Frühe übernehmen.

*

Tobias Messmer saß wie auf Kohlen. Der Schaden an seinem Auto trat zur denkbar schlechtesten Zeit auf, und er hoffte inständig, dass es sich nur um eine Kleinigkeit handelte, doch der Rückruf des Autohauses traf ihn wie ein Hammerschlag.

»Herr Messmer, sind Sie in letzter Zeit mal zu schnell über lockeres Geröll gefahren?« Messmer wusste nicht, was Bohljahn wollte. »Keine Ahnung, bewusst jedenfalls nicht.«

»Ich habe keine gute Nachricht für Sie. Im Katalysator befinden sich Löcher. Auch der Auspuff hat einiges abbekommen und muss zum Teil erneuert werden. Zum Glück sind alle Zubehörteile schnell lieferbar. Am Sonnabend können Sie das Auto bei uns rausholen.«

»Und was kostet mich der Spaß?« Messmer ahnte, dass nun das dicke Ende kam.

»Ich befürchte, unter 2000 Euro werden Sie nicht davonkommen. Es hängen einige Arbeitsstunden an dieser Reparatur. Das kostet nun mal!« Bohljahn horchte gespannt in den Telefonhörer und meinte, Messmers heftiges Atmen hören zu können. Als Antwort kam aber nur ein leises: »Verstanden!«

Nach dem Ende des Gesprächs sandte Bohljahn wie abgesprochen eine Mail an die Polizisten. »Messmer weiß nun, was auf ihn zukommt. Ich denke, er war ziemlich geschockt.«

Ein neues Signal

Immer wieder schielte Grote auf Stines Laptop, der auf dem Tisch lag. Der Impuls änderte sich nicht, also stand das Auto immer noch bei Messmer vor der Tür. »Wir sollten jetzt in Richtung Arle fahren, um schnell reagieren zu können, wenn er losfährt.«

Grote hatte sich über den Rucksack gewundert, der neben Stines Ostfriesland-Tasche stand. »Ich bin einsatzbereit, Chef. Einsatzverpflegung habe ich schon besorgt, schließlich kann es eine lange Nacht werden. Ich ziehe jetzt noch meine schnellen Schuhe an, dann geht's los!«

Schon gestern Abend hatte Grote sich Gedanken darüber gemacht, wo sie sich auf die Lauer legen sollten. Arle und die engste Umgebung schieden aus, das wäre zu auffällig. Zudem hatten sie keine Ahnung, wo Messmer sein Geld versteckt hatte. »Ich denke, am besten stehen wir am Bahndamm, wo damals auf Willi Pötter geschossen wurde. Die Stelle ist gegen Sicht von außen gut geschützt. Und durch die Wiesen können wir schnell nach Arle kommen, wenn es nötig ist.« Diese Stelle war mit Bedacht gewählt, denn im Gegensatz zur Ostseite des Dreescher Forstes, an der Hinnerk Weerts ermordet worden war, existierte an der Westseite des Waldes ein durchgängig befahrbarer Weg. Bei der Anfahrt zu diesem Ort ließ Stine besondere Vorsicht walten und machte einen Umweg, um nicht durch Arle fahren zu müssen. »Man kennt dort inzwischen unser Auto. In einem so kleinen Ort werden schnell die Buschtrommeln geschlagen und schon weiß jeder Bescheid, dass die Polizei herumschnüffelt.«

Um 18 Uhr stand ihr Auto endlich so, wie Grote es sich vorgestellt hatte. Von Gebüsch umgeben und trotzdem mit freier Sicht auf die Wiesen. Der Dreescher Forst bildete einen graubraunen Fleck in diesem Meer von Grün, und am anderen Ende der Wiesen waren die Dächer von Arle erkennbar. Grote stellte sich den Beifahrersitz bequemer ein, wurde dabei jedoch von Stine gebremst. »Nicht zu bequem, Chef! Sonst schläfst du am Ende ein und ich liege alleine auf der Lauer.« Sie nahm den Laptop, schloss ihn am Ladekabel an und stellte ihn auf die Ablage. »Immer noch keine Bewegung! Ich habe zur Sicherheit den Bewegungsalarm eingestellt. Sobald Messmer das Auto in Betrieb nimmt, bekommen wir eine Meldung.

196

Tobias Messmer war an diesem Abend unruhig. Er ärgerte sich darüber, dass er damals nicht wenigstens einen kleinen Teil des Geldes an sich genommen hatte, nachdem er Liam Rösing erschossen hatte. Stattdessen hatte er in Panik die gesamte Tasche mit den 100.000 Euro vergraben. Im Nachhinein betrachtet hätte es dieser Vorsicht gar nicht bedurft, denn bei seiner Flucht war ihm kein anderes Auto begegnet. Nun aber war es nicht mehr zu ändern, und er musste sich heute Nacht auf den Weg machen, denn selbst für den nächsten Lebensmitteleinkauf reichte das Geld nicht mehr. Messmer war ein Mann der Planung, spontane Aktionen waren ihm zuwider, doch außer seiner Entscheidung, Nina wieder mit einer Schlaftablette außer Gefecht zu setzen, gab es nichts in dieser Nacht zu planen.

Während sie am Abend gemeinsam vor dem Fernseher saßen, stellte er die Medikamente bereit. In dem Tee, den sie gerne trank, hatte er die Schlaftablette aufgelöst und wartete darauf, dass Nina müde wurde. Das dauerte ungewöhnlich lange, weil sie anfangs den Tee nur in kleinen Schlucken trank, doch nachdem sie gemeinsam mit ihren Abendtabletten den Rest in einem Zug leerte, stellte sich nach einer halben Stunde die Wirkung ein. Während Nina immer häufiger die Augen zufielen, bemerkte er sorgenvoll, dass sich das Zittern ihrer Hände trotz der Behandlung verstärkt hatte. Er kannte das, ein neuer Schub kündigte sich an.

Es ging schon auf 23 Uhr, da übermannte Nina die Müdigkeit vollends. »Ich bringe dich jetzt ins Bett. Von dem Film bekommst du eh nichts mehr mit.« Er half ihr aus dem Fernsehsessel, brachte sie in ihr Schlafzimmer und schloss die Tür mit den Worten: »Schlaf gut! Du sollst mal sehen, morgen sieht alles wieder besser aus!«

Eine halbe Stunde wartete er zur Sicherheit ab, schaute noch einmal nach seiner Partnerin und verließ das Haus.

*

Die Gefahr, dass Grote einnickte, bestand nicht. Obwohl er Stine gegenüber unerschütterliche Ruhe ausstrahlte, sah es in seinem Inneren anders aus. Das, was sie taten, war improvisiert und steckte voller Risiken. Unter normalen Umständen hätte er diesen Einsatz mit mehreren Zivilfahrzeugen und speziell ausgebildetem Personal durchgeführt, doch auf Grund der Entscheidung der Staatsanwältin stand diese Option nicht zur Verfügung. So bewegte er sich auf einem schmalen Grat und, das wusste er nur allzu genau. Ohne ein Quäntchen Glück würde es nicht klappen. All diese Gedanken quälten ihn, doch Stine gegenüber sagt er kein Wort, alleine, um sie nicht zu verunsichern.

Als die Dämmerung den Wald tiefschwarz und die Wiesen grau werden ließ, bildete sich über dem Gras eine feuchte Tauschicht, trieb die Mücken in die Höhe und sorgte dafür, dass es im Auto ungemütlich wurde. Die Autofenster zu schließen war keine Option, dafür war es zu warm. Gerade als Grote anfing, wütend um sich zu schlagen, rief Stine gut gelaunt: »Abendbrot!« Sie holte ihren Rucksack von der Rückbank und begann darin zu wühlen. »Bitte schön! Zuerst einmal Mückenspray, damit wir Ruhe haben.« Damit reichte sie Grote eine Sprühflasche und freute sich über sein verdutztes Gesicht. Sie wühlte weiter. »Hier dein Abendbrot Chef: Zwei Mettwurststullen und eine Cola!« Sie rümpfte die Nase, obwohl sie die Brote selbst geschmiert hatte. »Wie kann man nur so leben?« Gleichzeitig holte sie für sich Mineralwasser und eine Packung mit Gemüse-Frikadellen hervor. »Zum Nachtisch gibt's noch einen Joghurt. Für dich Vollfett, für mich Magerstufe. Ich hoffe, das geht so in Ordnung!«

»Und wie!« Grote stürzte sich auf das Brot, biss herzhaft ab und nickte Stine dankbar zu. »Deshalb warst du heute Mittag für eine halbe Stunde verschwunden!« Er selbst hatte auf die Verpflegung keinen Gedanken verwendet. Nur eines irritierte ihn: »Keine Kekse?« Stine schaute Grote von oben bis unten an, schüttelte den Kopf, als wollte sie damit sagen: »Was für eine dumme Frage!«, und zog wortlos eine Packung mit Ostfriesischen Zimtwaffeln hervor.

Das improvisierte Abendbrot führte dazu, dass für eine Weile die Müdigkeit vertrieben wurde, doch irgendwann war dieser Effekt verpufft. Gerade als Grote merkte, dass er schon wieder schwere Augen bekam, erklang aus Stines Handy ein dumpfer Brummton. Sofort flogen ihre Köpfe nach vorne, und Stine klopfte vor Freude auf das Lenkrad. »Er macht sich auf den Weg!«

*

Tobias Messmer wäre erschrocken und auf der Stelle wieder umgekehrt, wenn er geahnt hätte, dass er genauso handelte, wie die beiden Polizisten einige Stunden zuvor. Er hätte den schnellsten und kürzesten Weg zum Dreescher Forst nehmen können, der durch Arle führte. Aber aus denselben Gründen wie seine Gegenspieler wollte er nicht riskieren, gesehen oder gar erkannt zu werden. Deshalb entschied auch er sich für einen Umweg über Dornum. Er war ehrlich genug mit sich, um sich einzugestehen, dass er Angst hatte, an den Ort zurückzukehren, an dem er Liam Rösing erschossen und verbrannt hatte, doch es nützte alles nichts.

Nachdem er einen großen Bogen geschlagen hatte, kam der Moment, in dem Nesse durchquert war und er nach links in die Wiesen einbiegen musste, um an sein Ziel zu gelangen. In Dornum waren ihm noch Autos entgegengekommen, aber danach war er völlig allein auf der Landstraße unterwegs. Der Weg, den er nun zu fahren hatte, kam ihm nicht geheuer vor. Da war die aufsteigende Feuchtigkeit der Wiesen, die einen flachen Dunststreifen bildete. Dieser war nicht einmal kniehoch, machte es aber problematisch, Fernlicht zu benutzen. Je mehr Licht er benutzte, umso stärker glitzerte es um ihn herum. Nun schoben sich von Zeit zu Zeit auch noch Wolken vor den Mond und behinderten die Sicht. Einmal hielt er kurz an, stellte den Motor aus und horchte durch die heruntergelassene Seitenscheibe, doch dort draußen war nichts zu hören. Widerstrebend fuhr er weiter.

*

Stine wollte bereits das Auto starten, als Messmer Richtung Arle fuhr, doch Grote hielt ihre Hand zurück. »Warte, wenn wir jetzt losfahren und er in die Wiesen abbiegt, bewegen wir uns aufeinander zu. Wir müssen erst beobachten, in welche Richtung er fährt.«

Stine nickte, natürlich hatte Grote recht. »Er durchquert Arle und fährt in Richtung Dornum«, sagte sie überrascht.

»Nur Geduld, Stine!« Grote war die Ruhe selbst und nun in seinem Element. »Er ist immer noch in der Nähe. Wir warten geduldig ab, wohin ihn seine Reise führt.«

Es dauerte eine Weile, dann allerdings wurde Grote unruhig. Stines Laptop verriet, dass Messmer sie halb umrundet hatte und sich nun Nesse näherte. »Ich werd verrückt! Er ist auf unseren Feldweg eingebogen und kommt von hinten auf uns zu. Deck den Bildschirm ab, Stine, das Leuchten verrät uns!«

*

Mit jedem Meter, den Messmer weiter in die Wiesen hineinfuhr, wurde ihm deutlicher, dass sogar das Abblendlicht in dieser völligen Dunkelheit zu hell war. Es führte nur dazu, dass sich um sein Auto ein Lichthof bildete, den man meilenweit sehen konnte. Also entschied er sich, ab jetzt nur noch mit Standlicht weiterzufahren, und hielt das für eine kluge Entscheidung. Als das Andreaskreuz auftauchte, welches die Querung der Schienen der Museumsbahn ankündigte, fuhr er noch ein wenig langsamer als üblich. Das Auto schüttelte sich kurz, als er über den Bahndamm fuhr, und rollte dann leicht abwärts, weiter in die Wiesen am Dreescher Forst hinein. Wenn er noch mit Abblendlicht gefahren wäre und sich nicht gerade in diesem Moment eine Wolke vor den Mond geschoben hätte, wäre ihm das Auto nicht verborgen geblieben, das seitlich in den Büschen stand, aber vieles lief in dieser Nacht gegen ihn.

*

Grote und Stine hatten sich tief hinuntergeduckt, als sich Messmers Auto näherte und nur knapp 10 Meter entfernt an ihnen vorbeirollte. »Glück muss man haben! Das war knapp!« Stine atmete tief durch. »Nun waren wir so stolz, den perfekten Platz gefunden zu haben, und sind dabei haarscharf an einem Desaster vorbeigeschrammt!«

Grote starrte wieder auf den Bildschirm. »Warte mal ab, vielleicht ist dieser Platz perfekter, als wir glauben. Messmer befindet sich gleich an der Stelle, wo Liam Rösing verbrannte.« Wenige Sekunden später verharrte das Signal auf dem Bildschirm und setzte sich auch nicht wieder in Bewegung.

»Das Geld liegt dort, wo Rösing ermordet wurde!«, sagte Stine überzeugt. »Also gab es tatsächlich Streit um die Beute, und die liegt vermutlich immer noch dort. Wollen wir ihm folgen und weiter heranfahren oder lieber auf Abstand bleiben?«

200

»Wir bewegen uns keinen Meter von hier weg!«, entschied Grote. »Noch wissen wir nicht, was dort vor sich geht!« Er griff sich das Nachtglas, öffnete die Fahrertür und stellte sich auf den Bahndamm. Einzelheiten waren auf diese Entfernung nicht zu erkennen, aber einen dunklen Schatten, der sich in Richtung Waldrand bewegte, konnte er sehen. Stine war inzwischen herangekommen. »Was treibt er dort?«

»Keine Ahnung. Er ist im Wald verschwunden!«

»Wir müssen jetzt zugreifen!« Stine war vom Jagdeifer gepackt, doch Grote bremste sie. »Horch doch mal. Wie du hörst, hörst du nichts. Sobald wir den Motor starten, verraten wir uns und er bricht womöglich ab. Wir müssen wohl oder übel warten, bis er wieder im Auto sitzt.«

*

Nachdem er den Motor ausgeschaltet hatte, verharrte Tobias Messmer minutenlang in der Dunkelheit. Sein Puls raste, als er die Tür öffnete und ihn der Brandgeruch anfiel, der den Löscharbeiten der Feuerwehr standgehalten hatte. Seine Taschenlampe einzuschalten, traute er sich noch nicht. Das war auch nicht nötig, denn die Wolke, die ihm gerade eben die Chance genommen hatte, die Polizisten zu entdecken, verzog sich in diesem Moment und ließ fahles Mondlicht auf einen riesigen Brandfleck fallen, der sich bis an den Rand des Waldes erstreckte. Die Vernunft sagte ihm, dass der stechende Gestank von den geschmolzenen Autoreifen stammte. Sein Gefühl aber versuchte ihm einzureden, dass es nach verbranntem Menschenfleisch roch. In seinem Magen begann es zu rumoren und ein Würgen stieg in ihm auf, gegen das er tapfer ankämpfte. Entschlossen öffnete er den Kofferraum, griff sich den Klappspaten, den er vorsorglich mitgenommen hatte, und marschierte zielstrebig auf den Waldrand zu.

Erst nachdem er das Unterholz erreicht hatte, traute er sich, die Lampe anzuschalten. Unsicher ließ er den Lichtkegel hin und her schweifen, um sich zu orientieren. Alles sah so anders aus als in seiner Erinnerung. Endlich entdeckte er den Baum mit dem markanten Ast, den der letzte Sturm geknickt hatte, der sich aber dennoch nicht vom Stamm trennen wollte. Er musste nicht tief graben, denn damals hatte er nicht den Nerv dazu gehabt. Nur wenige

Zentimeter Erdreich und Laub bedeckten die schwarze Sporttasche, die er in den Eingang eines verfallenen Dachsbaus gestopft hatte, dann hielt er sie in der Hand. Notdürftig schaufelte er das Loch wieder zu, löschte die Taschenlampe und hetzte zum Auto zurück. Er hatte nur ein Bestreben: Weg von diesem Ort und niemals wieder zurückkehren!

Als er im Auto saß, musste er mehrfach tief durchatmen, um zur Ruhe zu kommen. Er konnte der Versuchung nicht widerstehen, öffnete den Reißverschluss und griff sich eines der Geldbündel. Das tat gut, denn das raschelnde Papier gab ihm ein Gefühl der Sicherheit. Es war zwar nur die Hälfte der Beute und nicht genug, um alle Probleme zu lösen, aber es half erst einmal über die gröbsten Schwierigkeiten hinweg.

Tobias Messmer kannte den Geruch von Geld, soweit es überhaupt einen verströmt. Doch beim Wühlen in der Tasche stieg ihm ein anderer, penetranter Geruch in die Nase. Er traute sich, die Taschenlampe wieder einzuschalten, und stieß am Boden der Tasche auf die Reste einer Kunststofffolie, die für die unangenehme Ausdünstung verantwortlich war. Nachdenklich schloss er den Reißverschluss wieder, überlegte kurz und startete dann das Auto. Diesmal nahm er keine Rücksicht mehr darauf, dass ihn jemand sehen könnte. Es gab etwas zu erledigen, und zwar schnell, bevor es hell wurde.

Falsch abgebogen

Grote stand immer noch mit dem Fernglas am Bahndamm und beobachtete gespannt Messmers Tun. Das, was er sah, gab er gleich an Stine weiter, die dicht neben ihm stand. »Er ist im Wald verschwunden. Jetzt kann ich auch den schwachen Schein einer Taschenlampe erkennen.« Die lange Pause, die nun entstand, weil außer dem Licht nichts zu erkennen war, machte Stine nervös. Schließlich war es ihr Plan gewesen und noch war keineswegs sicher, ob er aufging. »Nun sag schon, was passiert jetzt?«

»Nichts, er ist verschwunden!« Grote zuckte mit den Schultern und schwieg weiter, doch kurze Zeit später begann er wieder zu sprechen. »Das Licht der Lampe ist gerade erloschen, jetzt kommt er aus dem Wald. Ich kann es nicht genau erkennen, aber er scheint jetzt eine Tasche in der Hand zu halten!«

»Los, ran jetzt, Chef! Jetzt haben wir ihn!« Stines Euphorie war kaum zu bremsen, doch Grote blieb standhaft. »Immer langsam mit den jungen Pferden«, murmelte er. Aus diesen Worten sprach seine ganze Einsatzerfahrung, die Stine noch fehlte. »Er sitzt jetzt im Auto und schaltet wieder die Taschenlampe ein.«

»Na klar!«, sagte Stine aufgekratzt. »Er zählt gerade seine Beute!«

»Mag sein«, sagte Grote. »Setz dich schon mal ins Auto. Lass den Motor aber erst an, wenn ich dir ein Zeichen gebe. Dann folgen wir ihm ohne Licht und halten ihn erst im Ort an, wo es hell ist. Wir wollen kein Risiko eingehen!«

Es dauerte nicht lange, und Messmers Auto setzte sich in Bewegung. Grote hob die Hand und sprintete zu Stine rüber. »Los, hinterher, aber ohne Licht!«, befahl er. Gleichzeitig schaute er wieder auf den Laptop und konnte sehen, dass Messmer weiter in Richtung Arle fuhr.

Stine fühlte sich anfangs unsicher. Ohne Beleuchtung durch die Dunkelheit zu fahren, schien ihr abenteuerlich, doch dann wunderte sie sich, wie schnell sich die Augen daran gewöhnten. Erst als Grote sagte: »Gib Gas, Stine, wir müssen dranbleiben! Der Bursche rast wie ein Irrer durch die Gegend!«, wurde ihr flau im Magen. Verfolgungsfahrten, dazu in dunkler Nacht, waren nicht ihre Spezialität. Grote hätte gar nicht mehr auf den Laptop schauen müssen, denn die Rücklichter des BMW waren nun gut zu erkennen. Allerdings wurde auch deutlich, dass sie immer kleiner wurden. In diesem Moment bedauerte er, sich nicht selbst hinter das Steuer gesetzt zu haben. Diese Art von Einsatzfahrten war ihm aus seiner Zeit beim Mobilen Einsatzkommando vertraut, sowas passierte damals häufig.

»Jetzt hat er Arle erreicht und wird vermutlich rechts abbiegen, um nach Hause zu gelangen.« Grote starrte auf das Display, und Stine erschrak, als er plötzlich ausrief: »Er biegt links ab, in den Ort hinein!« Grote war die Überraschung anzumerken. »Wo will der Bursche denn jetzt hin? Die Beute woanders verstecken?«

Stine versuchte die Hektik, die sich breitzumachen begann, auszublenden. Stattdessen konzentrierte sie sich auf den schmalen Weg, der durch die rechts und links verlaufenden Entwässerungsgräben jeden Fahrfehler bestrafen würde. Die Rücklichter des anderen Autos waren inzwischen verschwunden, doch der versteckte Peilsender tat nach wie vor unbestechlich seine Arbeit.

»Er ist schon mitten im Ort, an der Feuerwehr und dem Dorfkrug vorbei und ... und biegt nun rechts ab. Ich verstehe nicht, was er tut!« Grote sprach wie bei einer Rundfunk-Live-Schaltung, um Stine auf dem Laufenden zu halten. »Jetzt fährt er wieder aus Arle raus, mitten in die Wiesen auf der anderen Ortsseite.«

Stine kam gar nicht dazu, über Messmers Verhalten nachzudenken, und konzentrierte sich ausschließlich auf Grotes Anweisungen. »Also fährt er jetzt auf dem ›Rendel‹, der Straße, die zu Liam Rösings Wohnung führt.« Stine sagte das eigentlich nur, um sich zu vergewissern, dass sie Grote richtig verstanden hatte, und bekam prompt die Bestätigung.

»Ja, und ich denke, genau das wird sein Ziel sein!« Das Fahren fiel Stine nun leichter, denn Grote hatte inzwischen herübergelangt und einfach das Fahrlicht eingeschaltet. »Keine Sorge, sehen kann er uns jetzt nicht mehr. Dazu ist er viel zu weit weg.«

Splitterndes Holz

Bei Hanke Thran war wieder einmal eine Videoschalte mit Kanada angesagt, dadurch wurde die Nacht für ihn zum Tage. Wie üblich waren alle Rollläden seines Hauses geschlossen, und sein Arbeitszimmer wurde nur vom bläulichen Schein des Monitors erhellt. Von außen musste jeder Betrachter davon ausgehen, dass der Bewohner des Hauses im tiefen Schlaf lag.

Messmer musste nicht lange suchen, sondern fand trotz der Dunkelheit schnell die Zufahrt zum Bauernhof von Hanke Thran. Liam hatte nie über seinen Opa gesprochen, dafür war das Verhältnis zwischen den beiden zu schlecht. Nur einmal hatte Messmer den alten Mann gesehen und ihn aus der Ferne gegrüßt. Über die Lebensgewohnheiten des Professors wusste er nichts. Deshalb zog er beim Anblick des unbeleuchteten Hauses einen naheliegenden, aber falschen Schluss. Sein Auto stellte er am Straßenrand ab und ging dann, bewaffnet mit dem Klappspaten, zügigen Schrittes auf den alten Holzschuppen zu, in dem er früher ab und an gewesen war, um mit Liam die Angelutensilien herauszuholen. Er konnte sich sogar an das alte Vorhängeschloss erinnern. Wo Liam den Schlüssel versteckte, wusste er allerdings nicht. Deshalb kam nun der Klappspaten zum Einsatz. Er setzte ihn als Hebel an und verschaffte sich so mit einem kurzen Ruck Zutritt. Das Schloss hielt dem Angriff zwar stand, das morsche Holz aber nicht. Mit einem dumpfen Ton gab es nach und zersplitterte.

*

Der Computer war bereits heruntergefahren. Hanke Thran erhob sich, machte einige Dehnübungen, um den steifen Rücken wieder zu lockern, und ging in die Küche. Ein Glas kaltes Wasser und eine Tablette gegen Bluthochdruck, das gehörte zum Nachtritual. Gerade als er das benutzte Glas in die Spüle stellte, hörte er ein Geräusch von draußen, das sich nicht zuordnen ließ. Er war nicht ängstlich, denn hier, weitab vom Schuss, trieben sich Tiere herum. Rehe vor der Haustür am Morgen, Waschbären, die die Mülltonnen plünderten am Abend, alles das kannte er. Sogar einen Landstreicher hatte er einmal mit dem Kaminhaken in der Hand vom Grundstück gejagt.

Dieses gerade gehörte Geräusch allerdings, daran zweifelte er nicht, stammte nicht von einem Tier.

*

Erneut griff Grote ohne Vorwarnung über Stine hinweg und schaltete das Fahrlicht wieder aus. Er tat es genau in dem Moment, als sie das letzte Haus des Ortes passierten und die Straße wieder stockdunkel vor ihnen lag. Stine gefiel es gar nicht, dass Grote ungefragt das Licht ein- und ausschaltete, sagte jedoch keinen Ton. Sie wusste das Verhalten ihres Chefs richtig einzuordnen, denn auch er, der sonst unerschütterliche Ruhe ausstrahlet, stand unter hoher Anspannung. Wenn sie sich jetzt einen Fehler erlaubten, stand das Gelingen ihres gesamten Plans auf dem Spiel. So krampften sich ihre Hände in dem Bemühen, bloß nicht von der Fahrbahn abzukommen, an das Lenkrad.

»Ich schätze noch etwa dreihundert Meter. Dann müsste rechts die Hofzufahrt auftauchen. Wir fahren noch ein kurzes Stück weiter, dann steigen wir aus.« Stines Laptop hatte Grote verraten, dass Messmer sein Auto in der Nähe des Thran-Hauses abgestellt hatte. Es gab also keinen Zweifel über sein Ziel. Stine bemühte sich, so wenig Gas wie möglich zu geben, um das Motorengeräusch leise zu halten. Zuletzt schaltete sie den Motor gänzlich aus und ließ das Auto geräuschlos rollen, solange es ging. Mit dem letzten Schwung lenkte sie den Wagen in das feuchte Gras des Seitenstreifens und atmete erleichtert tief durch.

»Los geht's, nimm deine Pistole mit, Stine! Wer weiß, was gleich passiert.« Grote selbst hatte seine Waffe bereits in der Hand und wartete einen Augenblick, bis Stine die ihre aus der allgegenwärtigen Ostfriesland-Tasche gezaubert hatte. »Bereit, wenn du es bist!«, sagte sie in Anspielung auf das Zitat in einem berühmten Film und folgte ihrem Chef.

Schon bald tauchte Messmers Auto vor ihnen auf. Es war verlassen und stand am Fahrbahnrand zwischen zwei Büschen notdürftig versteckt. Grote und Stine horchten einen Augenblick in die Nacht, dann liefen sie gebückt die Zufahrt des Bauernhofs entlang. Obwohl sie sich bemühten, so lautlos wie möglich voranzukommen, gab Grote alle paar Meter ein Zeichen, kurz zu verharren, um lauschen zu können. Wieder setzten sie sich in Bewegung und waren nur noch fünfzig Meter weit vom Haus entfernt, als sie einen spitzen Schrei vernahmen. Grote zögerte keinen Augenblick, sprintete, so schnell er konnte, auf das Haus zu und schaltete auf den letzten Metern seine Taschenlampe an.

*

Hanke Thran konnte das Haus nicht verlassen, ohne die Rollläden hochzufahren. Damit wäre derjenige, der sich auf seinem Grundstück herumtrieb, allerdings gewarnt, und dass jemand um sein Haus schlich, dessen war er sicher. Also entschloss er sich, die einzige Tür zu benutzen, die er lautlos öffnen konnte. Der Zugang zu den Heizungsräumen war durch eine stabile Metalltür gesichert, Rollläden waren hier nicht von Nöten. Er verließ das Haus, ohne dabei auch nur das geringste Geräusch zu verursachen, und nahm vorsorglich seinen alten Feuerhaken in die rechte Hand. Der hatte sich schon einmal bewährt und würde es auch heute tun. Langsam, Schritt für Schritt bewegte er sich in Richtung des alten Schuppens, denn von dorther kamen die Geräusche. Er war sicher, dass der Eindringling sein Nahen nicht bemerkt haben konnte, doch als er die Tür erreichte, bekam er einen harten Schlag auf den Kopf. Auf den Schmerz, der ihn durchströmte, reagierte er mit einem spitzen Schrei, dann sank er zu Boden.

Tobias Messmer war von dem Auftauchen des alten Mannes überrascht worden, hatte sich aber noch rechtzeitig verstecken können und dann mit dem Spaten zugeschlagen, ohne zu wissen, wer sich ihm dort näherte. In dem Moment, als er sich über den am Boden liegenden Körper beugte und nachschauen wollte, wer ihm in die Quere gekommen war, flammte ein gleißend heller Lichtstrahl auf, und eine ebenso ruhige wie energische Stimme erklang: »Wenn Sie nicht augenblicklich den Spaten fallen lassen, Herr Messmer, und sich dann mit ausgestreckten Armen und Beinen auf den Boden legen, schieße ich!«

Zwar konnte Tobias Messmer, von der Lampe geblendet, nicht sehen, wer da mit ihm sprach, aber diese Stimme erkannte er sofort. Die einzige Alternative, die ihm nun noch blieb, war die Aufgabe. Er tat wie gefordert und ließ sich mit den Knien zuerst in den feuchten Schmutz fallen.

Grotes Worte: »Ich verhafte Sie wegen des Mordes an Liam Rösing, des versuchten Mordes an Hanke Thran und der Anstiftung zu einem Bankraub!« hörte er zwar, aber es war ihm gleichgültig. Der total entartete Kampf um den Erhalt seines Hauses war endgültig verloren und hatte Menschenleben gekostet. Selbst das Klicken der Handfesseln löste bei ihm keine Emotionen mehr aus.

Inzwischen war Stine heran und kümmerte sich um Hanke Thran. Sein Kopf lag in einer Blutlache, die Atmung war nur noch flach. Als sie den neben Messmer auf der Erde liegenden Spaten sah, befürchtete sie, dass er mit der scharfen Seite zugeschlagen und Thran den Schädel gespalten hatte, doch dann stellte sie erleichtert fest, dass die Verletzung zwar breitflächig, aber nicht sonderlich tief war. Trotzdem erschien ihr die Zeit bis zum Eintreffen des Notarztes endlos. Mit einem Taschentuch versuchte sie, die Blutung zu stillen, und als der Professor benommen zu sich kam und wirre Fragen stellte, sprach sie sanft auf ihn ein. Erst der Notarzt konnte sie beruhigen. »Gehirnerschütterung und eine beeindruckende Platzwunde. Der alte Herr wird noch lange an diesen Abend erinnert werden, aber sterben muss er gewiss nicht!«

Fischgeruch

In dieser Nacht kamen die Anwohner Arles nicht mehr zur Ruhe. Immer wieder waren die Signalhörner von Rettungs- und Polizeiwagen zu hören. Am frühen Morgen drängten sich auf der Zufahrt zum Bauernhof des Professors die Fahrzeuge.

Die Beamten der Spurensicherung hatten bereits ihre Arbeit aufgenommen, und Grote nutzte die Gelegenheit, Tobias Messmer in einem der Vans zu befragen. Er hatte den Eindruck gewonnen, dass nun kein Widerstand mehr von ihm zu erwarten war, und nutzte die Gunst der Stunde. Stine saß daneben, hatte ihr Handy auf den Klapptisch gelegt und die Memofunktion eingeschaltet. Schnell war zu erkennen, dass Messmer sich inzwischen berappelt hatte und nun eine Mitleidsgeschichte konstruierte. Im Grunde gab er für alles, was geschehen war, Ninas Krankheit die Schuld und tat so, als habe er es nur getan, um seiner Partnerin das Weiterleben in ihrem Haus zu ermöglichen.

Irgendwann platzte Grote der Kragen. »Es ist schwer zu ertragen, was Sie hier erzählen! Sie triefen geradezu vor Selbstmitleid. Haben Sie jemals Ihre Partnerin gefragt, ob es ihr ein Menschenleben wert war, den Verkauf des Hauses zu verhindern?«

Messmer schwieg nach Grotes Einwand verbissen, und der sah ein, dass eine Diskussion um Schuld und Moral im Moment niemandem nützte. Aber da war noch eine andere Frage, die bisher noch nicht gestellt worden war.

»Sie haben sich also die 100.000 Euro, die Sie nach dem Mord an Liam Rösing vergraben haben, aus dem Dreescher Forst geholt. Danach sind sie hierhergefahren, um nach der anderen Hälfte der Beute zu suchen. Ich finde das sehr optimistisch von Ihnen. Was hat in Ihnen die Hoffnung geschürt, das Geld zu finden? Liam wird es gut versteckt haben. Wir konnten es jedenfalls nicht entdecken!«

»Es war ein Geruch, danach war mir alles klar!« Messmer sagte das so leise, dass es kaum zu verstehen war. Stine schob das Handy weiter an Messmer heran, um wirklich jedes Wort zu sichern. »Welcher Geruch?«

»Wenn ich mit Liam angeln war, hat er ab und zu einen Joint geraucht. Er hatte Kontakt zu einem Reifenhändler in Großheide, der Cannabis anbaut. Für den hat er auch in kleinem Stil gedealt. Ich fand das nicht gut und sagte ihm, dass er in Teufels Küche komme, wenn man das Zeug bei ihm finden würde, aber da hat er gelacht. Man müsse seine Geheimnisse genau da verstecken, wo es so eklig ist, dass dort niemand sucht, sagte er. Diese Worte hatte ich noch im Ohr, als ich vorhin seine Geldtasche öffnete und darin das Stück einer Plastikfolie fand. Sie stank nach Fisch. Da wusste ich sofort Bescheid. Schon immer habe ich mich gefragt, warum er dieses miefende Fass mit Fischabfällen in dem Schuppen stehen lässt, und die Luft verpestet. Ich bin sicher, dass er in diesem Fass nicht nur sein Cannabis, sondern auch die andere Hälfte der Beute versteckt hat.«

Stine schaltete das Handy aus und sah Grote verblüfft an. »Das würde erklären, warum der Geldspürhund in dem Schuppen keinen Erfolg hatte. Bei dem Gestank konnte er das Geld nicht erschnuppern.« Sie sprang aus dem Van. »Jungs, könnt ihr bitte mal das blaue Fass im Schuppen überprüfen? Ich weiß, das ist eine Zumutung, muss aber sein!« Sie brauchte nicht lange zu warten, da kam einer der Kollegen herüber und legte ihr zwei Plastiktüten vor die Füße. »Bitte schön, geliefert wie bestellt. Ein Päckchen Cannabis und ein Haufen Geld. Gezählt habe ich es nicht. Das macht mal schön selbst. Ich wechsele jetzt meine Klamotten, sonst lassen mich meine Mitfahrer nachher nicht mehr ins Auto.«

Stine hätte dem Kollegen gerne zum Dank die Hand gedrückt, sah dann aber aus naheliegenden Gründen davon ab.

*

Obwohl sie beide todmüde waren, fuhren Grote und Stine noch am selben Morgen zur Staatsanwältin, um von ihrem Ermittlungserfolg zu berichten. Ohne Anmeldung traten sie nach kurzem Anklopfen ein. Theda Siefken saß gemeinsam mit dem Oberstaatsanwalt vor einem Terminplan und besprach die Taktung der kommenden Strafprozesse. Wie immer, wenn die Siefken mit ihrem Vorgesetzten zu tun hatte, wirkte die Stimmung im Raum angespannt. Als sie die beiden Polizisten erblickte, konnte sie ihre Überraschung nicht verbergen.

»Heiliger Bimbam, wie sehen Sie denn aus? Was haben Sie für eine Nacht verbracht?« Es waren nicht nur die Ränder unter den Augen, die von Übermüdung zeugten. Auch die Blutflecken an Stines Hose und Grotes von schwarzem Lehm verschmutzte Schuhe sprachen eine deutliche Sprache. Von dem Fischgeruch, der allmählich den Raum füllte, ganz zu schweigen.

»Nun, Sie wollten doch, dass wir kreativ sind und Ihnen Tobias Messmer vor die Tür legen, wie Sie sagten. Das hat geklappt. Sie können ihn haben!«

Zuerst wollte der Oberstaatsanwalt gehen, um nicht zu stören, dann aber wurde er neugierig. »Erzählen Sie doch mal, was ist in dieser Nacht geschehen?«

Grote begann chronologisch zu berichten. Wie der Plan entstand, wie Skipper das Auto lahmlegte und Messmer unter Mithilfe des Chefs des Autohauses in die Falle gelockt wurde. Stine fiel sofort auf, dass sich das Gesicht des Oberstaatsanwalts von Minute zu Minute verfinsterte, während sich das der Staatsanwältin immer weiter aufhellte.

Als Grote fertig war, verschränkte der Oberstaatsanwalt mit ernstem Blick die Arme vor der Brust und drückte damit sein Missfallen gegen die unorthodoxen Ermittlungsmethoden aus, die er rechtlich als höchst zweifelhaft einschätzte. Zu Wort kam er aber nicht mehr, denn wie ein geölter Blitz sprang die Siefken auf und fauchte die beiden Ermittler an: »Gehen Sie mir aus den Augen, und lassen Sie mir den Abschlussbericht zukommen! Sie haben keine Ahnung, was Sie der Staatsanwaltschaft mit Ihrem Alleingang für Probleme bereiten!« Mit stampfenden Schritten kam sie auf die beiden zu: »Raus! Hopp, hopp, hopp! Ich will sie hier nicht mehr sehen!« Dabei schob sie Grote und Stine wie eine Schar Gänse vor sich her.

Draußen auf dem Flur sagte sie plötzlich so leise, dass ihr Chef es nicht hören konnte: »Das haben Sie großartig gemacht! Ich freue mich wie ein Schnitzel!« Dabei hopste sie wie ein kleines Mädchen herum. Dann stutzte sie kurz und korrigierte sich: »Natürlich wie ein Wildschweinschnitzel, selbst geschossen!« Noch eine Idee leiser flüsterte sie: »Der Oberstaatsanwalt ist ein Weichei. Ihm geht der Arsch auf Grundeis, dass es beim Gerichtsverfahren Komplikationen gibt, aber keine Sorge, dass biege ich schon zurecht. Die kleine Showeinlage da drinnen musste sein, damit er glaubt, ich sei auf seiner Seite.« Sie gnickerte hinter vorgehaltener Hand. »Wenn er sich da mal nicht täuscht!«

Kleiner Gruß von Theda Siefken

Eine Woche später saßen sie gemeinsam in der Darts-Kneipe am Auricher Hafen. Es war ein besonderer Abend, denn selten hatten sie alle gemeinsam einen so großen Anteil an der Lösung eines Falls gehabt. Skipper hatte es Grote und Stine bereits vor Tagen erzählt, nun wollten es auch Sören und Frauke hören. Skipper und die Siefken pflegten schon seit ewiger Zeit einen ziemlich speziellen Umgang miteinander. Und nun hatte sie ihn doch tatsächlich angerufen, um ihn zu loben. »Das gab es noch nie und machte mich sofort misstrauisch.« Skipper konnte ein Lachen nicht unterdrücken. »Dann ließ sie die Katze aus dem Sack. Sie fand meine Idee mit dem verstopften Auspuff genial und ließ sich detailliert beschreiben, wie man dabei vorgehen muss. Als sie dann noch fast beiläufig wissen wollte, ob das auch bei einem Mercedes funktioniert, erinnerte ich mich daran, dass der Herr Oberstaatsanwalt einen Mercedes fährt. Und mit dem kann sie gar nicht gut!«

»Sie wird doch nicht!?« Stines Bemerkung rief einen Lachsturm hervor, der erst unterbrochen wurde, als der Wirt mit Block und Bleistift erschien. »Die erste Runde soll mit besten Grüßen von Frau Staatsanwältin Siefken auf ihre Rechnung gehen!«

Diese Großzügigkeit trug nicht unwesentlich dazu bei, dass die Stimmung sehr schnell stieg und lange auf diesem Niveau verweilte, denn Skipper versäumte nicht, Grote an sein Versprechen zu erinnern, dass auch er eine Runde zu übernehmen hatte. Erst viel später, zu fortgeschrittener Stunde, kam Sören noch einmal zurück auf den Fall. »Ihr sprecht immer von einer Grauzone, die ihr mit Stines ›kreativer Idee‹ betreten habe. Was meint ihr eigentlich damit?«

Skipper musste nicht lange nachdenken, um diese Frage zu beantworten. ›Nun, dem Gesetz nach darf die Polizei einen Verdächtigen zwar nicht täuschen, kriminalistische List jedoch ist erlaubt. Und genau dabei sind die Grenzen ziemlich unscharf. Man weiß nie, wie ein Richter entscheidet.« Skipper zuckte mit den Schultern.

»Genau dazu wird es aber nicht kommen!«, warf Grote gut gelaunt ein. »Ich habe vorhin mit Theda Siefken gesprochen. Sie hat einen Deal mit Messmers Verteidiger ausgehandelt. Wenn der unsere Ermittlungsmethoden nicht hinterfragt, wird sie im Gegenzug

Messmers Angriffs auf Hanke Thran nicht als Mordversuch werten, sondern lediglich als eine gefährliche Körperverletzung. Schließlich hat er mit der breiten Seite des Spatens zugeschlagen und nicht mit der scharfen. Ein Tötungsvorsatz wäre ohnehin schwer nachzuweisen, meint die Siefken. In Anbetracht der anderen Taten spiele das am Ende aber keine große Rolle mehr.«

Stine war sich von Anfang an darüber im Klaren gewesen, wie sehr sie sich mit ihrem Plan am Rande der Legalität bewegt hatten, doch erst jetzt wurde ihr bewusst, dass sie nicht einen Schritt hätten weitergehen dürfen. Gleichzeitig wuchs ihr Respekt Grote gegenüber noch ein Stück höher, als er ohnehin schon war. Ihr Chef hatte die Verantwortung getragen, ohne zu klagen. Ein Misslingen hätte ihn den Kopf kosten können.

»Hat sich unsere geschätzte Staatsanwältin auch dazu geäußert, was passiert wäre, wenn unsere Aktion schiefgelaufen wäre?«

»Ja, in der Tat das hat sie!«, antwortete Grote. »Wenn Messmers Auto durch die Manipulation des Auspuffs Schaden genommen hätte, wäre das unsererseits eine Sachbeschädigung gewesen. Sie behauptet, dafür hätte sie uns alle gemeinsam in eine Sammelzelle gesteckt.« Nun überzog ein diabolisches Grinsen Grotes Gesicht »Daraufhin habe ich die Siefken gefragt, ob sie dort gemeinsam mit uns eingezogen wäre. Schließlich hätte bei ihrer Aktion ja auch das Auto des Oberstaatsanwalts beschädigt werden können. Zuerst schwieg sie verdutzt, plötzlich sagte sie: ›Skipper, die alte Schiffsratte, hat getratscht!‹ Aber dann hat sie schallend gelacht. Ich denke, die Runde, die sie ausgegeben hat, war Ausdruck ihres schlechten Gewissens!«

»Die Siefken und schlechtes Gewissen?« Skipper schüttelte den Kopf. »Eher kollidiert meine ›Antje D.‹ mit einem Pottwal! Ich denke, das war Schweigegeld!«

Es wurde noch ein langer Abend.

-ENDE-

Ostfrieslandkrimi-Empfehlungen
des Klarant Verlages

In der Ostfrieslandkrimi-Serie »**Ein Fall für Grote & Lessing**« von Hans-Rainer Riekers sind bereits folgende Ostfrieslandkrimis erschienen:

»Dünenhausmord«, Band 1
Taschenbuch-ISBN: 978-3-96586-241-8
eBook-ISBN: 978-3-96586-242-5

»Emsdeichmord«, Band 2
Taschenbuch-ISBN: 978-3-96586-309-5
eBook-ISBN: 978-3-96586-310-1

»Springfluttod«, Band 3
Taschenbuch-ISBN: 978-3-96586-378-1
eBook-ISBN: 978-3-96586-379-8

»Leybuchtmord«, Band 4
Taschenbuch-ISBN: 978-3-96586-441-2
eBook-ISBN: 978-3-96586-442-9

»Sandbankmord«, Band 5
Taschenbuch-ISBN: 978-3-96586-539-6
eBook-ISBN: 978-3-96586-540-2

»Totenhausmord«, Band 6
Taschenbuch-ISBN: 978-3-96586-617-1
eBook-ISBN: 978-3-96586-618-8

»Johannismord«, Band 7
Taschenbuch-ISBN: 978-3-96586-727-7
eBook-ISBN: 978-3-96586-728-4

»Memmert Mord«, Band 8
Taschenbuch-ISBN: 978-3-96586-797-0
eBook-ISBN: 978-3-96586-798-7

»Baljenmord«, Band 9
Taschenbuch-ISBN: 978-3-96586-914-1
eBook-ISBN: 978-3-96586-915-8

»Gewittermord«, Band 10
Taschenbuch-ISBN: 978-3-68975-024-4
eBook-ISBN: 978-3-68975-025-1

»Dreescher Mord«, Band 11
Taschenbuch-ISBN: 978-3-68975-183-8
eBook-ISBN: 978-3-68975-184-5

Klarant Verlag

Lernen Sie die Ostfrieslandkrimi-Titel des Klarant Verlages kennen und besuchen Sie uns im Internet unter:

www.ostfrieslandkrimi.de

und

www.klarant.de

Sie können dort Näheres über unsere Autoren erfahren, viele weitere interessante Bücher und eBooks finden und Leseproben herunterladen. Mit dem kostenlosen Newsletter auf

www.ostfrieslandkrimi-lesen.de

erhalten Sie aktuelle Informationen rund um das Verlagsprogramm wie beispielsweise spannende Neuerscheinungen und Gewinnspiele.